Stefano Benni
Prendiluna

Quartbuch

Stefano Benni
Prendiluna Roman

Aus dem Italienischen von Mirjam Bitter

Verlag Klaus Wagenbach   Berlin

Inhalt

1. Ariel 11
2. Klinik Rosengarten 15
3. Der freundliche Fahrer 20
4. Die Flucht 28
5. Aias 35
6. Hamlet 49
7. Pink Vibrations 61
8. Dolcino und Michael machen sich fein 70
9. Cervo Lucano 75
10. Kommissar Garbuglio 86
11. Der schöne Enrico 94
12. Die Stimme des Hades 103
13. Libertas Lupin 112
14. Schwester Scholastika und Lucano 123
15. Mammuth Food 134
16. Fiordaliso Underground 143
17. Träume und Trioträume 156
18. Die kleinen Helden 164
19. Nach der Schlacht 169
20. Wo liegt die Wahrheit? 176
21. Einkaufszentrum Butterman 181
22. Canzone per Sylvia 187
23. Die neun Leben von Prufrock 196
24. Eine unverhoffte Verbündete 205
25. Michael und Azazel 212
26. Dolcino und Chiomadoro 218
27. Finale 228

Anmerkungen der Übersetzerin 236

In Erinnerung an Fausto Mesolella

*Die Menschen haben immer die Grenze
zwischen Gut und Böse gesucht,
ohne zu bemerken, dass sie sie bewohnten.*

*Like a Slow Burn
Leading us on and on and on.*
David Bowie

Wir sind immer etwas freier, als wir glauben.

1 Ariel

Die Alte schaute den Mond an, und er sie.

Sie saß auf der Veranda, und es kam ihr vor, als richtete das Gestirn einen leuchtenden Strahl auf die Wiese, wie einen Scheinwerfer auf eine Bühne.

Sie hörte ein Prasseln, wie wenn dünne Ästchen im Feuer verbrennen. Dann ein Ticken. Es erinnerte sie an irgendetwas...

Ach ja. Das Prasseln kam von den Bögen oder Beinchen beim Stimmen. Das Ticken vom Schlagen des Taktstocks auf die Partitur. Der Orchesterdirigent machte die Musiker darauf aufmerksam, dass es Zeit für die Darbietung war.

Und tatsächlich, einen Augenblick später brach ein Konzert enthusiastischer Grillen los. Sie sangen, als feierten sie irgendetwas. Vielleicht einen Geburtstag. Und für eine Grille ist ein Geburtstag etwas Ernstes, weil sie nur ein Jahr lebt.

Aus der Tiefe der Dunkelheit hallte der Ruf eines Nachtvogels.

Weder Klage noch Freude: ein philosophischer Gesang, ein Zweifel, eine Frage.

Die Alte fühlte sich ein wenig einsam. Die Miezekatzehn waren alle im Wald, und das war seltsam, denn um diese Uhrzeit schliefen sie normalerweise irgendwo im Haus hingefläzt. Aber heute Nacht waren sie nach draußen geeilt, als wollten sie sich verstecken. Die Alte suchte mit ihren Augen das Gras und den Säulengang der Bäume ab.

Sie erwartete, dass jeden Augenblick ein Schatten aus dem Dunkel hervorkäme, ein kleines, grausames Geschenk im Maul, einen toten Maulwurf oder eine zerfetzte Maus. Doch nichts rührte sich.

Sie pfiff nach ihnen. Zur Antwort erhielt sie ein paar wehleidige Töne, die bald darauf zu einem hohen, schmerzerfüllten, hypnotischen Miauen wurden. Wie ein Rosenkranz vor dem Kamin. *Janua caeli, Stella matutina, Regina felium.* Immer eindringlicher werdend, steigerte es sich zu einem wilden Chor, und ein laues Lüftchen stieg auf...

Da zerkratzte ein schrilles Kreischen die Dunkelheit, als hätte jemand gegen die Nadel eines alten Plattenspielers gestoßen, und gleich darauf senkte sich wieder die Stille herab. Eine unnatürliche Stille, die das Frösteln der Blätter unterbrach, den Marsch der Würmer und das Ächzen der Holzscheite im Feuer.

Plötzlich hörte die Alte ihr Herz schlagen.

So fiel ihr nach langer Zeit auf, dass sie ein Herz besaß, dass sie es all die Jahre beherbergt hatte und es mittlerweile vielleicht etwas abgenutzt war.

Also holte sie tief Luft, um die Frische der Nacht aufzusaugen, die nach Minze und Tau und Grillenatem roch.

Doch ein bläuliches Licht überraschte sie wie eine plötzliche Morgendämmerung.

Vor der Baumkulisse erschien ihr imaginärer Sohn, der in einer Hand eine Lampe, in der anderen den Eimer vom Brunnen trug. Er lächelte und verschwand.

Dann sah die Alte den verwundeten, hinkenden Hirsch wieder, dem sie als Siebenjährige im Wald begegnet war.

Und alle Pilze, die sie in ihrem Leben gesammelt hatte, einen duftenden Haufen.

Und das eine Mal, als sie den Fluss zu Stein hatte werden sehen, die Eisdolche des Wasserfalls.

Und einen riesigen Brotlaib, wohlriechend und warm, der wie ein Raumschiff schwebte, gebacken von ihr, ihrer Mutter, ihrer Großmutter.

Und dieses eine Mal, als ein hungriger Blitz durch den Kamin hereingekommen war und einen Hasen vom Spieß gestohlen hatte.

Und einen schönen, nach Mist riechenden Jungen, der sie in der Fahrerkabine des Mähdreschers geküsst hatte.

Und sie erinnerte sich daran, wie sie als kleines Kind zum ersten Mal den Vollmond gesehen hatte und dabei ertappt wurde, als sie hüpfte und schrie, weil sie ihn packen und herunterziehen wollte.

An jenem lange vergangenen Tag war ihr Spitzname entstanden: Prendiluna, die Mondfängerin.

Dann erinnerte sie sich an einen quietschenden Überlandbus, der auf den Schlaglöchern Samba getanzt hatte, als sie zum Studieren in die Stadt gefahren war.

Und das erste Mal, als sie in der Rolle der Lehrerin die Klasse betreten und beim Anblick jener neugierig und ernst auf sie gerichteten Gesichter phantasiert hatte: Jetzt bringen sie mich um und fressen mich auf.

Und an Herrn von Ribbecks Birnbaum und über allen Gipfeln ist Ruh' und an den kleinen Schmerz, wenn sie zu Schuljahresende eine Klasse verließ, aber schon stand die nächste vor der Tür.

Schlimme Sache, dieses Rückschauhalten, dachte Frau Prendiluna. Und ihr Herz stolperte zwei oder drei Male.

O meine Kätzchen, ich glaube, ich sterbe.

Mit einem Satz sprang Ariel, der weiße Kater und Sohn der Isis, Stammvater der Miezekatzehn, von einem Baum herunter. Er glänzte durchsichtig wie eine Qualle.

»Acht Tage«, sagte er, »ab morgen früh hast du acht Tage Zeit, um die Welt zu retten.«

»Das verstehe ich nicht«, sagte die Alte, »Ariel, du bist doch schon seit vielen Jahren tot.«

Die Augen des Katers flammten auf.

»Was wisst ihr Menschen schon vom Tod? Hör zu. Du hast acht Tage, wie in den antiken Kalendern. Du musst die Miezekatzehn übergeben, jede an einen würdigen, guten Menschen. Dann bringst du die Liste zum Gütigengott, ich sag dir dann noch, wo. Wenn du diese zehn Menschen findest, ist die Welt gerettet. Wenn nicht, ist alles aus, die Welt wird vernichtet, und diesmal wird es keinen neuen Kohlenstoff oder zurückbleibende DNA geben, Schluss, aus, consummatum est, finished, finito, hatanka, ausmiaut…«

»Ariel… so hast du nie geredet… außerdem, wie soll ich, eine arme Alte im Ruhestand…«

»Nur du kannst die Welt retten. Such' zehn Irre, zehn Gerechte.«

»Und dann?«

»Dann wirst du sterben«, sagte Ariel und leckte sich eine Pfote.

»Jetzt erkenne ich dich wieder«, lachte die Alte, »du warst immer ein anarchischer, bulimischer und respektloser Kater… du warst mein Liebling und hast das ausgenutzt. Außerdem warst du so sexbesessen, dass du mehr Kinder in die Welt gesetzt hast als ein Schwarm Aale, Don Candido wollte dich exorzieren. Ich sehe dich wirklich nicht in der Rolle des Engels.«

»Wer sagt denn, dass ich ein Engel bin?«, fragte der Kater und löste sich wie ein Feuerwerkskörper in tausend bunte Lichter auf.

2 Klinik Rosengarten

Die Sonne schien ins Sprechzimmer des Psychiaters Doktor Felison, ließ seinen weißen Arztkittel glitzern und tauchte den Schreibtisch und die zwanghafte Symmetrie seiner fünfzig Kugelschreiber darauf in Licht. Der Doktor mit dem Blick einer sanftmütigen Kröte schaute sich gerade die Hieroglyphen auf seinem Handy an. Vor ihm stand ein spinnerter Patient, eingemummelt in einen Schlafanzug, auf dem die Reste von mindestens hundert Mahlzeiten zu sehen waren, einige davon aus dem Mittelalter. Er hatte ein schmales Gesicht mit spitzer Schnauze, saphirfarbene Augen und nazarenerhafte, lange Haare.

Der Spinnerte setzte sich und redete los:

»Herr Doktor, starren Sie nicht weiter auf ihr Smartesfon, sondern hören Sie mir gut zu. Laurel und Hardy sind nicht mehr unter uns und auch David Bowie und Belushi und Totò nicht, und Sie wissen ja, was Salgari für ein schlimmes Ende genommen hat, und auch die schönen Synchronstimmen der amerikanischen Schauspielerinnen gibt es nicht mehr, und die Magnani und Anne Sexton mit ihren grünen Augen und meine Margherita, sagen Sie mir nicht, dass man die ersetzen könnte, Herr Doktor. Es gibt Leute, die beim Einschlafen die Sterne anschauen, aber aus dem Fenster meines Zimmers sehe ich nur eine Wand, und obwohl ich jeden Riss in einen Fluss und jeden Schatten in einen Drachen verwandelt habe, versetzt mich der Anblick in Angst, lassen Sie mich den Mond wiedersehen, ich werde mich nicht in einen Werwolf verwandeln, lassen Sie mich hier raus, please, bedenken Sie die Fakten, ich höre nicht mehr Francas und Darios Lachen, Muhammad Ali ist tot, alles ist vorbei, die Zeitungskioske riechen nicht mehr nach Tinte, und ich spüre den Schauder beim Öffnen von Tütchen und Herausziehen von Sammelbildchen nicht mehr, und ich werde nie mehr freihändig Fahrradfahren und dabei den abendlichen Jasminduft einatmen, von den Beatles sind nur noch zwei übrig und no more Billie & De André, und vielleicht ist sogar Borges tot... Sie und ich, wir lesen verschiedene Bücher, aber es sind fast alles Bücher von Toten, mich rühren Worte von Toten. Sie studieren Worte von Toten, aber auf jeder Seite erblüht Leben, die Flammen des Scheiterhaufens erhellen den Wanderern das Dunkel, und wenn Sie mir zuhören, werden Sie von Ihrer heimlichen Traurigkeit geheilt und ich aus meiner offenkundigen Hölle erlöst, schauen Sie mich nicht so erstaunt an, ich bin nicht wahnsinnig, der Wahnsinn sind die Beipackzettel Ihrer Medikamente und Ihr Starren auf die achtzig Quadratzentimeter große Pfütze, die Sie da malträtieren und auf die Sie Ihre Welt reduziert haben.«

»Dieses Smartphone dient meiner Arbeit, seien Sie nicht albern, Signor Dolcino.«

»Ich meine es ganz ernst, Herr Doktor, ich weiß, dass Sie diesen Ort hier gerne ›Klinik‹ nennen, während ich Irrenhaus dazu sage, ich weiß, dass Sie es lieber haben, wenn ich Sie zum Lachen bringe, etwa wenn ich sage, dass ich gerne alle Kacke, die ich in meinem Leben gemacht habe, auf einmal sehen, den Kackberg besteigen und eine Fahne oben drauf setzen würde, oder wenn ich von mir und der ›tollen Tankwartin‹ erzähle, als wir es im Lastwagen so heftig trieben, dass der den Abhang runterrollte und gegen das Haus des Pfarrers knallte, oder wenn ich von der ›Stille‹ zwischen zwei Noten oder dem ›unsichtbaren Ball‹ rede, aber heute bin ich wahnsinnig ernst und sage Ihnen, dass ich weiß, warum mein Bettnachbar in Zimmer sieben alle zehn Sekunden schreit und wer die rotmähnige Ärztin ist, mit der Sie ein Techtelmechtel haben, und ich weiß auch, dass Sie sich in der Radiologie zwischen Röntgenbildern von Unterleibern und Schädeln ineinander verschlingen, augenblicklich noch lebendige Anatomien zwischen toten Anatomien.«

»Woher wissen Sie das?«, fragte der Doktor und wurde rot.

»Das hat mir Gasperini, der Gärtner, erzählt. Vom Rosengarten aus kann man durch die Fenster reinschauen.«

»Gasperini, der, der aussieht wie Charlie Chaplin? Der Bipolare, der die Blumen beschimpft?«

»Er beschimpft sie nicht, er spornt sie an zu wachsen. Aber machen Sie sich keine Sorgen, Professore, ich werde nichts verraten, und ich will als Gegenleistung auch kein Rigormor oder Morphium oder eine doppelte Portion Kartoffelbrei. Sie müssen mich bloß hier rauslassen, weil ich heute Nacht einen Triotraum hatte und Michael auch und bestimmt noch jemand, und drei identische Träume ergeben eine Prophezeiung.«

»Gut, erzählen Sie ihn mir.«

»Nein, Herr Doktor, genug jetzt mit Ihrem Interpretationsfimmel, Sie leiden an einer schweren Form von obsessiver Versteheritis. Es ist ja schon tagsüber fast unmöglich zu verstehen, was unsere Worte bedeuten – und dann erst in Träumen.«

»Aber Freud hat gesagt...«

»Tatsächlich habe ich letzten Monat ausgerechnet von Freud geträumt. Er war mit Jung in einer Bar in Cesenatico. Man sah sofort, dass sie nicht gut miteinander auskamen, Freud hatte einen Spritz bestellt und Jung eine heiße Schokolade. Unversöhnliche Welten.«

»Und welche Rolle spielten Sie in dem Traum?«

»Ich war der Kellner und fragte: ›Wünschen die Herren noch etwas?‹ Und sie antworteten: ›Ja, wir wünschen uns, dass Doktor Felison aufhört, in unserem Namen den Leuten auf den Sack zu gehen.‹«

»Diesen Traum haben Sie sich gerade ausgedacht. Sie sind heute etwas aggressiv.«

»Wahnsinnig aggressiv, besorgt, verzweifelt. Meine geliebte Lehrerin vom Gymnasium, Frau Prendiluna, muss eine Mission erfüllen, und sie ist die Einzige, die es bis zum Gütigengott schaffen kann, dann können Michael und ich ihn beschimpfen und vielleicht auch ordentlich verprügeln, weil er so möglicherweise ein bisschen Reue zeigt und wir dieser Welt etwas Schmerz nehmen können, ich versichere Ihnen...«

Doktor Felison sah ihn an. Er hatte schon alle möglichen spinnerten Patienten gehabt, aber Dolcino verstörte ihn. Vielleicht hatte Don Candido, der Klinikpfarrer, recht: Er war kein Epileptiker, sondern ein Besessener.

»Beruhigen Sie sich, Dolcino, lassen Sie uns reden. Warum schreit Michael, Ihr Genosse aus Zimmer sieben, ununterbrochen?«

»Uff...«, seufzte der Mann mit einem Blitzen in seinen hellen Augen, »weil er ein Erzengel ist. Haben Sie seine blonden Locken nicht gesehen?«

»Und die Flügel?«

»Die sind gerade in der Reinigung... sie sind weiß, da muss man die hin und wieder saubermachen...«

»Klar«, seufzte der Doktor. »Also, wie lange möchten Sie denn Ausgang haben? Beim letzten Mal haben Sie nur Unheil gestiftet und sind eine Woche weggeblieben.«

»Das Meer war zu schön«, sagte Dolcino, »aber diesmal reichen mir ein paar Tage. Ich finde Prendiluna, lasse mich zum Gütigengott bringen und poliere ihm seine heilige Fresse.«

»Wie soll ich einen rauslassen, der sich mit Gott prügeln will?«

»Warum, haben Sie etwa noch nie daran gedacht? Bei all dem Leid, das Sie gesehen und versucht haben zu heilen, bei all dem Schmerz, den Sie nicht heilen konnten, bei dem bleibenden Bild jenes Jungen, der aus dem Fenster Ihres Sprechzimmers flog, denken Sie nie daran?«

»Ich... ja, ich habe schon daran gedacht... aber ich bin Atheist.«

»Wenn Sie Atheist sind, wieso haben Sie dann schon daran gedacht?«

Der Doktor sah auf den Bildschirm seines Smartenfons in der Hoffnung, dass eine Nachricht oder ein Satz ihn erleuchten möge, aber es erschienen nur dreißig Nonsensenachrichten aus seiner Chatgruppe der Psychiater und Kanufreunde.

»Lassen Sie mir etwas Zeit für meine Entscheidung, Signor Dolcino.«

»Ich kann nicht warten«, sagte Dolcino, »heute Nacht haue ich ab. Wollen wir wetten?«

3 Der freundliche Fahrer

Die Miezekatzehn waren

Hanta der Rote, ein Jäger und sexsüchtiger Kater
Zinken, ein Philosoph und Tarnungskünstler
Sylvia, eine poetisch veranlagte Katze und Akrobatin
Dolores, ein verführerisches Kätzchen mit grauen Augen
Gonzalo, ein jähzorniger, angriffslustiger Riesenkater
Emily, eine an Reiseübelkeit leidende Einzelgängerin
   mit weißem Fell
Cronopio, eine dicke Schlafmütze, Sohn des Sancho
Raymond, eine verspielte Nervensäge
Jorge, ein esoterischer Kater mit telepathischen Fähig-
   keiten aus dem Geschlecht der Durendals
Prufrock, ein Vielfraß, Überlebender vieler Katastrophen

Von der Bushaltestelle aus sah man in ein verkümmertes Tal. Die niederträchtige Gallwespe und der heimtückische Smog hatten jahrhundertealte Kastanien zu Fall gebracht und Obstgärten erstickt. Doch der goldene, sonnendurchtränkte Nebel war der Gleiche wie viele Jahre zuvor, wie an jenem Morgen, als Prendiluna für ihre erste Stelle als Lehrerin das Haus im Wald verlassen hatte, um in die Stadt zu fahren.

   Damals hieß das nützliche Gefährt Überlandbus, war blau, quietschte und hatte knubbelige Sitze. Aus den Tüten der Fahrgäste schauten Hühnerbeine und Käseköpfe heraus. Jetzt hieß es Stadtbus und war ein roter Drache mit Antennen und luxuriösem Inneren in Perlgrau, und es gab sogar eine Steckdose, damit man sein Handy aufladen konnte.

   Einst fuhr man von dieser Haltestelle über sieben Serpentinen ins Tal, dann schlängelte sich die Straße kurvenreich zwischen Stille und Kirschbäumen entlang. Jetzt ging alles schneller: Nach einem Kilometer Sturzflug fuhr man auf die Schnellstraße durch die Metroprovinz, jener seltsamen Mischung aus kleinen Häuschen und Lagerhallen, Gemüsegärten und Supermärkten, Tankstellen und Reklameschildern, die den Fortschritt bezeugte. In nur zwei Minuten gelangte man von der Brunnen- und Kaminkultur in die wunderbare Welt der Großstadt. Die alte Dame konnte nicht sagen, ob all das besser oder schlechter war. Vor sechzig Jahren hatte sie mehr Hoffnungen gehabt, allerdings in einem eiskalten Bett geschlafen. Wofür sollte man sich entscheiden, für die Träume oder für eine Heizung?

Eine Amsel flog nah an ihr vorbei und bewegte ihren Schwanz, als wollte sie sie umwerben. Als junge Frau war Prendiluna eine zerzauste Brünette gewesen, die auf dem Fahrrad allen Männern des Orts die Stirn bot. Ihr Hintern war Gegenstand von Kommentaren und Aufmerksamkeiten, und wenn es bergauf ging, fand sie sich seltsamerweise immer an der Spitze des Feldes wieder. Jetzt war sie bucklig und versilbert, aber immer noch eine strahlende herzkranke und abenteuerlustige Siebzigjährige. Der Bus kam, und sie hob eine Hand, um auf sich aufmerksam zu machen, denn das war immer noch ein Bedarfshalt.

Ein freundlicher Fahrer lächelte ihr zu und hielt an.
Prendiluna hatte einen großen Rucksack und einen riesigen Rollkoffer mit vier geheimnisvollen Löchern. Sie trug all ihre Kleider übereinander. Als sie einstieg, musterten die anderen Fahrgäste sie.
»Signora, soll ich Ihren Koffer in den Gepäckraum laden?«
»Nein, danke, ich behalte ihn bei mir... darin ist etwas sehr Wertvolles.«
»Goldbarren?«
»Nein. Acht Katzen à drei Kilo und zwei Riesenkatzen, zusammen also um die fünfunddreißig Kilo«, sagte die Alte.

Der Fahrer lachte.

»Und die bleiben schön brav da drin?«

»Ich habe ihnen falsche Hoffnungen gemacht«, gestand sie, »ich habe behauptet, wir fahren nach Polynesien.«

Aus dem Koffer kam ein vielstimmiges, enttäuschtes Miauen.

»Kopf hoch, meine verehrten Miezen«, sagte der freundliche Fahrer, »die Fahrt dauert nur eine Stunde.«

Er war ein braungebrannter Riese mit Schnauzbart und sprach mit ausländischem Akzent. Ein kirchlich verheiratetes Paar Trumpiane, das ein und dasselbe Hohnlächeln zur Schau trug, als hätten sie nur einen Mund, schaute ihn hasserfüllt an. Der Trumpian zischte:

»Geht's bald mal weiter?«

»Wir sind hier nicht bei Ihnen zuhause, hier wird gearbeitet, hier werden Fahrpläne eingehalten«, sagte die Trumpine.

Der freundliche Fahrer seufzte und setzte sich ans Steuer. Am Innenspiegel baumelte der Wimpel einer berühmten Fußballmannschaft.

»Jetzt wollen sie uns auch noch den Fußball wegnehmen«, sagte der Trumpian. »Haben Sie keinen verdammten F.C. Lumumba, dem Sie zujubeln können?«

»Hoffen wir mal, dass er wenigstens fahren kann«, sagte sie. »Ausgerechnet einen Negerfahrer mussten wir erwischen!«

»Der ist kein Neger«, behauptete er, »der ist Marokkaner, Tunesier, Jemenit, einer von diesen Terroristensamenschleudern jedenfalls.«

Während seiner Hasstirade hatte er sich beifallheischend Prendiluna zugewandt.

Prendiluna antwortete nicht. Sie setzte den Gesichtsausdruck einer vertrottelten Alten auf.

> *Prendo il giornale e leggo che*
> *Di giusti al mondo non ce n'è ...*
>
> *Ich greife zur Zeitung, und da les' ich,*
> *Dass es auf dieser Welt keine Gerechten gibt ...*

trällerte der Fahrer ein Lied von Adriano Celentano und fuhr fröhlich los.

»Sogar die Lieder nehmen sie uns weg«, zischte die Trumpine.

Aus dem Koffer kam ein schmerzverzerrtes Miauen. Eine der Miezekatzehn, Emily, vertrug das Autofahren nicht. Sie litt an Motorfahrzeugblähungsbeschwerden. Aus einem Loch schaute erst ein verdrehtes blaues Auge hervor, dann ein Schwanzende. Und im Bus verbreitete sich ein starker Geruch nach verwestem Katzenfutter.

Vom Sitzplatz hinter der Alten sagte ein pickeliger Jugendlicher mit Balotelli-Frisur, Totenkopf-Sweatshirt und einer displayphilen kleinen Vampirsfreundin:

»Is da etwa Käse drin?«

»Nein... ich habe meinen Mann umgebracht«, lachte die Alte.

»Cool«, sagte die kleine Vampirin, ohne vom Handy aufzuschauen.

Da musste der freundliche Fahrer das Lenkrad herumreißen, um einem displayphilen Amokfahrer auszuweichen, der in der Kurve Pokémon fing.

»Hören Sie mal, wie heißen Sie überhaupt, kann ja sein, dass ihr bei euch zuhause immer schön geradeaus durch die Wüste fahrt, aber hier gibt es Kurven ... entweder Sie fahren anständig, oder wir werden keine Freunde«, sagte der Trumpian.

»Wahrscheinlich hat er nicht mal einen Führerschein«, argwöhnte halblaut die Trumpine.

Der freundliche Fahrer setzte ein plombenstrahlendes Lächeln auf und antwortete warmherzig:

»Mein Name ist Ervad, ich komme aus einem Land mit vielen Bergen und habe einen Führerschein der Klasse D, der vollkommen ausreichend und geeignet für meine Rolle als Automedon ist.«

»Sie klauen uns sogar unsere Kultur«, sagte der Trumpian zähnefletschend.

»Was ist ein Automerdon?«, fragte sie. »Ist das was Ansteckendes?«

Da kam aus dem Koffer Katzenkampfkrawall, soll heißen der Protest der zusammen mit Emily eingepferchten Miezen, weil erstere ihrem Unwohlsein weiterhin gasförmigen Ausdruck verlieh.

Ein Mann mit Schnauzbart und hochrotem Kopf, der noch trumpiger war als das Ehepaar, stand auf und sagte:

»Man darf keine Tiere mit in den Bus nehmen, werstinktdennhierso! Herr Fahrer, verweisen Sie diese ...«

»Genau«, sagte eine ebenfalls schnurrbärtige, aber blasse Frau, »man darf Tiere nicht so eng eingepfercht transportieren.«

»Ich bitte um Entschuldigung. Das sind meine Katzen, wir sind gleich da«, antwortete Prendiluna.

Eine talkshowartige Rauferei brach los. Auf der einen Seite die Tierschützer, auf der anderen die mit Katzenphobie und die Trumpiane, in verschiedenen Abstufungen von Empörung bis Wut und auch mit abweichenden Vorschlägen.

»Jagen wir sie zum Fenster raus!«

»Arme Kätzchen!«

»Wir sind arm dran, nicht die Kätzchen!«

»Besser eine stinkende Katze als ein parfümierter Mann!«

»Sie sind still, Sie Veganerin, Sie!«

»Ich schlage vor«, sagte ein junger Mediator, »dass die Dame im Bus bleibt, aber nach hinten geht, und wir uns nach vorne setzen.«

»Ich schlage vor«, sagte die Trumpine, »die Alte in den Graben zu werfen.«

»Und den Fahrer gleich mit«, sagte der Trumpian, »ich fahre.«

Zum Glück erwies sich der freundliche Fahrer als streng und zugleich konstruktiv:

»Meine Damen und Herren«, sagte er, »auch wenn ich die verschiedenen Meinungen und legitimen Abneigungen respektiere, muss ich Ihnen doch mitteilen, dass ich keine Lösungen akzeptiere, die auf eine Abschiebung hinauslaufen, in diesem Bus habe ich die Verantwortung und das Kommando. Ich nehme den Koffer zu mir, öffne das Fenster und bitte Sie um Geduld, das Ziel ist nur wenige Minuten entfernt, und ich bin sicher, dass diese kleine Unannehmlichkeit auszuhalten ist. Wir bedanken uns für Ihre Reise mit der Autobuslinie Fastbus Ervad und würden uns freuen, Sie bald wieder als unsere Fahrgäste begrüßen zu dürfen.«

»Einen Scheiß werd' ich«, sagte der hochrote Supertrump, »ich lass mich doch nicht von einem Asylanten herumkommandieren. Ich werde Beschwerde einlegen und lass Sie nach Hause zu den Kamelen zurückschicken.«

»Rassist«, rief die kleine Vampirin.

»Ich polier dir gleich die Fresse mit deinen ganzen Piersings, du Junkie«, sagte der Supertrump versöhnlich.

Fast wäre die nächste Rauferei losgebrochen, doch Prendiluna, gewohnt im Umgang mit undisziplinierten Klassen, baute sich mit ihren Ein-Meter-Vierundsechzig auf und rief:

»Wenn ihr nicht aufhört, mache ich den Koffer auf. Habt ihr schon mal zehn stinkwütende, eingeschlossene Katzen gesehen?«

»Freiheit für die Katzen!«, rief die Schnauzbärtige.

»Katzen ins Ragout«, krakeelte eine Stimme von hinten.

»Die siamesischen Katzen nehmen den italienischen Katzen die Arbeit weg«, knurrte ein Trumpelstilz.

Zum Glück waren sie angekommen.

Im Garten des Busbahnhofs ließ Frau Prendiluna die Katzen raus, darauf folgte allseits festliche Pollakisurie. Emily erholte sich wieder, indem sie hundert Gramm städtischen Klee fraß. Sylvia verfolgte einen Schmetterling. Gonzalo putzte sich die Eier.

»Was für süße Kätzchen«, sagte der freundliche Fahrer. »Aber passen Sie auf, wenn Sie sie frei herumlaufen lassen, sonst kriegen Sie noch eine Geldstrafe.«

»Das wird eine harte Reise mit diesem Riesenkoffer«, seufzte Frau Prendiluna, »danke, dass Sie mich verteidigt haben.«

»Wissen Sie, aus wie vielen Lastwagen ich rausgeworfen wurde und unter welchen Bedingungen ich gereist bin? Und doch bin ich hier. Und wenn solche Sachen passieren, wenn ich beschimpft oder schlecht behandelt werde, denke ich an die, denen es schlechter ergangen ist als mir.«

»Ich verstehe«, sagte Prendiluna und stieß ihren Ultraschallpfiff aus, um die Miezekatzehn zusammenzurufen. »Haben Sie nie Sehnsucht nach Ihrem Heimatland?«

»Doch, sehr oft sogar. Die Leute denken, wir hätten nichts zurückgelassen. Krieg und Bomben, klar, aber auch Landschaften, Freunde, Musik, Essensdüfte und den Geruch der Nacht. Aber jetzt bin ich hier, und dieser Beruf gefällt mir. Ich mag die Leute, ich mag es, in den Himmel zu schauen und keine Angst zu haben, wenn ein Flugzeug vorbeifliegt. Und was die Arschlöcher betrifft, übe ich mich in Geduld. Und es gefällt mir wahnsinnig gut, dieses Riesenkamel mit fünfzig Sitzplätzen zu lenken.«

»Das sieht man... Sie sind immer fröhlich.«

»Nicht immer. Was machen Sie eigentlich mit all den Katzen?«

»Ich muss sie eine nach der anderen an zehn Gerechte verteilen, um die Welt zu retten.«

Der freundliche Fahrer kratzte sich am Kopf.

»Sie nehmen mich auf den Arm, oder? Außerdem, woran erkennt man einen Gerechten denn?«

»Beichten Sie mir das Schlimmste, was Sie je getan haben.«

Ervad schien nicht überrascht. Er war an Verhöre gewöhnt.

»Das schaffe ich nicht...«

»Bitte, sagen Sie es mir.«

Er sagte es ihr.

»Es war zu Beginn der Reise, die mich hierher gebracht hat. Es gab nur noch einen freien Platz in einem Auto, das die Wüste durchqueren sollte, und da war ein arroganter Landsmann, der raufsteigen wollte – ich habe ihn runtergeschubst. Wer weiß, was aus ihm geworden ist. Ich sehe die Szene immer noch vor mir, wie er im Licht der Scheinwerfer schreit, während wir uns entfernen.«

»Wie ich's mir dachte. Ein Gerechter ist nie durchweg gut, jeder von uns hat ein Verbrechen begangen«, sagte Prendiluna. »Also, suchen Sie sich eine Katze aus ...«

»Das kann ich mir nicht erlauben, obwohl ... meine Frau würde sich freuen.«

»Machen Sie Ihrer Frau ein Geschenk. Werden Sie zum reichen Miezenbesitzer. Denken Sie, es sei Allahs Wille.«

»Ich bin Zoroastrier.«

»Dann Zorros Wille.«

Ervad musterte die Katzen, fast alle waren schon wieder in den Koffer gehüpft.

»Mir gefällt der Pummelige mit den Stampfern. Für uns liegt die Schönheit im Überfluss. Ist er ruhig?«

»Er schläft 23 Stunden am Tag, manchmal schafft er es sogar, im Schlaf zu fressen.«

»Den nehme ich.«

»Er heißt Cronopio. Cronopio, willst du bei dem Herrn hier leben?«

»*Claro que sí* ...«

»Ihr werdet euch gut miteinander verstehen.«

»Mag er Döner?«

»Er ist in der Lage, daran hochzuklettern und ihn direkt vom Spieß zu fressen.«

4   Die Flucht

Nach eingehenden Studien kann ich sagen, dass es verschiedene Arten prophetischer Träume gibt.

Beim ersten, dem Protraum, kommt dir ein nahestehender Mensch zuhilfe, um dir die Lottozahlen vorzusagen oder dich bei deiner Haarfarbe zu beraten oder dir den Namen von jemandem zu nennen, der in dich verliebt ist. Doch das ist nicht immer zuverlässig, weil sich die Traumolche einmischen, freche Geister, die die Träume verseuchen, und nachher stimmen dann die Zahlen nicht, die Haarfarbe ist scheußlich, und der Mensch, der in dich verliebt sein sollte, sagt: »Du und ich? Du träumst wohl!«

Beim zweiten (Zwitraum) träumen zwei Menschen voneinander, aber mit unterschiedlicher Handlung. Zum Beispiel träumt der Ehemann, dass seine Frau ihn mit seinem besten Freund betrügt, während die Ehefrau träumt, dass ihr Mann sie mit seinem besten Freund betrügt. Er hat keine prophetische Bedeutung, sondern eine alarmierende, und führt fast immer zu Streitereien.

Dann gibt es noch den Triotraum. Drei Menschen träumen einen zu neunundneunzig Prozent identischen Traum. In diesen Fällen enthält der Traum allemal einen Hinweis und eine Prophezeiung.

Des Weiteren existieren Polyträume, die Panträume Silberer und der Matrjoschkatraum. Aber die erforsche ich noch, und ich träume davon, sie zu entziffern, sobald ich aus dem Irrenhaus raus bin.

Cornelius Noon, *Buch der Traumlabyrinthe*

Petra, die steinharte und strenge Pflegerin, schwankte auf Zwölf-Zentimeter-Absätzen und schob dabei einen Wagen, aus dem es nach massakrierten Kartoffeln und Suppenhuhn roch.

Auf alles gefasst, betrat sie Zimmer sieben. Doch dort herrschte große Stille. Der Erzengel Michael lag mit seinem blütenweißen Unterhemd und seiner Ein-Meter-Vierundneunzig-Würde auf dem Bett. Ehepartnergleich an seiner Seite ausgestreckt, las Gasperini, der Gärtner, ein altes Micky-Maus-Heft. Auf dem Bett am Fenster saß Dolcino, wie üblich in Unterhose, die an diesem Abend von einer mutmaßlichen Erektion leicht ausgebeult war.

Durch die Luft wehte die Folge einer leicht diagnostizierbaren Hyperhidrosis plantaris beziehungsweise ein heftiger Gestank nach Schweißfüßen. Und der Gesang eines Spülkastens verriet, dass sich jemand im Klo eingeschlossen hatte.

»Vier Leute in einem Zweibettzimmer«, sagte die Pflegerin. »Ihr wisst, dass das nicht erlaubt ist.«

»Wir leisten uns Gesellschaft«, sagte Michael und heulte mit hundertundsechs Dezibel.

»Bitte, Michael, Sie hatten mir versprochen, dass Sie mit dem Geheul aufhören, wenn ich das Essen bringe«, sagte Petra.

»Ihretwegen werde ich nur alle zwei Minuten schreien. Der Gütigegott soll wissen, dass wir stinkwütend sind ...«

Petra schaute ihn halb erschrocken, halb fasziniert an. Michael hatte sehr lange Wimpern und entrückt wirkende Augen, sodass er aussah, als hätte er sich mit Kajal geschminkt. Es war schwierig, seinem Blick standzuhalten.

»Kommt schon, benehmt euch«, machte die Pflegerin es kurz. »Heute gibt es Suppenhuhn und Kartoffelpüree ... Gasperini Giacinto, gehen Sie zurück auf Ihr Zimmer.«

Gasperini entfernte sich im Charlie-Chaplin-Gang und las dabei weiter.

»Signora Petra, darf ich Pürpüree haben ... soll heißen eine doppelte Portion Kartoffelbrei?«, fragte Dolcino.

»Zuerst ziehen Sie sich mal anständig an ... was ist da in Ihrer Unterhose los?«

»Nichts, was nicht menschlich wäre ...«

»Genug jetzt, Dolcino. Wer ist auf dem Klo?«

Die Frage wurde sogleich beantwortet. Zebu kam heraus, hundertsechzig Kilo Paranoia, und er steuerte sofort auf die Titten der Pflegerin zu.

»Passen Sie auf, sonst verpasse ich Ihnen eine noch schlimmere Ohrfeige als gestern«, sagte Petra. »Was wollten Sie da drin? Haben Sie kein eigenes Bad?«

»Das hier ist besser, die Kloschüssel wackelt nicht, außerdem flutscht alles besser, wenn ich mich dabei mit Freunden unterhalte. Wissen Sie, ich leide an ...«

»Natürlich weiß ich das, ich gebe Ihnen ja Ihre Medikamente«, sagte die steinharte Petra. »Und jetzt raus hier.«

Sie lächelte Dolcino zu, der ihr Lieblingspatient war, und machte zwei Teller fertig, für ihn und für Michael.

»Das ist kein Kartoffelpüree ... das sind bedrückte Kartoffeln«, murrte Michael. »Wer hat heute gekocht?«

»Der sedierte Bulgare.«

»Der Bulgare kann nicht einmal Suppennudeln kochen. Hier gab es einst zwei große Köche, Signora Amalia und Gennaro, den Hitzkopf. Danach habt ihr eure drei Sterne verloren.«

»Mir schmeckt es, danke Petra«, sagte Dolcino. »Könnte ich silvuplä einen Henkelmann haben, um etwas von diesem vorzüglichen Federvieh zu beherbergen?«

»Einen Henkelmann? Und was wollt ihr damit?«

»Heute Nacht hauen wir ab«, sagte Dolcino.

Michael trompetete wie ein Elefant.

»Entschuldigen Sie, Petra«, sagte er, »das war nicht für den Gütigengott bestimmt. Das war ein Freuden- und Befreiungsschrei.«

Prächtige Schenkel offenbarend, setzte sich die Pflegerin auf die Bettkante.

»Signor Dolcino, ich bitte Sie, hauen Sie nicht schon wieder ab. Sie wurden schon zweimal wieder eingefangen, und dann muss ich Sie wieder mit Beruhigungsmitteln vollpumpen, Rammdoeserol, Rigormor und so weiter. Ich möchte Sie nicht zum Zombie machen. Sie sind gebildet, Sie erzählen mir immer diese schönen Geschichten über Cornelius Noon und über die weder guten noch bösen griechischen Götter.«

»Ernsthafte Gottheiten«, sagte Dolcino, »die keine Angst davor hatten, sich als rachsüchtiges Aas zu zeigen, während der Gütigegott...«

»Er hat mich verjagt, weil ich ihn kritisiert habe«, rief Michael aus. »Ich habe zu ihm gesagt: ›Wieso lässt sich einer, der Wale erschaffen kann, bloß dazu herab, zweitausend verschiedene Typen Tumore zu erfinden?‹«

»Fangt nicht wieder mit der Gotteslästerei an...«

»Petra, Sie sind ein lieber Mensch. Wir haben Sie lieb. Ehrlich. Sie spielen zwar die Harte, aber wir wissen, dass Sie uns nie verraten würden. Ich bitte Sie, helfen Sie uns. Wir wissen, wie wir den Gütigengott finden, diesmal erwischen wir ihn...«

»Uff«, seufzte Petra. »Ich stelle zwar keine Diagnosen, aber ich habe schon seit einer Weile mit euch zu tun: Ihr seid besessene Gotteslästerer. Von welchem Gott sprecht ihr? Ich bin nicht gläubig, aber meine Mutter ist katholisch, meine Freundin Fatima ist Muslima, mein Onkel sagt, dass er an die große Yoni glaubt, Doktor Falavigna spielt den Buddhisten, beim Chefarzt aus der Neurologie weiß ich nicht, was er ist, aber in seinem Sprechzimmer hat er ein Porträt von Padre Pio und eins von Gandhi.«

»Gott ist eine Vorstellung, eine Idee«, sagte Dolcino. »Wir Menschen haben sie geschaffen, also können wir auch die Vorstellung erschaffen, dass Gott alles falsch gemacht hat, dass er sich versteckt, dass wir protestieren können, wenn wir ihn finden.«

»Und ihm eine Tracht Prügel versetzen!«, schrie Michael. »Sie werden bemerkt haben, dass ich das ganz sachlich und ohne zu schreien gesagt habe.«

»Eine Idee kann man nicht verprügeln.«

»Kann man wohl, und wie...«, sagte Dolcino. »Die Geschichte ist voller zusammengeschlagener Ideen mit blauen Flecken.«

»Das ist unsere Chance«, sagte der Erzengel. »Wir haben beide von unserer alten Gymnasiallehrerin geträumt, die bald ein Treffen mit dem Gütigengott hat, wir brauchen sie nur zu finden. Erst muss sie ihre Katzen unterbringen, um die Apokalypse zu verhindern, danach können wir endlich...«

»Wollt ihr mich dazu zwingen, den Doktor zu rufen?«, seufzte Petra und presste die Hände gegen den Kopf.

Dolcino kniete nieder:

»O Petra, Heilige unter den Frauen, du, die du mich mit Morphium beruhigtest und mir die Gallenblase reguliertest, du, die du bei mir warst, als ich die Ruhigstellung verließ und dein Erbarmen spürte, du, die du mit Schlaftabletten dealst, aber selbst die Schlimmsten und Gewalttätigsten unter uns lieb hast, du, die du nach Rosen und Kartoffelpüree duftest, du Mutter und Hure unserer Träume, ich bitte dich... lass ein Fenster offen, im ›Flur der toten Chefärzte‹... heute Nacht...«

»Wollt ihr, dass ich rausfliege?«

»Wenn wir den Gütigengott finden«, sagte der Erzengel, »werden wir Sie in den höchsten Tönen loben. Was wären Sie denn gerne? Showgirl, Zahntechnikerin, Apothekerin?«

»Mich wickelt ihr nicht um den Finger. Das Pürpüree wird kalt.«

Dolcino tat so, als wäre er sehr wütend, schnellte auf die Pflegerin zu und zeigte mit dem Finger auf sie:

»Wenn Sie uns nicht helfen, werden wir allen erzählen, dass Sie perverse Pflegerin Doktor Felison mit ihren Blowjobs ins Jenseits befördern.«

»Unterstehen Sie sich!«

»Das wissen doch alle... aber sagen Sie mal, hört er eigentlich auf, auf sein Smartesfon zu starren, wenn Sie ihn trockenlegen?«

»Ich verbiete Ihnen, solche Schweinereien zu behaupten«, sagte Petra, aber sie musste lachen, »jeder hier weiß, dass ich bei der Arbeit äußerst seriös bin.«

»Klar, wir wissen, dass nicht Sie das sind«, sagte Michael, »es ist die Dottoressa von der Analyse, die rote Silikontussi.«

»Woher wisst ihr das?«, ließ Petra sich aus der Reserve locken.

»Das hat mir Zebu erzählt«, sagte Michael, »er hat ein Filmchen im Wepp gesehen, auf dem sie zwar eine Maske trägt, man aber den Schönheitsfleck auf ihrem Dekolltee erkennt, und man sieht Felisons Beinchen in diesen schrecklichen orthopädischen Latschen und im Hintergrund einen Tropf...«

»Ihr verarscht mich«, sagte Petra, schon in Vorfreude auf den Tratsch.

»Also? Machen Sie uns das Fenster auf? Bitte...«

Und Michael ließ ein so langes und klägliches Geheul los, dass alle Hunde des Häuserblocks ihm antworteten.

Plötzlich ging die Zimmertür auf, und der grausame Pfleger Joel kam herein und blickte scheel. Er war ein behaarter, jähzorniger Fußballfan.

»Hör zu, du beschissener Erzengel, heute Nacht habe ich Dienst, und es läuft ein Spiel. Wenn du rumnervst und der Arzt mich ruft, geb ich dir so viel Rigormor, dass du erst am Ende der Saison wieder aufwachst.«

»Immer mit der Ruhe«, sagte Dolcino, »und halten Sie sich mit Drohungen zurück.«

»Halt die Klappe, du mit deinem Intellektuellengelaber, willst du zwei Tage ans Bett gefesselt werden?«

»Aber, Herr Kollege«, sagte Petra, »muss das sein?«

»Bleib du ruhig bei deinen guten Manieren, Frau«, knurrte Joel, »und ich bei meinen eigenen Methoden. Ich weiß, wie man mit solchem Auswurf umgeht. Habt ihr gar nichts gegessen? Egal, ich räume trotzdem die Teller ab.«

»Heute Abend werdet ihr drei zu null verlieren, und euer bester Stürmer bricht sich Schienbein, Wadenbein, Sprunggelenk und Mitochondrium...«, knurrte Dolcino.

***

Die Stunden vergingen. Es war Mitternacht. Durch den Flur dröhnte ein Fluch von Joel. Der beste Stürmer seiner geliebten Mannschaft hatte sich wirklich den Meniskus gerissen. Vorsichtig und leise verließen Dolcino und Michael ihr Zimmer und gingen hoch in den ersten Stock, in den ›Flur der toten Chefärzte‹. Michael stieß ein Muhen aus.

»Wir sind auf einer Mission ... kannst du nicht wenigstens einmal aufs Schreien verzichten?«, tadelte ihn Dolcino.

»Von jetzt an werde ich es versuchen.«

Sie gingen weiter, unter den verwunderten Blicken der gemalten oder fotografierten Größen. Da gab es Orthodoxe, Gruppentherapieler, Lacanianer, Winnicottianer, Kohutianer, Bionianer, Kleinianer, Sternianer, Transkulturelle und sogar einen Hypno-Marxisten. Alle perplex.

Dolcino trug einen eleganten lachsfarbenen Trainingsanzug, ein Geschenk seiner Schwester, und eine Toga aus Bettlaken. Michael war im Western-Style, mit einem übergroßen, weißen Staubmantel und darunter das treue Unterhemd. Auf seinem mageren Hals sah man eine tiefe Narbe.

»Hättest du dir nicht richtige Schuhe anziehen können?«, fragte Dolcino.

»Die Flipflops sind bequem.«

Auf der Hälfte des Flurs sahen sie einen goldenen Lichtfleck. Es war der Widerschein der Straßenlaternen draußen auf der schmalen Allee, wo die Krankenwagen einfuhren. Und es roch nach Magnolie und Mondmeer.

Ein Fenster stand offen.

5 Aias

Frau Prendiluna war eine ausgezeichnete Lehrerin gewesen, sogar stellvertretende Schulleiterin an einem kleinen humanistischen Gymnasium, das viele Müßiggänger, einige tüchtige Leute und sogar ein paar Promis hervorgebracht hatte: eine Fernsehmoderatorin, einen Krimischriftsteller, einen schmiergeldfressenden Bürgermeister und einen Serienmörder. Trotzdem hatte sie schöne Erinnerungen an das alte Gebäude mit den langen, düsteren Fluren, den uralten Buchenholzbänken und den Hundertunddreißig-Zoll-Tafeln. Und sie erinnerte sich gern an ihre Kollegen, auch an die unsympathischeren wie Battista, den karrieregeilen Schulleiter, und die arme Berenice, eine sehr strenge Mathematiklehrerin, die im Krankenhaus an den Folgen eines Operationsfehlers starb (»Aber nicht mein Fehler!«, hatte sie auf ihrem Sterbebett stolz verkündet). Außerdem an diejenigen, die sie gemocht hatte, wie den sanften Alcioni, Lehrer für Philosophie, den verrückten Cervo Lucano für Naturwissenschaften und ... ihren Lieblingskollegen, den Latein- und Griechischlehrer Aias Artisunk mit der schönen Löwenmähne, der auf dem Pult stehend die *Metamorphosen* deklamierte und sich mit allen anlegte, weil er einen unmöglichen Charakter hatte. Aber er war ein leidenschaftlicher Lehrer gewesen und hatte seine Schüler immer verteidigt. Außerdem hatten sie sich bei einem Abendessen zu Ehren eines Kollegen gemeinsam betrunken, und auf der Rückfahrt im Auto hatte er sie verführt, indem er homerische Verse zitierte und seine Pranken gezielt in erogene Zonen wandern ließ.

Eine gewittrige Beziehung. Waren sie doch beide überempfindlich und stolz. Er stritt es zwar ab, hatte aber eine entschiedene Neigung zu den jungen Wiedergängerinnen der

Briseis. Sie unterrichtete Italienisch und liebte Leopardi, den er als »Unglücksbringer« bezeichnete. Sie schaute Fußball, er Rugby. Sie liebte Katzen, er hatte eine Katzenallergie. Er liebte Austern, sie hatte eine Austernallergie. Aber mit Streitereien und Versöhnungen hielt es fast ein Jahr lang an. Dann fand er in ihrer Tasche ein Foto von Gregory Peck, und weil er nichts von Kinofilmen verstand, wurde er verrückt vor Eifersucht und brüllte: »Sag mir, wer das ist, und vor allem, was er unterrichtet!« Sie wiederum entdeckte in einer Schublade das Foto einer Blondine mit der Widmung *Danke für die Nachhilfe, Loredana.* Sie wurde stinkwütend und wollte wissen, worin er ihr »Nachhilfe« gab, wobei sie den Namen des Fräuleins mit ungewöhnlich vulgären Reimen bedachte.

Die Liebe verblasste. Er sprach während des Beischlafs gerne effektvolle Sätze aus. Eines Nachts rief er »Spürst du, wie ich dich mit diesem Pfeil durchbohre?!«, sie lachte ihm ins Gesicht, und das war der Anfang vom Ende. Sie hatten einander mit gegenseitiger Achtung verlassen, sich aber seit fast zwanzig Jahren nicht mehr gesehen. Prendiluna wusste, dass ihr ehemaliger Kollege Gemahlin und Nachkommen hatte. Sie hatte ihm eine höfliche Mail geschrieben, in der sie einen möglichen Besuch ankündigte, und er hatte mit einem lakonischen *Komm einfach vorbei* geantwortet. Lieber, unerträglicher Aias, dachte sie jetzt, während sie den Rollkoffer mit dem Getöse eines Zweispänners hinter sich herzog. Wirst du noch immer eine unbestechliche Nervensäge sein? Werden wir uns wiedererkennen?

Es war schon dunkel. Sie klingelte an der Tür eines kleinen Häuschens mit Garten. Ein blondes Mädchen mit unendlich traurigem Gesichtsausdruck und wehleidiger Stimme machte ihr auf.

»Papa hat Sie schon erwartet«, sagte sie und senkte den Blick.

»Bestimmt. Wie heißt du denn, meine Hübsche?«

»Arethusa«, antwortete sie.

Die Arme, dachte Frau Prendiluna, das hätte ich mir denken können.

»Arethusa, wenn ich das richtig in Erinnerung habe, ist dein Papa gegen Katzen allergisch...«

»Mein Papa ist allergisch gegen die Welt.«

»Tja«, sagte Prendiluna, »könnte ich meine kleinen Freunde kurz in deinem Zimmer lassen? Sie sind hier ziemlich eingepfercht. Ich lasse dir für alle Fälle auch den Rucksack mit Sand, Katzenklo, Futter und Deo da. Magst du Katzen?«

»Ich liebe Katzen«, sagte Arethusa, und ihre blassen Wangen bekamen wieder etwas Farbe.

»Es sind neun... soll ich dir mit dem Katzenklo helfen?«

Doch Arethusa hatte den Koffer schon an sich genommen und ihn in ein Zimmer voller Plüschbärchen und Poster geschleift. Neun Fellknäuel flitzten herum.

Vom Ende des Flurs dröhnte eine bekannte Stimme.

»Was macht ihr da?«

»Arethusa passt auf meine Katzen auf...«, sagte Prendiluna.

»Katzen! Du weißt doch, dass ich eine Katzenallergie habe!«

Aias kam näher, und sie musterten einander. Es war immer noch Aias: die mittlerweile weiße Löwenmähne, die dichten Brauen, die funkelnden Augen. Aber die Jahre waren vergangen. Der Krieger war dicker und bucklig geworden, und vor allem war aus seinem Gesicht jede Spur von Ironie verschwunden.

»Naja«, sagte Prendiluna, »du hättest mich auch mit ›Schön, dich wiederzusehen, meine Liebe‹ begrüßen können.«

Aias sah sie ein wenig verärgert an.

»Klar freue ich mich, dich wiederzusehen, aber diese Katzeninvasion... na, komm schon, steh nicht so dumm rum, komm in mein Arbeitszimmer.«

Nicht mal eine Umarmung, nicht mal ein Prankenhieb, dachte Prendiluna. Naja, was hast du eigentlich erwartet?

Das Arbeitszimmer war proppenvoll mit Büchern und hässlichen, pompösen Gemälden. In einer Ecke strangulierte ein marmorner Herkules irgendeinen Unglückseligen. Eine Homer-Büste spiegelte sich im Skamandros eines hypermodernen Schreibtischs aus Kristallglas. Schön zur Schau gestellt, gab es dort eine breite Auswahl technischer Geräte, W-Lan-Router, Drucker, Scanner und zwei große, eingeschaltete Computerbildschirme.

»Entschuldige. Aber Arethusa ist ein Mädchen, das selbst einen Heiligen aus der Fassung brächte. Wie geht es dir?«

Unschlüssig knetete Prendiluna ihre Hände. Sollte sie die Wahrheit über ihre Mission sagen? Sie entschied sich für die halbe Wahrheit.

»Aias, ich habe dich als guten und gerechten Menschen in Erinnerung. Deshalb hatte ich Lust, dich wiederzusehen, das ist alles.«

Er deutete ein Lächeln an. Schmeicheleien funktionierten bei dem Telamonier immer noch.

»Ob gut, weiß ich nicht, aber gerecht schon«, sagte er. »Ich bin freudig überrascht von deinem Besuch. Du bist nicht sonderlich gealtert, du hast die schöne silbrige Mähne einer Rothaut. Ich dagegen bin abgenutzt... weil ich diese Welt nicht mag. Ihnen sei dank« – und er zeigte auf alles um ihn herum – »kann ich das zum Glück kundtun, und wie, wenn ich das so sagen darf.«

»Meinst du die Bücher? Die griechischen Götter?«

»Nein, ich rede von meinen Computern«, sagte er und tippte etwas in die Tastatur. »Ach, da ist ja schon wieder dieser elende Provokateur, dem antworte ich gleich. Entschuldigung, wovon sprachst du gerade?«

»Nichts. Du sprachst gerade davon, dass du die Welt nicht magst.«

»Nein, ich mag sie nicht. Ich habe sie nie gemocht. Aber ich hatte meine Arbeit, Kollegen, Liebschaften. Jetzt habe ich nur noch eine Mission.«

»Und die wäre?«

Aias zündete sich eine Zigarette an, er lachte. Seine Zähne waren leicht gelblich.

»Weißt du, was das Wort *hater* bedeutet?«

»Das ist weder Latein noch Griechisch, stimmt's?«

»Es bedeutet ›Hasser‹ auf Englisch. *Hater* ist der Begriff, mit dem diejenigen verunglimpft werden, die sich nicht abfinden, die nicht einfach ihren Mund halten. Diejenigen, die Dummheit und Inkompetenz nicht ertragen. Nun ja, eigentlich würde ich *inimicus* bevorzugen, aber die Leute sind einfach zu ungebildet, um zu wissen, was das heißt... also von mir aus auch *hater*, ich hasse ja wirklich... und ich habe gelernt, die Technologie zu nutzen, *techne* und *logos*, um Gerechtigkeit herzustellen...«

»Soll heißen? Was meinst du damit?«

Arethusas kleiner Blondschopf tauchte in der Tür auf.

»Signora, darf ich ihnen etwas Katzenfutter geben. Sie miauen.«

»Aber nicht zu viel.«

»Arethusa, ich hab dir schon tausendmal gesagt, dass du mein Arbeitszimmer nicht betreten sollst«, rief Aias. »Statt dich um die Katzen zu kümmern, solltest du lieber deine Hausaufgaben fertig machen, du Unglücksmensch.«

Prendiluna schaute ihn etwas verlegen an.

»Das ist meine Schuld, ich habe sie gebeten, auf die Katzen aufzupassen... Sei ihr nicht böse. Wie alt ist sie? Und wo ist deine Frau?«

Sie hatte die falsche Taste gedrückt. Das Gesicht des Mannes wurde zu einer Maske der Wut.

So erhob sich Aias, der ungeheure,
die Schutzwehr der Achaier,
Lächelnd mit finsterem Antlitz, und unten mit den Füßen
Ging er groß ausschreitend
und schwang die langschattende Lanze.

»Meine Frau hat mich verlassen, weil sie mit Leib und Seele eine Hure ist. Ich habe zwei Kinder mit ihr. Nereus, der bei ihr lebt, ist achtzehn und ein vom Haschisch verblödeter Trottel. Und Arethusa, die eine verfluchte Woche pro Monat bei mir wohnt, ist dreizehn und eine schizophrene Anarchistin...«

»Deine Ausdrucksweise hat sich sehr verändert, Aias...«

»Ist dir das aufgefallen? Latein und Griechisch sind gut für edle Gefühle, die ich durchaus noch hege. Aber der Bodensatz und die Bastarde verdienen diese Sprache hier. Als meine Frau mich verlassen hat, habe ich angefangen, es ihr heimzuzahlen. Sie hat etliche Male ihre Telefonnummer und ihre Accounts gewechselt, aber umsonst, jeden Tag mache ich sie ausfindig und unterstreiche noch einmal, was ich von ihr halte. Und ich teile es auch ihren Kollegen mit, ihren Freunden und ihren zwölf Whatsapp-Gruppen. Schade, dass ich, als wir noch zusammen waren, nie ein Video gedreht habe, um es auf YouPornz zu stellen. Alle Welt soll wissen, was für ein Flittchen sie ist, scortum, moecha. *Sic iustus, ne timeas.*«

»Aber dann bist du ja... ein Stalker.«

»Tatsächlich hat die verfluchte Hure mich angezeigt. Aber ich lasse mich nicht einschüchtern. Ich werde sie weiter beschimpfen. Sie hat mich betrogen und hintergangen, sie hat es verdient, ein Scheißleben zu führen...«

Als zweiter wieder nahm Aias
einen viel größeren Stein auf,
Wirbelte ihn herum und warf
und legte unermeßliche Kraft hinein.

Prendiluna suchte in ihrem Herzen nach etwas Mitleid und fand ein kleines Fitzelchen.

»Du machst dir dein eigenes Leben kaputt.«

»Mag sein, aber ich räche mich. Unter dem Namen Herkules verbringe ich Stunden am Computer damit, diejenigen zu beschimpfen, die es verdient haben. Früher habe ich meinen Schülern Noten gegeben, jetzt gebe ich den Dummköpfen welche, den Huren, den Elenden. Darunter sind auch alte Bekannte. Erinnerst du dich an Alcioni, den Philosophielehrer? Diese schmierige Schwuchtel?«

»Er war ein freundlicher Mensch und ein guter Lehrer...
und du solltest wissen, dass für die alten Griechen...«

»Meine liebe Prendiluna... Gutmensch wie immer. Lies diesen Wortwechsel im Netz durch. Er nennt sich Alcion 46, und wahrscheinlich macht er sich unter diesem Nickname an junge Lustknaben ran... schau mal, das hier ist von heute Nacht.«

💬 Alcion 46

In meinen Augen sind Herkules' Urteile über Homosexuelle rüde und rassistisch... außerdem ist seine Berufung auf das alte Griechenland hier fehl am Platz

💬 Herkules

Ich kenne die Tiefe der griechischen Kultur, du kennst nur die Tiefe des Arschlochs

💬 Bobotroll

Wie unnötig vulgär

💬 Xyjkzjkzywx

Für wen hältst du dich, dass du da bequem im Schutze der Anonymität urteilst?

💬 Herkules

Kümmere dich um deinen eigenen Scheiß

💬 Bobotroll

Ihr seid Rüpel. Wie man sieht, habt ihr euch das von Gewissen Politikern abgeschaut

💬 Gelbschnabel

»Gewissen« schreibt man als Adjektiv nicht groß, lernen Sie erst mal ordentlich unsere Sprache, bevor Sie schreiben. Und was soll »gewissen« hier eigentlich heißen, nennen Sie gefälligst Namen, Bobotroll, sonst sind Sie bloß der übliche Politikverdrossene vom Dienst

💬 Veg 21
Beschissene Fleischfresser

💬 Alcion 46
Was hat das damit zu tun?

💬 Herkules
Wenn du mit von der Partie bist, Alcion, kommt das immer mit rein, aber ich sag dir nicht wo

💬 Gelbschnabel
Es reicht jetzt mit diesen zweigleisigen Formulierungen

💬 Bobotroll
Was haben Sie gegen Zweigleisigkeit? Sagen Sie doch gleich, dass sie gegen die TGV-Verbindung nach Italien sind. Haben Sie sich je gefragt, warum die Franzosen auf ihrer Seite nicht protestieren?

💬 Don Twitt
Ich weiß nicht, wovon ihr redet, aber mein Buch erklärt es

💬 Alcion 46
Lasst uns in Ruhe streiten, statt mit eurem Scheiß dazwischenzufunken. Herkules, weißt du, was Sokrates über diejenigen gesagt hat, die aufs Geratewohl Leute beschimpfen?

💬 Herkules
Nein, aber ich weiß, dass du ihn beneidest, weil er seine Schüler in den Arsch ficken konnte, wie du es immer gerne getan hättest

💬 Bobotroll
Auf was für einem Gymnasium unterrichtet ihr eigentlich, ich hab nämlich einen Sohn, der gern auf ein altsprachliches möchte

💬 Herkules
Mit einem Vater wie dir sollte er lieber Pizzabäcker werden

💬 Gennaro HK
Was hastu gegen Pizzabäcker?

💬 Veg 21
Wenn jemand Wurst auf die Pizza will, gebt ihr euch zu sowas her, ihr Bastarde?

💬 Gennaro HK
E che cazz' avimm'a ffa? Was sonst, hä?

💬 Ku Klux Fan
Scheiß Neapolitaner Neger Marokkaner Dönerverkäufer alle zurück nach Hause

💬 Panopte
Die kleine Rache gehört den Armseligen, die große Rache den Edlen

💬 Herkules
Ja, sich zu rächen ist das Vorrecht der Götter, und ich kann das wie kaum ein anderer. Wenn ihr eine versaute Scheiß-Verräterin kennenlernen wollt, die für alle die Beine breit macht, wendet euch an Sibilla Tremendini, meine verhurte Ex-Frau, Via Panisperna 128. Wollt ihr auch die Telefonnummer?

💬 Gelbschnabel
Wenn man Handys zu nah an den Kopf hält, wird man impotent

💬 Bobotroll
Nur wenn man so ein Sackgesicht ist wie du

💬 Don Twitt
TIM, Vodaphone und O2 werden von der Camorra kontrolliert, wenn eure Telefonnummer mit null anfängt, seid ihr Komplizen

💬 Alcion 46
Der übliche Verschwörungstheoretiker

💬 Herkules
Besser eine Verschwörungstheorie als arschgefickt wie ein Vieh

💬 Lili Marlene
Herkules, bist du nicht der, der gestern das schöne Gedicht geschrieben hat? Was ist mit dir passiert?

💬 Herkules
Irgendein Hacker benutzt meinen Namen, um süßliche Gutmenschen-Inhalte zu verbreiten, die ganz und gar nicht meiner Denkart entsprechen. Ich werde ihn finden und es ihm heimzahlen. Fick dich, Lili Marlene

»Aias, ich bin etwas perplex«, seufzte Prendiluna, »du warst zwar ein harter und jähzorniger Mensch, aber durchaus in der Lage, dich zu entschuldigen... du hast deine Schüler geliebt... an deine Arbeit geglaubt... Was ist passiert?«
Kurz, nur für einen kurzen Moment, schien Aias wieder so wie früher.
»Und was hat mir meine Rechtschaffenheit gebracht? Hier bin ich: alt und allein. Sie hat mich verlassen, alle haben es mitgekriegt, ich hab ihr Gelächter in der Bar gehört, in der Schule... Aias, der gehörnte Krieger. Sie hat mir gehört, verstehst du das... mir, mir.«
»Sie hat dir nicht gehört.«
»Ich hätte sie sofort umbringen sollen...«, sagte Aias nun wieder bissig. »Na gut, jetzt lass mich in Ruhe, ich muss

kämpfen, ich muss die Nachrichten kommentieren… die Nacht ist das Reich der Hater… Es tut mir leid, ich sehe, dass du enttäuscht bist, aber ich kann es nicht ändern… geh zu Arethusa… und lass mich allein. Wenn du magst, kannst du hier übernachten.«

»Nein. Ich verabschiede mich noch von ihr und gehe dann, Herkules.«

***

Prendiluna betrat Arethusas Zimmer. Das Mädchen lag mit einem selbstbeweglichen Pelz aus lebenden Katzen auf ihrem Bett. Das Geschnurre war so laut, dass der Boden vibrierte.

Sterilisierungen und Ermahnungen hatten den Eros der Gruppe nicht gänzlich gebändigt, und in Ermangelung genauer Vorgaben improvisierten die Katzenhormone. Hanta und Emily mimten gerade eine beschwerliche Begattung. Hanta war halb blind, weshalb er seine Gespielin vom Kopfende her zu besteigen versuchte, und Emily mochte das nicht, weil sie in Raymond verliebt war, der aber teddyphil und dem Plüschbärchen Ted treu war, dem ehemaligen Verlobten von Jorge. Prufrock kaute auf dem Papier eines alten Bonbons herum. Gonzalo putzte sich die Eier.

»Alles in Ordnung?«, fragte Prendiluna.

»Ach, ich wünschte, die Katzen würden hierbleiben… sie vertreiben meine Traurigkeit. Wissen Sie, ich bin hier nicht so gerne.«

»Wegen deines Vaters. Hasst du ihn?«

»Nein, schlimmer noch. Ich hab ihn lieb. Ich ertrage es nicht, ihn so zu sehen. Seit Mama ihn verlassen hat, ist er ein anderer Mensch. Ich gebe ihr nicht die Schuld daran, sie war genervt, er war eifersüchtig und aggressiv, einmal hat er sie geohrfeigt… darf ich weinen?«

»Nur zu.«

»Ich kann nicht. Ich weiß, ich bin keine großartige Gesellschaft für ihn. Ich wünschte, er wäre wieder so wie früher, als er mir die Fabeln von Äsop vorgelesen hat. Ich wünschte, er würde nicht die ganze Zeit vor seinem verfluchten Computer kleben und sich mit allen anlegen.«

»Du kannst nur bei ihm bleiben und... hoffen, dass er sich ändert. Aber dulde seine Selbstherrlichkeit nicht, wenn er es übertreibt, dann geh...«

Arethusa nickte, dann flüsterte sie:

»Ich habe ein Geheimnis. Darf ich es Ihnen anvertrauen?«

»Hier sind nur wir elf, schieß los.«

Ein spitzbübisches Lächeln erhellte das Gesicht des Blondschopfs.

»Wissen Sie, Signora, Papa ist überzeugt davon, dass ich ein kleines Dummchen bin... er glaubt, er wäre ein Computergenie und ich eine Pfeife... mit Cyberphobie, wie man das nennt, er glaubt, ich wäre unfähig, das Internet, Social-Media-Accounts und sowas zu benutzen.«

»Aber?«

»Stattdessen habe ich mir alle Tricks im Netz beigebracht. Mein Lehrer war Nevio, genannt Nerdio, ein kleines Hacker-Genie, displayphil für einen guten Zweck. Im Tausch gegen soundso viele Küsse ohne Zunge hat er mir soundso viele Unterrichtsstunden gegeben. Er hat mir gezeigt, wie ich meinen Computer mit dem Heimnetzwerk verbinde, das heißt, dass ich in Papas Computer reinkomme. Ich habe ihm alle Passwords, Nicknames und Accounts gestohlen... verdammt, wenn man dafür nicht lauter englische Begriffe benutzen müsste...«

»Passwörter, Pseudonyme und Benutzerkonten.«

»Genau. So verwende ich hin und wieder seine Kontakte und seinen Namen Herkules, um schöne und lustige Sachen ins Netz zu stellen. Seine Gedichte, die etwas floskelhaft sind. Oder ich schreibe selbst ein Gedicht und tue so, als würde er es posten. Und ich veröffentliche Materialien aus seinen alten Unterrichtsvorbereitungen. Ab und zu ersetze ich sein Profilbild bei Facebook. Statt des Kriegers mit blutiger Lanze stelle ich Katzen, Kaninchen und Hamster rein.«

»Und er hat dich nie entlarvt?«
Arethusa warf Hanta in die Luft, der überrascht miaute.
»Nie. Teils, weil ich gut bin. Aber ich glaube... oder ich will glauben, dass...«
»Das glaube ich auch. Er weiß genau, dass du diese Sachen ins Netz stellst. Ein bisschen was von einem guten Menschen steckt noch in ihm drin. Er weiß, dass du ihm auf diese Weise nahe bist.«
»Ja, er ist zu klug, um das nicht kapiert zu haben. Aber ich weiß nicht, wie lange er mich noch machen lässt...«
»Weiß deine Mutter davon?«
»Nein... ich will, dass sie denkt, er schlüpfe ab und zu aus seiner Rüstung des Bösen. Aber er ist nicht böse, jedenfalls nicht richtig. Darf ich weinen?«
»Weine nur.«
»Ich kann nicht. Wie wird das Ihrer Meinung nach ausgehen?«
Prendiluna streichelte ihr übers Haar, worauf die Hälfte der Katzen eifersüchtig angerannt kam, dann sagte sie:
»Verrat mir das Schlimmste, was du dieses Jahr gemacht hast.«
»Warum?«
»Es gibt etwas zu gewinnen. Sag es mir.«
»Ich habe ein Konzertticket aus der Handtasche meiner Freundin gestohlen. Und einer der Küsse mit Nerdio war mit Zunge. Außerdem...«
»Das sind keine großen Sachen.«
»Aber wenn ich größer werde, mache ich bestimmt noch schlimmere Sachen«, sagte Arethusa enthusiastisch.
»Bestimmt. Na gut, ab heute bist du eine der Winx.«
»Die kann ich nicht ausstehen.«
»Dann bist du eben eine der zehn Weisen, die die Säulen der Erde tragen, und darfst dir eine Beschützerkatze aussuchen.«
»Soll das heißen... eine Katze ganz für mich allein? Die ich mit nach Hause nehmen kann? Meine, meine, miaumeine?«

»Klar, miaudeine. Such dir eine aus.«
»Ich will Zinken«, sagte Arethusa.
»Darauf hätte ich gewettet«, sagte Prendiluna.

Der bunte Zinken mit der rosa Nase merkte genau, dass über ihn geredet wurde, aber wie alle Katzen tat er so, als schliefe er weiter.

6 Hamlet

Jede Nacht ist wunderbar, wenn du lebend von einem Schlachtfeld zurückkehrst, aus einem Krankenhaus entlassen wirst oder ein Gefängnis verlässt. Schön ist die Freude der Überlebenden, der Geheilten, der Davongekommenen, auch wenn sie nur von kurzer Dauer sein wird.

So durchquerten Dolcino und der Erzengel den Garten, nachdem sie sich mit gut verknoteten Bettlaken vom Fenster aus abgeseilt hatten, sie kletterten über das Gittertor und waren draußen, auf einem trostlosen Parkplatz, der ihnen wie ein wunderschön glitzerndes Meer vorkam.

Von der Klinik bis an die Tore der Stadt liefen sie durch verlassene Straßen, wobei sie Rücksicht auf die Stimmungsschwankungen von hundertundsechzehn Ampeln nahmen. Im Morgengrauen kamen sie an und legten sich unter einen Bogengang schlafen.

Sie wurden von Sirenengeheul geweckt.

Zwölf Polizeimotorräder eskortierten ein blaues Fahrzeug mit leichenwagenartig verdunkelten Fenstern. Andere Polizisten leiteten den Verkehr um. Ein Polizist mit Raumfahrerhelm und Maschinenpistole befahl ihnen, aufzustehen, und sagte:

»Weg hier, hier können Sie nicht bleiben.«

»Wer sitzt da in dem Auto?«

»Zu dieser Auskunft bin ich nicht befugt.«

»Das ist nicht wahr«, sagte der Erzengel, auf seinem Metervierundneunzig thronend, »Sie wissen es selbst nicht. Niemand weiß, wer wirklich in den blauen Autos sitzt. Und auch nicht, wohin sie fahren und was sie da machen ... Ihr tappt genauso im Dunkeln wie wir. Aber wir wissen etwas, was ihr nicht wisst ...«

»Ach ja, du Penner? Und was?«

Michael schrie:

»Dass sie Böses tun werden. Uns, aber auch euch.«

»Die blauen Autos eskortieren häufig schwarze Lastwagen, die Bomber mit Treibstoff versorgen und so weiter...«, seufzte Michael weiter.

Der Polizist schob das Visier seines Helms hoch, es war ein junger Mann, bestimmt unter zwanzig.

»Verschwindet hier, sofort, oder ich nehme euch fest. Seid ihr etwa aus dem Irrenhaus ausgebrochen?«

»Richtig geraten«, sagte Michael. »Darf ich Sie etwas fragen, silvuplä?«

»Das dürfen Sie, wenn ihr anschließend hier abhaut.«

»Früher gab es hier in der Stadt mal ein Lokal, das Ice hieß, und wir wissen nicht, ob es noch existiert.«

»Das gibt es noch«, sagte der Polizist.

»Gehen Sie da hin, um Jazz zu hören?«

»Wir gehen da hin, um Dealer festzunehmen, das ist mittlerweile ein übler Schuppen... ihr werdet doch wohl keine Dealer sein?«

»Wir dealen nur mit Lügen«, lachte Michael.

»Zum Beispiel?«

»Wir sind unterwegs zu Gott, um ihm die Fresse zu polieren.«

»Genug gescherzt«, sagte der Polizist, »sonst muss ich eure Ausweise verlangen, und ich bin sicher, dass ihr keine dabeihabt.«

»Erkennen Sie einen Engel etwa nicht?«

»Agente«, rief Kommissar Garbuglio von der anderen Straßenseite, »verlieren Sie keine Zeit mit Stadtstreichern, da kommen zwei Autos mit Eskorte.«

»Wir haben euch lieb«, schrie Michael, »wir haben euch lieb, ehrlich.«

Aber die Sirenen heulten, und niemand hörte es.

***

Als Doktor Felison erfuhr, dass beim täglichen Spinnertenappell zwei gefehlt hatten, war er so verstört, dass er eine Minute lang nicht auf sein Smartesfon schaute.

»Lasst uns abwarten«, sagte er, »bestimmt kommen sie heute Abend zurück.«

Doch »heute Abend« beziehungsweise an jenem Abend waren die beiden sehr weit weg. Sie hatten Döner gegessen, das Nachtleben genossen und bis spät in die Nacht Mädchen hinterhergeschaut. Aber vor allem hatten sie bemerkt, dass die Epidemie der displayphilen Felisonitis schlimmer geworden war. Dutzende Passanten spiegelten sich in ihrer kleinen Pfütze.

»Es ist genau wie im obersten Stockwerk der Klinik«, sagte Dolcino. »Da starren auch alle stundenlang auf denselben Punkt.«

Michael antwortete nicht, er sang halblaut vor sich hin. So gelangten sie bei Einbruch der Dunkelheit in eine Straße, die sie gut kannten. Nach zwanzig Jahren sahen sie die grüne Wand mit der Sax-Anakonda wieder, die ihr Freund Pyrrhus gemalt hatte. Es war das alte Ice, wo die Besten des Universums gespielt hatten. Jetzt war es erleuchtet wie ein Raumschiff, man hatte es in eine Diskothek namens Crystal umgewandelt. An der Tür hingen Plakate von Musikanten, die ihnen nichts sagten. Vor dem Eingang standen dutzende vollgelaufene und vollgepumpte junge Leute Schlange, und auch ein paar nüchterne Träumer, und es gab mehr Dealer als Sterne am Himmel.

Ein Trumpel mit verspiegelter Brille überwachte den Eingang mit verschränkten Armen.

»Chef«, sagte Dolcino, »wird hier kein Jazz mehr gespielt?«

»Dienstags«, antwortete der Trumpel. »An den anderen Tagen Hip-Hop, Pip-Pop, Trip-Trop, Disco, House und Privatpartys. Heute Abend ist es eine besonders private Privatparty. Soll heißen: Wenn ihr keine Einladung habt, verzieht euch gefälligst.«

»Zunächst noch eine Auskunft, silvuplä.«
»Nix da, Auskunft, ich habe keine Zeit.«
Dolcino erfuhr nie, wie der Erzengel es geschafft hatte, das mitzunehmen, aber unter seinem Mantel schaute plötzlich ein über ein Meter langes Schwert hervor, und jetzt war es auf den Hals des Türstehers gerichtet.
»He, hey, hey«, sagte der nur.
Die jungen Leute ringsum guckten ganz aufgeregt, weil sie Blut rochen.
»Was zum Teufel machst du da, Michael?«, fragte Dolcino.
»Lieber Wächter der Türschwelle«, sagte der Erzengel zum Trumpel, »hier spielte vor vielen Jahren ein Freund von uns. Du kannst unmöglich noch nie von ihm gehört haben. Er heißt Hamlet, halb Schwarzer, halb wer weiß was, er wiegt mehr als zwei Zentner, ist narbenübersäht wie Moby-Dick und hat eine kaputte Nase. Er war ein ausgezeichneter Boxer, ein fabelhafter Pianist und ein großartiger Freund, und wir müssen unbedingt wissen, wo er ist...«
»Ich weiß es nicht«, stammelte der Trumpel erschrocken. »Ich kann meinen Chef fragen.« Und er sagte etwas in sein Funkgerät.

Heraus kam eine schnauzbärtige und tätowierte kleine Schlange in einer geschuppten Jacke. Er bemerkte das Schwert, sah aber vor allem Michaels Augen, die sich, wenn er wütend war, nach innen wendeten und voodooweiß wurden. Sofort begriff er, dass die zwei da nichts, ja, rein gar nichts zu verlieren hatten. Also todbringend waren. Daher sagte er versöhnlich:
»Wo liegt das Problem?«
»Hamlet«, skandierte Michael. »Wo ist Hamlet?«
»Der Pianist? Das große, schwarze Monstrum?«
»Der.«
»Tja, dem geht es nicht gut. Er lebt hier an der Ecke, über dem Musikgeschäft. Letzten Monat hatte er eine schlimme OP. Er kommt nicht mehr aus dem Bett. Aufgang D.«

»Sind Sie mit ihm befreundet?«

»Sagen wir mal so, wir haben zusammen Geschäfte gemacht«, sagte die Klapperschlange, »aber geht nicht in meinem Namen hin. Los, stecken Sie das Durendal wieder ein.«

»Sieh mal einer an, du bist gebildet.«

»Magister in Literaturwissenschaft. Aber wie das Leben so...«

»Wir haben auch Hochschulabschlüsse. Ich in Dämonologie, er in Schizophrenie. Wenn du uns also eine Lüge aufgetischt hast, kannst du was erleben.«

Die kleine Schlange hob eine Hand, eine für Schlangen ungewöhnliche Geste.

»Ihr seid mir zwei Typen. Wollt ihr Stoff?«

»Was sie uns in der Klinik geben, reicht uns...«, sagte Michael.

Dolcino fiel auf, dass sein Kumpan schon seit einigen Stunden nicht mehr schrie.

Das Gebäude war baufällig, ließ aber noch seine frühere Pracht erahnen. Sie stiegen die dunklen Treppen nach oben, es roch nach Frittiertem und Schimmelflecken, von Weitem erklang ein arabischer Singsang. Zwei Frauen mit Kopftuch schauten neugierig. Dolcino und der Erzengel wussten das Stockwerk nicht, stießen aber auf eine Tür, an der ein altes Ice-Plakat hing. Darauf stand **Heute Abend Hamlet Quintett, Sold Out**. Sie klopften.

Eine dünne Frau mit der müdesten Miene des Universums und einer tropfenden Spritze in der Hand öffnete.

»Wir sind Freunde von Hamlet«, sagten die beiden.

»Er will niemanden sehen«, antwortete sie argwöhnisch.

»Sag ihm, dass der Erzengel und der Ketzer da sind.«

Die Frau musterte sie, und ihr Blick heiterte sich auf.

»Ich weiß, wer ihr seid. Kommt rein, er ist in dem Zimmer da hinten. Aber macht euch darauf gefasst, dass es kein schöner Anblick ist.«

Sie betraten das Zimmer. Es war dunkel. In einer Ecke stand

ein Klavier, an der abblätternden Wand strahlten zwei Saxophone wie Götzen der Maya. Ein übler Geruch nach Schweiß und Medikamenten lag in der Luft, und überall gammelten Teller mit Essensresten vor sich hin. Im Bett erahnte man ein riesiges Etwas, ein gestrandetes Nilpferd. Sie traten näher und erkannten Hamlet. Er wog mindestens drei Zentner und hatte einen Verband um die Füße, man hatte ihm die Hälfte seiner Zehen amputiert. Das Gesicht war aufgedunsen, aber sein Lächeln war immer noch dasselbe:

»Bei allen verfluchten Solos ...! Wen haben wir denn da?«

»Hallo Hamlet«, sagte Dolcino, »wir freuen uns, dich wiederzusehen.«

»Uns ist natürlich aufgefallen, dass du nicht in Bestform bist«, sagte der Erzengel. »Aber wir werden dich schon wieder aufbauen.«

»Jungchen, habt ihr etwa einen Gabelstapler, einen Kran, einen Bagger?«, sagte Hamlet mit seiner rauen Stimme. »Ich wiege hundertsechzig Kilo, und damit es ein paar weniger werden, haben sie mir Teile meiner Pfoten abgenommen. Ich bin nicht mehr Hamlet, ich bin alle Tragödien von Shakespeare auf einmal. Aber seien wir optimistisch! Ich habe die Lebenserwartung eines in Whisky schwimmenden Goldfischs. Diabetes im Endstadium, der höchste Blutdruck der Stadt, ich scheiß mir in die Hosen, sehe kaum noch was, kriege keinen mehr hoch, aber ansonsten geht's mir prima.«

»Was ist mit dir passiert, mein Freund?«, fragte Dolcino.

»Lange Geschichte«, seufzte Hamlet. »Darf ich euch Amy vorstellen, meine Bettgenossin, Altenpflegerin und Kartenlegerin in Personalunion. Die Einzige, die mich spritzt, um mir Gutes zu tun. Nach so viel Kokain, etwas Insulin. Amy, bring uns den Rum.«

»Nein, Hamlet, ich bitte dich.«

»Amy, ich liebe dich, aber geh mir nicht auf den Sack. Ich will trinken, was soll's, wenn ich zwei Stunden früher sterbe. Rum für meine Freunde. Und mach das Fenster zu. Ich muss mit ihnen sprechen. Hört ihr mich?«

Hamlet machte die Augen zu und hielt die Lippen geschlossen. So war es immer gewesen. Du hörtest seine Worte im Kopf, ohne dass er den Mund aufmachte. Er war ein Hexenmeister. Mit seinem Blick konnte er jemanden zu Fall bringen, und er ließ dir den Rausch vergehen, indem er deinen Kopf berührte. Er konnte Menschen heilen. Viele hatte er gerettet. Aber sich selbst konnte er nicht retten.

Schließt die Augen und hört zu.
Fangen wir bei einem glücklichen Tag vor vielen Jahren an. Da spielte das Quintett in London, im Pizza Express.
Margherita war auch dabei, ja, deine große Liebe, Dolcino, und sie hatte eine engelsgleiche Stimme, du warst noch in ihrem Herzen. Erinnerst du dich noch an *Music from a distant window*? Das mit dem Gespensterpianisten, der nie aufhört zu spielen? Nun, das sang sie jeden Abend.
Dann war da noch Bob, zu seinen besten Zeiten, sein Kontrabass verfehlte keinen Ton, er gefiel den Frauen und wusste das nur zu gut. Er war der Einzige auf der Welt, dem es gelang, sich während eines Solos zu frisieren.
Umberto, die Bestie, trank doppelt so viel wie ich, aber sobald er sich ans Schlagzeug setzte, war sein Hirn wieder funktionstüchtig, und er spielte wie sechs afrikanische Stämme auf einmal.
Dann war da noch mein Bruder. Der junge, sanfte Luis. Er war wunderschön, traurig, blass.
Alle wunderten sich darüber, dass ein schwarzer Mischling mit dem Gesicht eines Halsabschneiders einen so schönen und so weißen Bruder haben konnte. Und wenn mich irgendein Schlaumeier fragte, wieso, antwortete ich: »Unsere Mutter war eine Nutte.«
Wir spielten den ganzen Winter in Albion, dann kehrten wir nach Hause zurück. Es war keine triumphale Rückkehr, wir hatten zwar noch Publikum, aber es wurde immer schwieriger, Arbeit zu finden. Die Zeiten hatten sich geändert, wahre Musiker gab es immer seltener, und die falschen,

telegepimpten La-la-las und Humpa-Humpas sahnten ab, aber ich beklagte mich nicht. Mein Piano gab noch immer einen Haufen seltsamer Töne von sich, ich wog nur hundertzwanzig Kilo, leicht wie eine Feder, und trank maximal zwei Flaschen Whisky am Tag.

Ich weiß nicht, wann das Unglück begann. Vielleicht war es der Tag, an dem die Klapperschlange das Ice kaufte. Anfangs machte er einen auf dicker Freund, er bot uns Konzertabende, literweise Bier und hügelweise Koks an. Wir waren schon Vergangenheit, aber eine ruhmreiche. Sein Qualitätsalibi. Mir gefielen die Bands nicht, die mit uns zusammen auftraten. Aber man musste eben arbeiten…
Nach und nach bekam unser Herz Risse.
Bob verließ uns für eine Gruppe Hilton-Suite-Rockmusiker, sie boten ihm mehr Geld, er verschwendete sein Talent.
Die Bestie verliebte sich in eine Jaguardame, die ihn für einen Geldsack sitzen ließ, von da an trank er das Doppelte und brach hin und wieder über dem Schlagzeug zusammen.
Über Margherita weißt du besser Bescheid als ich. Es traf sie hart, als sie erfuhr, dass du durchgeknallt bist.
»Warum lässt einen die Liebe so leiden?«, fragte sie mich.
»Weil es sonst die Hälfte der Lieder, die wir spielen, nicht gäbe«, antwortete ich.
Luis war am betrübtesten von allen. Er war ein feuriger junger Mann, er ertrug es nicht, dass die Welt sich änderte. Er sagte: »Es kann doch nicht sein, dass sich immer weniger Leute für echte Musik interessieren.« Um jeder Mode auszuweichen, fing er an, verrückte Sachen zu spielen, sodass die Betreiber der Läden sagten: »Ihr seid eine gute Band, aber der Junge da ist fehl am Platz, das Publikum versteht ihn nicht.«
Ich bemerkte, dass er angefangen hatte, sich zu vergiften. Anfangs nur mit Alkohol und Koks, dann mit allem Möglichen. Ich sagte, er solle damit aufhören, und er knurrte mich an: »Ausgerechnet du spielst den Moralapostel?« Ich hörte mit dem Trinken auf, um ihm ein Vorbild zu sein, aber es

brachte nichts. Ich hätte alles getan, um ihm zu helfen, aber es gelang mir nicht.

Einmal, es war ein scheußlicher, verschneiter Januar, hatten wir keine einzige Lira mehr. Deshalb sagten wir zu, als Vorband für Coldboy zu spielen, einen beschissenen Sänger, einen Popstar, der Videoclip-Musik machte. Es machte ihm Spaß, uns herumzureichen, als wären wir kostbare Vinylscheiben. Eines Abends, eines verfluchten Abends, mussten wir in einem Saal mit zweitausend Leuten auftreten, da waren jede Menge Kritiker, auch der große Fayez und Della Soglia. Coldboy bestand darauf, ein Stück mit uns zusammen zu spielen. »Kinders«, sagte ich, »tun wir ihm den Gefallen, dann stecken wir das Geld ein und denken nicht mehr dran.«

Aber am Anfang des Stücks vertat sich Coldboy bei den Gitarrenakkorden, dann sang er schrecklich schief, und Luis fing an, ihn mit dem Saxophon zu übertönen. Ich erkannte das Stück, es war eine Improvisation von Syd Barretts *Jugband Blues*. Er spielte ein wunderschönes Solo, aber das Publikum protestierte, sie wollten lieber das Coldboy-Zeugs.

Nach dem Konzert klopften Coldboy und sein Bodyguard an Luis' Tür, und ein wilder Streit brach los, sie wurden handgreiflich, schlugen ihn zusammen. Ich sah ihn mit eingeschlagener Fresse am Boden liegen. Da kehrte meine Berufung zum Boxer zurück, ich streckte alle beide nieder, und den Manager gleich mit. Auf dem Boden lagen so viele Zähne, dass man einen Haifisch damit hätte ausstatten können.

Ich wurde festgenommen und musste einen Monat ins Gefängnis. Die Zeitungen druckten nur Coldboys Version. Und als ich wieder rauskam, wollte uns niemand mehr engagieren. Die Manager-Mafia hatte das verordnet. Wir waren die rauflustigen, drogenabhängigen, schwer zu handhabenden und schwer zu verdauenden Überbleibsel der Vergangenheit. Sogar die Klapperschlange ließ uns fallen, sagte, er könne sich nicht gegen das Bisnes stellen und machte das Ice zu, na dann, gute Nacht für uns Musiker.

Luis dachte, alles wäre seine Schuld. Ich sagte, dass das unwichtig sei, dass ich verstünde, was passiert war, dass man nicht immer alles schlucken könne. Aber er war am Boden zerstört und high, verschwand tagelang. Ja, es war schwierig geworden, weiterzumachen. Ich gewöhnte mich daran, in einer Piano-Bar zu spielen. Die Bestie wurde zum Heavy-Metal-Schlagzeuger und verschwand nach Norwegen. Was Margherita zustieß, weißt du.

Sicher, es gibt good times und bad times. Aber Luis hätte das nicht passieren dürfen. Ich weiß nicht, was sie dir erzählt haben, aber er ist nicht an Zirrhose gestorben. Er ist eines Nachts in den Naviglio gesprungen. Mit seinem Saxophon um den Hals. Mit nicht mal dreißig Jahren. Nein, so hätte es nicht ausgehen dürfen. Und obwohl mein Mund geschlossen ist, könnt ihr hören, wie meine Stimme brüchig wird.

Nach jener Nacht brach der alte Hamlet in sich zusammen, und die weißen und schwarzen Tasten rollten über den Fußboden. Ich fing wieder an, zu trinken und alles Mögliche einzuwerfen, ich fraß so viel wie zwölf Mingus, ich prügelte mich mit jedem und ging in der Notaufnahme ein und aus.

Dann gab mein Körper auf, und jetzt begleitet mich Amy in der kurzen Zeit, die mir noch bleibt. Und hier, ans Bett gefesselt, bin ich zwar oft traurig, aber ich vergesse auch die schönen Momente nicht, die wir zusammen hatten. Du, Dolcino, warst zwar ein mittelmäßiger Pianist, hast aber schöne Gedichte und gute Stücke geschrieben, schade, dass du damit aufgehört hast. Du, Erzengel, warst zu verrückt, um Musik zu machen, aber du warst der beste Musikinstrumentendieb und der beste Voodoo-Tontechniker der Welt, und ich erinnere mich, wie du einmal zu mir gesagt hast: »Du hast gut gespielt, aber kau nächstes Mal beim Crescendo kein Kaugummi, die anderen hören das zwar nicht, aber ich schon.«

Ja, wir hatten Spaß zusammen. Dolcino, du und Margherita, ihr wart wunderschön, wenn ihr gestritten habt. Und ich erinnere mich noch an unsere A-cappella-Gesänge im Schnee von Paris oder am Strand irgendeiner Insel. Und wir konnten lachen, und Lachen ist eine göttliche Musik.

Nun ja, das Konzert ist aus, keine Zugabe mehr. Ich bin nicht wütend auf Gott, ich denke einfach, dass er zwar schöne Stücke geschrieben hat, aber nicht in der Lage ist, sie auch zu spielen. Er bringt die Musiker in jungen Jahren um, weil er eifersüchtig ist. Ihr seid stinkwütend, und ich verstehe, warum. Auch ich wollte ihm eine reinhauen. Auch ich wollte der Welt etwas von ihrem Schmerz nehmen. Ich glaube, dass ich ihr immerhin keinen hinzugefügt habe, und vielleicht ist das ja schon etwas.

Genug jetzt, so zu reden erschöpft mich mehr, als Coleman und Liszt zu spielen oder Amy zu vögeln, vorausgesetzt, dass sie es ist, die sich hin und wieder hinter dem Horizont meines Bauchs bewegt. Ich hätte Lust, noch einmal meine Finger auf die Tasten zu legen und zusammen mit Margheritas Gespenst jede Nacht für euch zu spielen. Aber ich glaube nicht, dass das passieren wird. Jungchen, ihr habt euch eine schöne Suppe eingebrockt. Ich bin noch Hexenmeister genug, eure Gedanken zu lesen. Diese Frau Prendiluna kenne ich zwar nicht, aber ich weiß, dass ihr für sie fast wie Söhne gewesen seid. Ich lese in euren wurmstichigen Hirnen, dass diese Alte eine Mission hat und irgendwelche abgefuckten Katzen und eine Geschichte von den Säulen der Erde etwas damit zu tun haben: Meiner Meinung nach ist das alles Unsinn, aber glaubt ruhig daran. Ich denke nicht, dass ihr den Höchsten je treffen werdet, wie soll man eine Vorstellung ausfindig machen, die aus Millionen von Vorstellungen besteht und womöglich nicht nur ein langweiliger Gott ist, sondern die vierhunderteins Gottheiten der Yoruba. Diese Partitur ist so groß wie alle Musikstücke der Welt, von der ersten Höhlentrommel bis zu diesem beschissenen Humpa-Humpa. Aber eins ist sicher: Irgendjemand wird versuchen, zu verhindern, dass ihr eure Mission zu Ende bringt, denn, wer die Welt hasst, wird nicht zulassen, dass jemand versucht, ihr zu helfen oder sie gar zu retten. Sie wollen sie nur überleben lassen, um sie im richtigen Moment selbst umbringen zu können. Deshalb gebe ich euch den Rat, den mir meine erste Klavierlehrerin beziehungsweise meine Mutter Nora gegeben hat.

Jungchen, wenn du wen finden willst, such den, der ihn sucht …

Geht, möge der große Thelonious, der Gott der Stille zwischen zwei Noten, euch beschützen.

7 Pink Vibrations

Vom vielen Ziehen des Rollkoffers mit den sechsundzwanzig Kilo Katzen drin war bei Prendiluna ein Arm schon länger als der andere. Jetzt stand der Koffer neben ihr in der Straßenbahn, die sie zu ihrem nächsten Ziel brachte.

Sie ging Clotilde besuchen, die schüchterne, zarte Clotilde, eine ihrer Lieblingsschülerinnen. Arethusa hatte ihr mittels Fatzenbuck geholfen, den Laden ausfindig zu machen, in dem Clo arbeitete. Prendiluna besaß nämlich kein Smartesfon, sondern nur ein altes, sehr beschränktes Handy, mit dem man unglaublicherweise nur telefonieren konnte. Es hieß Nokaku und wurde mittlerweile nur noch von Kindern in Okinawa benutzt. Sie hatte es von einer ihrer Großnichten geerbt, und es war rosa mit zwei erhängten Karnickelpüppchen dran.

Der Laden, in dem Clotilde arbeitete, hieß »Pink – Sweet Vibrations«, und Prendiluna spann herum, was das wohl sein mochte. Eine Boutique, eine Parfümerie, ein Bioladen, jedenfalls irgendetwas Feines, Auserlesenes, wie es zu Clotildes Stil passte.

Die liebe Clotilde, genannt Clo, fleißig, aber keine Streberin, mit vielen Hobbys wie Lesen und rhythmischer Gymnastik, Katzenliebhaberin, immer in Blümchenmuster gekleidet, immer höflich und weit entfernt von dem dümmlichen Geschnatter ihrer Mitschüler, zurückhaltend, aber nicht hochmütig, eine kleine Prinzessin, die im falschen Jahrhundert geboren wurde.

Sicher, nicht alle mochten sie. Weil sie hübsch war, ganz ohne Make-up oder Miniröcke, dafür mit sanften Augen und dem Körper einer Turnerin, waren viele Jungs der Klasse an ihr interessiert, auch davon angezogen, dass sie keinem mehr als freundschaftlichen Umgang gewährte.

Das hatte zu boshaften Spitznamen geführt wie Clo Clo Sogtniejo oder Clo Clo Beimirscho. Sie wusste das zwar, regte sich aber in ihrer noch vor dem Wirrwarr der Verführungen geschützten Welt nicht darüber auf. Und als Prendiluna sie eines Tages gefragt hatte: »Denkst du eigentlich nie an die Liebe, Clo?«, hatte sie mit bezaubernder Schüchternheit geantwortet: »Ach, der Zeitpunkt wird schon noch kommen.«

Die Straßenbahn ruckelte, und es fehlte nur noch eine Haltestelle bis zu ihrem Ziel. Zum Glück! Denn wie üblich vertrug Emily die Reise nicht und verpestete den ganzen Wagen mit ihrem Leiden. Darauf die übliche Frage eines angewiderten Rentners:

»Was haben Sie denn da drin, verdorbenen Käse?«

»Ja, das ist ein Geschenk für meine Enkelin Clotilde.«

»Hoffentlich überlebt sie's«, warf ein junger Typ nebendran ein.

Die Straßenbahn bog in die Straße, in der das Pink lag. Prendiluna stieg aus, hielt eine gut frisierte Dame an und fragte:

»Entschuldigen Sie, können Sie mir sagen, wo ich ein Geschäft namens Pink finde?«

Die gut frisierte Dame riss die Augen auf und verzog angewidert den Mund. Sie sprach nicht einmal, zeigte bloß auf die andere Straßenseite.

Wie ungezogen, dachte Prendiluna, ich habe sie ja nicht nach einem Bordell gefragt.

Sie ging ein paar Schritte, dann verstand sie.

Auf dem Schild stand

PINK Sweet Vibrations
Sex-Shop rund um die Uhr geöffnet

Alles für Paare und Singles   Große Auswahl an Vibratoren,
Sexspielzeug, DVDs   SM-Abteilung, Fesseln, Peitschen, Gerten
Sexy Dessous   Potenzmittel und Mittel gegen vorzeitige Ejakulation
Aufblasbare Puppen nach Maß
Kostenvoranschläge für Folterkammern   Vintage Pin-Up-Kalender

O Gott, dachte Prendiluna. Es kann doch nicht sein, dass die zarte, schüchterne, keusche Clo hier arbeitet. Arethusa muss sich vertan haben. Sie öffnete die Tür, die ein orgiastisches Stöhnen von sich gab, und betrat das Pink.

Ihr blieb die Spucke weg. In einem süßlichen, roten Licht waren alle möglichen Gegenstände verstreut, einige davon identifizierbar, andere geheimnisvoll oder in für menschliche Anatomien untauglichen Dimensionen. Von der Decke hingen Schaukeln und Stühle mit Löchern, an den Wänden Kostüme, die auf den ersten Blick nach Taucheranzügen aussahen, allerdings mit strategischen Löchern versehen. Überall Regale voller DVDs, Fläschchen und Kondome in allen Farben und Geschmackssorten. Und Poster von Pornostars, einige davon fast bekleidet, andere mit ihrem gut sichtbaren Werkzeug.

All das im ersten Raum mit der Aufschrift X, während noch zwei weitere Räume namens XX und einer namens XXX zu erkennen waren.

Und ausgerechnet im Raum XXX sah sie sie. Ihre zarte Clo war zu einer Hypersexbombe geworden, pauschal bekleidet mit einem durchsichtigen Trägertop und Jeans-Hotpants, die schon bei einem Plüschbärchen eng gesessen hätten. Sie war auffallend geschminkt, trug diverse Piersings, pink lackierte Nägel und phosphoreszierende Keilabsätze. Doch Prendiluna erkannte ihre Locken und ihr Näschen wieder.

»Clotilde Mösl«, sagte sie, »bist du das wirklich?«

Die ehemals Schüchterne riss ihre Riesenaugen weit auf: »Frau Lehrerin, Sie hier... wie schön. Wie haben Sie mich gefunden?«

»Fatzebuck.«

»Ach so. Ich dachte, sie hätten meine Fotos auf YouPorkz gesehen, ich habe einen Blog namens ›Durchbohre mich mit deinem Pfeil‹, 80.342 Follower.«

»Glückwunsch!«

»Wollen Sie denn etwas kaufen? Wer hätte das gedacht,

meine seriöse Lehrerin! Sie werden zufrieden sein, ich habe alles da, was man so braucht.«

»Nein, Clotilde, ich bin gekommen, also... ich dachte, dass du... kurz, ich muss acht gerechte Menschen finden, denen ich ein Kätzchen geben kann... oder auch einen Riesenkater.«

»Aber sicher, ich verstehe. Wir haben ein umfangreiches Adressbuch mit Interessenten für Orgien und Gruppensex, acht kann ich Ihnen nicht garantieren, aber drei oder vier kann ich sofort für Sie auftreiben.«

»Darum geht es nicht... aber Clo, wie du dich verändert hast! Was ist passiert?«

»Frau Lehrerin, erinnern Sie sich noch, was Sie mir über die Liebe sagten und wie ich antwortete ›der Zeitpunkt wird schon noch kommen‹? Nun ja, er ist gekommen.«

»Sogar zu viel des Guten.«

»Ach, Sie werden doch wohl nicht die Sittenrichterin spielen... Behaupten Sie nicht, dass Sie nicht gewusst haben, was Sie hier erwartet, das Pink ist in der ganzen Stadt bekannt. Stellen Sie Ihren Koffer ab, dann zeige ich Ihnen unsere Produkte.«

»Also eigentlich...«

»Kommen Sie schon, ich lege Wert darauf, Ihnen unser Sortiment zu zeigen, wir haben wirklich exklusives Material. Unsere Vibratorenabteilung zum Beispiel ist einzigartig. Mögen Sie lieber pulsierende, kitzelnde oder kolbenartige Vibration? Small, medium oder extralarge? Und gerade oder verzweigt?«

»Ich kenne mich damit nicht aus...«

»Ich würde Ihnen diesen hier empfehlen.«

Und sie legte ihr ein lila Gürkchen vor, das, angeschaltet, zu brummen anfing wie eine Hornisse.

»Drei Geschwindigkeiten, äußerst widerstandsfähig, in acht Farben erhältlich«, trällerte Clo, »aber falls Ihnen das zu... wenig ist, haben wir hier Rasputin, sechsundzwanzig Zentimeter, selbstschmierender Kopf, sieben verschiedene Bewegungsarten, darunter eine wellenförmig-zuckende, auf

Wunsch mit Erguss von heißem Wasser oder Kamillentee. Dann gibt es noch diesen kleinen, zarten, Heavenly Massage, oder diesen realistischen hier mit Hoden...«
»Gibt's den auch mit Mann dran?«
»Frau Lehrerin, so schlagfertig!... Dann sehen Sie mal hier. Die ganze Rabbit-Palette, zum Beispiel das Zebramodell, oder das mit Flossen. Und schauen Sie sich dieses Wunderwerk hier mit eingebautem Licht an, light my fire...«

»Meine liebe Clo...«, sagte Prendiluna, »du wirst es nicht glauben: Sowas habe ich zwar immer mal irgendwo gesehen, aber nie ausprobiert. Und bei einigen Dingen kann ich mir nicht einmal vorstellen, wie man sie benutzt.«
»Na los, ein bisschen Phantasie! Wir haben einfache Vibratoren, aber natürlich auch Doppel- und Dreifach-Vibratoren, jede Öffnung braucht ihren Stöpsel, sehen Sie sich den hier an, das ist ein Double von seltener Qualität, wie man sieht, wird dieser Teil auf den Partner ausgerichtet und dieser hier ins eigene Mäuschen eingeführt, entweder mit Riemen oder zum Stecken... sagen Sie, sind Sie lesbisch?«
»Nein... ich bin ganz banal hetero.«
»Kommen Sie, lassen Sie mich Ihren Horizont erweitern... hier haben wir den Trips, zwei Teile für die Partnerin und ein Teil für Sie. Oder den Poker Love, mit beweglichem Arm, zwei Teile für Sie und zwei für Ihre Partnerin, ich zeige es Ihnen, also, dieser Teil hier wird über die Schulter geführt, so, sehen Sie, und dann...«
»Genug jetzt, Clotilde...«
»Aber ich möchte etwas finden, was Ihnen gefällt. Nerzhandschellen? Einen Sadomasoanzug mit Nadeln innen? Ein Bondage-Set mit vierzig Metern Seil? Einen Love Chair zum An-die-Decke-Hängen, eine Folterbank, ein Erzbischofskostüm?«
»Was ist denn das da?«
»Ein Römer-Harnisch, dazu gehört ein Helm mit Penis-Panasch und Kupferunterwäsche mit rückseitiger Öffnung.

Für Schwule, aber auch für Heteros mit militärischer Neigung...«

Ich kenne da einen, dem das gefallen würde, dachte Prendiluna.

»Ein Krankenschwesterkostüm mit sechs Klistierspritzen inklusive? Ein Domina-Dress mit Peitsche? Ein Nazi-Negligé?«

»Nein, danke...«

»Dann zeige ich Ihnen unsere wunderbare Ernährungsabteilung. Hundert Marken Viagra. Es gibt auch Waugra für Hunde, das wird viel gekauft. Dann Tees aus Nashorn, Ginseng, Yohimbe, Zabaione. Kein Interesse? Dann schauen Sie sich die reichhaltigste DVD-Abteilung der Stadt an. Wir haben elftausend Kategorien von ›A wie anal‹ bis ›Z wie Zucchini‹. Mehr noch, ich habe da eine Vintage-Kostbarkeit. Eine Kompilation der Filme von Tore, einem Regisseur, der gerade überall wiederentdeckt wird, der Erfinder von ›Depressive Sex‹ und ›Salad Sex‹. Die Vegetarier fahren voll drauf ab. Dann gibt es das Teacher-Genre, wo Lehrerinnen wie Sie...«

»Clotilde, es reicht. Ich bin nicht deswegen hier. Ich weiß, dass es das alles gibt, vielleicht hatte ich auch mal die ein oder andere Phantasie, auch ich hatte schließlich ein Sexleben, und meine Öffnungen waren häufig gastfreundlich, aber mittlerweile bin ich eine alte Frau.«

»Das heißt?«, fragte Clo perplex, »warum sind Sie dann gekommen?«

»Um ehrlich zu sein, hatte ich mich an die schüchterne Clo erinnert... ich bin auf der Suche nach einer bestimmten Sorte Menschen und hielt dich für geeignet... für eine Mission...«

Clo setzte sich. Und Tränen rannen ihr übers Gesicht.

»Oh, Signora, das tut mir leid. Sie waren auf der Suche nach der jungen Unschuld, die ich einst war, und jetzt finden Sie sich zwischen diesem ganzen Zeug hier wieder. Sie werden mich falsch eingeschätzt haben. Ich bin nicht zur Missionarin geeignet. Ich habe Sie enttäuscht.«

»Nein, Clo, jede Arbeit ist würdevoll, aber ich... also, ich hatte das bloß nicht erwartet.«

Clo trocknete ihre Riesentränen mit etwas, das ein kleines Taschentuch mit Leopardenmuster oder ein Tanga sein mochte. Auch Prendiluna setzte sich, wobei sie zu spät bemerkte, dass in der Mitte des Stuhls ein senkrecht stehender Riesenkuli lauerte, dem sie gerade so entkam.

»Ja, das hatten Sie wohl nicht von mir erwartet«, sagte Clo, »und ich selbst auch nicht. Ich hatte kein leichtes Leben. Als ich mit dem Gymnasium fertig war, ist gleich darauf mein Vater gestorben. Um mir mein Studium zu finanzieren, habe ich als Kellnerin, Barista und Hostess gearbeitet. Dann habe ich einen Mann kennengelernt. Er schien der ideale Mann, ich bekam ein Kind von ihm, fand dann aber heraus, dass er Trigamist war, ja, genau wie der Trips-Dildo, er hat mich sitzen lassen. Ich war dreißig und hatte ein Kind zu versorgen, was sollte ich tun? Ein Onkel von mir war Teilhaber dieses Sex-Shops. Er hat mich hier angestellt, und ich habe nie den Absprung geschafft. Ich brauche das Geld, mein Sohn ist zehn Jahre alt, er ist mein Lebenssinn. Er weiß nicht, was ich tue, er denkt, ich arbeite in einem Spielzeugladen.«

»In gewisser Hinsicht ist das Pink ja einer. Aber es gibt nichts, wofür du dich schämen müsstest, meine kleine Clo.«

»Meinen Sie?«

»Ja. Jeder ist frei, mit seinen Körperöffnungen nach Gutdünken zu verfahren. Wenn keine Gewalt, kein Missbrauch, keine Ausbeutung im Spiel ist, dann lang lebe der Dildo!«

Und sie schwenkte ihn wie eine Fahne durch die Luft.

»Allerdings hat unser Körper schon alle Chemie und nötige Ausstattung, und ein richtiger Kuss kann erotischer sein als all das Zeug hier.«

»Oh, Frau Lehrerin, genau das denke ich auch. Ich werde mein Leben ändern.«

»Wenn du es ändern willst, ändere es, aber es ist nichts Schlechtes an dem, was du tust.«

»Oh, das sagen Sie bloß, um mich zu trösten. Aber ich

schwöre Ihnen... wenn Oscar größer ist... werde ich eine Bar am Strand kaufen... Sonnen- statt Rotlicht, es reicht mit diesem Laden hier. Ich halte durch, weil ich eine Hoffnung habe... eine kleine Hoffnung... und wenn die Kunden reinkommen, spüre ich trübe, halluzinierende, krankhafte Blicke, aber ich versuche immer, das Beste zu sehen... ein Paar, das einander wieder begehren möchte, jemanden, der Lust hat zu spielen, jemanden, der die verlorene Lust wiederfinden möchte...«

»Ist gut, Clo. Jetzt sag mir etwas Schlimmes, das du getan hast...«

»Muss ich?«

»Auf jeden Fall!«

»Ich weiß, woher mein Onkel das Geld für diesen Laden hatte... er ist nicht der Besitzer, dieser Sektor ist in den Händen der Mafia.«

»Soll heißen?«

»Soll heißen, ich halte die Klappe und tue so, als wüsste ich von nichts... ich sehe gewisse Visagen hier drinnen... und sie machen mir gewisse Angebote. Aber was soll ich machen, die Menschen können sogar beim Vögeln böse sein...«

»Hast du einen Freund?«

»Ja, er liebt mich...«

»Und er will nicht, dass du dieses Umfeld verlässt?«

»Er fährt Rettungswagen, aber um sein Gehalt aufzubessern, arbeitet er zusätzlich als Pornodarsteller.«

»Also seid ihr wie füreinander geschaffen. Du hast dir deinen Preis verdient. Pass auf, ich öffne den Koffer.«

Die Katzen schnellten in alle Richtungen davon. Die Vibratoren erschreckten sie sehr, sie hassen Gegenstände, die wie Schlangen aussehen. Vorsichtig kamen sie zurück, und Prufrock gelang es, ein Kondom mit Himbeergeschmack zu fressen. Gonzalo betrachtete verzückt ein Cat-Woman-Kostüm.

»Such eine aus!«

»Die sind ja alle wunderschön...«
»Such dir eine aus.«
»Ich nehme die rote.«
»Das ist Hanta. Du wirst dich gut mit ihm verstehen, er ist ein sexbesessener Kater.«
Während die Katzen, vom Futter angelockt, wieder in den Koffer sprangen, umarmte Clotilde ihre alte Lehrerin.
»Dann sind Sie also nicht enttäuscht?«
»Nein, ich habe dich richtig eingeschätzt. Und wo ich schon mal hier bin, hätte ich eine Bitte...«
»Ja?«
»Ich hätte gern einen Pornofilm mit einem Darsteller, der aussieht wie Gregory Peck.«
»Ich weiß nicht, wer das ist.«
»Ach, dann lass gut sein.«
»Nein, Sie können doch nicht mit leeren Händen gehen. Ich schenke Ihnen ein Dildofon, unser Werbegeschenk. Passen Sie auf, wenn es angeht, singt es *Zwanzig Zentimeter* von Möhre. Denken Sie an mich, wenn Sie es benutzen.«
»Das verspreche ich dir... und tu mir den Gefallen, Clo...«
»Was?«
»Halt die Ohren steif, Clo!«
Und zum Erstaunen ihrer Katzen lachte sie dreckig.

8 Dolcino und Michael machen sich fein

Um zwei Uhr nachmittags waren sie in einem Auto aufgewacht, das sie offen vorgefunden oder aufgebrochen hatten, sie erinnerten sich nicht mehr. Dann hatten sie sich, von einem gewissen Appetit gepackt, für das Restaurant Zur Tonne entschieden, das äußerst günstig war. Sie hatten exquisite Pizzaränder mit Spuren von Mozzarella gegessen und zwei Liter Primitivissimo und Grauenburgunder im Sonderangebot für einen Euro getrunken.

»Mir schmeckt der Primitivissimo besser«, sagte Michael, »ein süffiger Wein mit leichtem Stich und einem Nachgeschmack von Autopsie.«

»Der Grauenburgunder ist aber auch nicht schlecht. Robuster Körper mit leicht zusammenziehenden Nuancen, im Abgang korkig und rattig.«

»Erzähl mir nochmal den Triotraum«, sagte der Erzengel.

»Ich habe geträumt, dass Prendiluna am Pult stand. Im Klassenzimmer waren nur du und ich und ein Spatz auf der Fensterbank. Es war Prüfungstag und sie sagte: ›Kommen Sie, kommen Sie... kommen Sie...‹, da bist du aus dem Fenster gesprungen. Die Lehrerin seufzte: ›Dann kommen eben Sie, Dolcino...‹ Und ich antwortete: ›Frau Lehrerin, gestern konnte ich nicht lernen, ich habe einen Unsichtbaren Ball gefunden, der mir aber entwischt ist, ich habe ihn den ganzen Tag verfolgt und ihn erst abends eingeholt und ein Tor geschossen, doch da war ich schon zwanzig Kilometer von zu Hause entfernt.‹

›Dolcino, du Unausstehlicher‹, sagte sie zu mir, ›ich brauche dich.‹ Sie wurde von weißem Licht überflutet, und es erschienen zehn Katzen, die so hell strahlten, als hätten sie radioaktive Mäuse gefressen, und sie fügte hinzu: ›Ich muss zehn wahrhaft gerechte und würdige Menschen finden und jedem von ihnen eine der Miezekatzehn abgeben. So wird mich der Gütigegott vor sein Angesicht rufen. Und wenn ich es gut mache, wird die Welt gerettet, wenn nicht, ist alles zu Ende, und die Apokalypse kommt... In beiden Fällen sterbe ich am Schluss.‹ ›Haben Sie ein Schwein‹, sagte ich, dann war der Traum zu Ende...«

»Haargenau wie bei mir. Und bestimmt hat Prendiluna auch von uns geträumt«, sagte Michael, »jetzt habe ich meine Gedanken besser sortiert. Hamlet hat uns den Tipp gegeben. Prendiluna ist auf der Suche nach Gerechten. Und sie wird sie unter denjenigen suchen, die sie kennt, sie kann ja nicht Martin Luther King oder Stan Laurel oder die heilige Efisietta suchen. Sie wird Menschen aus ihrem Freundes- und Kollegenkreis wählen. Also: Welche Kollegen mochte sie am liebsten? Aias und Cervo Lucano, den Lehrer für Naturwissenschaften und Erfinder des Systems unifizierter Blasphemie. Bei Aias wissen wir nicht, wo er steckt, aber bei Lucano schon. Er ist im Ruhestand und forscht an der Universität Maxonia, er ist ein großer Insektenexperte.«

»Woher weißt du das?«

»Gasperini, der Gärtner, hat mir davon erzählt. Beide sind Bienenliebhaber, und bevor er eingeliefert wurde, ging sich Gasperini immer seine Vorlesungen anhören...«

»Müssen wir unbedingt zu ihm?«

»Ich weiß, dass das schwierig für dich ist, Dolcino. In der Uni ist auch das Internat der Hannibalianer, wo Margherita hinging und wo schlimme Dinge passiert sind. Doch wenn wir Prendiluna finden wollen, müssen wir genau dort nach ihr suchen...«

»Ich komme mit... aber erst müssen wir uns ein anderes Outfit zulegen.«

»Ist das nicht okay so?«, fragte Michael.

»Nein. Maxonia ist die reichste Universität der Stadt, und der Geheimorden der Hannibalianer hält sich nicht nur gerne bedeckt, sondern legt auch Wert auf Stil. Am Eingang werden alle kontrolliert. Ich bezweifle, dass sie einen Langhaarigen in lachsfarbenem Trainingsanzug reinlassen und einen Riesen, der nur Staubmantel und Unterhemd trägt.«

»Ich trage auch eine Unterhose... glaube ich zumindest.«

»Lass uns einkaufen gehen. Wie viel hast du in der Tasche?«

»Zwei Euro. Soll ich ein Portemonnaie klauen?«

»Nein, dann stellen wir uns besser an die Straßenecke und singen. Weißt du noch, wie wir früher immer gesungen haben?«

Bei When the Saints kamen zwei Euro zusammen. Bei Banana Boat ein Euro. Bei einem Medley aus Azzurro und Quizás, quizás, quizás drei Euro. Dann sangen sie Zwanzig Zentimeter mit gestischer Untermalung und strichen in wenigen Minuten sechsunddreißig Euro ein.

Reich geworden, betraten sie ein großes Outlet, wo es gerade Rabatt, Schlussverkauf, Ausverkauf und Potlatch gab. Eine Weile liefen sie verwundert umher. Da sie aus der Welt der Schlafanzüge und Arztkittel kamen, erschien ihnen eine solche Vielfalt an Kleidungsstücken geradezu unmöglich, so viele heroische Versuche, das darin herumspazierende Skelett zu bedecken.

Michael grüßte alle mit den Worten ›Wir haben euch lieb, ehrlich‹, und viele wichen ihnen aus. Nach kurzem Umherschweifen liefen sie auf eine Verkäuferin mit Pferdeschwanz und misstrauischem Gesichtsausdruck zu. Hier kamen ja alle möglichen Leute rein, aber diese beiden Kunden da waren jenseits aller Vorstellungskraft. Ein blonder Riese mit geschminkten Augen und Flipflops und ein entgeisterter Joecocker mit Husky-Augen. Doch schnell merkte sie, dass es sich um harmlose Verrückte handelte, und die Verhandlung begann.

Michael zog sich in einer abgeschiedenen Umkleidekabine aus, um das Schwert zu verstecken. Sein Unterhemd gab er nicht her, aber er akzeptierte Cordhosen und rote Joggingschuhe mit Glitzersteinchen.

Dolcino hatte ein Problem, als er fragte:

»Haben Sie ein Malcolm-X-Shirt?«

»Wir haben nur noch Medium und XXL da...«

»Dann nehme ich das mit den drei kleinen Wölfen«, seufzte er.

Als Dolcino sich auszog, fielen der jungen Frau seine Tätowierungen auf. Flammen, Mond, ein Faun und eine Frau mit grünen Augen.

»Cool«, sagte sie.

Das Rocker-T-Shirt wurde durch eine Jeans mit zwölf Löchern ergänzt, die der Designer persönlich angebracht hatte. Jedenfalls war das eine schöne Vorstellung.

»Na, jetzt sind wir super elegant«, sagte Dolcino, »gehn wir?«

»Ja. Gehen wir ein paar Monster töten«, sagte der Erzengel und umklammerte den Schwertgriff unter seinem Mantel.

***

Leiser als das Ticken einer Uhr rannten die Beinchen der Kakerlaken über den Marmorfußboden. Sie hießen Kuca und Racha. Über ihnen drohten altes Holzgestühl und Menschen mit schwarzen Kapuzen.

Der Weihrauch bildete einen dünnen Nebel. Die Kapuzenmänner saßen im Halbkreis. Sie schauten etwas Lebendes und Bebendes an, das auf einem Tisch lag. Kuca lief durch einen Fleck auf den Boden getropften Bluts und gab dem anderen ein Zeichen, umzukehren. Bei seiner Kehrtwende rannte Racha um die Füße eines Kapuzenmannes herum, Kuca kletterte auf einen Holzstuhl, um besser zu sehen.

Man hörte einen Fluch des Ekels. Der Schuh des Kapuzenmannes wurde zum Leben erweckt und stampfte Racha zu Brei.

Der Überlebende sah gerade noch, wie die Kapuzenmänner sich dem Tisch genähert hatten und ihr Großmeister die

Arme zum Himmel hob, als wollte er jemanden anrufen. Es gelang ihm, seinem Herrn eine Nachricht zukommen zu lassen:

Sie haben wieder angefangen.

Da senkte sich eine riesige, beringte Hand auf ihn herab.

9 Cervo Lucano

»Fluchen ist, wie Beten, häufig mühsam«, sagte Cervo Lucano, »es gibt zu viele Flüche in unzähligen Jargons, vielfältigste Metaphern und dürftige Abwandlungen wie Jesses Na oder Sakra! Ich schlage eine Vereinheitlichung der Gotteslästerung in mathematischem und wissenschaftlichem Sinne vor. Geben wir Gott doch Noten, wie in der Schule. Wenn Er unser Herr ist und über uns urteilt, können wir schließlich auch Sein Wirken beurteilen. Daher können wir Gottsechs oder Gottfünf sagen, wenn wir wütend sind. Gottvierminus, wenn die Vorsehung uns ungenügend erscheint. Wer aber einen Anfall von Religiosität hat oder inbrünstig glaubt, kann in seinen Gebeten Gottzwei oder Gotteinsplus sagen. Das scheint mir einfacher, als Tausende von Attributen, Zootheismen und skatologischen Beziehungen zu erfinden. Es ist eine sehr viel präzisere und leichter überprüfbare Methode. Sind Sie einverstanden?«

Nach diesem Beitrag zur Notenkonferenz des Kollegiums wurde der Lehrer Cervo Lucano für ein Jahr suspendiert, aber einige seiner Schüler und sogar der Religionslehrer wendeten das SUB an, das ›System unifizierter Blasphemie‹.

Schwarz und streng vor dem bleiernen Smoghimmel aufragend, nahm die Universität Maxonia mehrere Häuserblöcke der Stadt ein. Sie bestand aus einem Hauptgebäude und neun Fakultätsgebäuden. Ein weitläufiger Garten mit Brunnen und Statuen trennte sie vom Kloster der Hannibalianer, wo der vierzig Meter hohe ›Turm des Firmaments‹ emporragte. Einst waren die Uni und das Kloster durch eine Mauer getrennt gewesen. Dann hatten Weltliche und Geistliche zu gemeinsamen Geschäften zueinandergefunden. Die Uni hatte eine theologische Fakultät, das Kloster war zur Hälfte

Priesterseminar, die andere Hälfte bot Wohnungen für Professoren und Gastwissenschaftler. Diese Zweckgemeinschaft hatte dem Land Bischöfe und Philosophen, Nonnen und Wissenschaftler, Politiker und Finanziers, verdienstvolle Personen und Gauner, geniale Semiotiker und unnütze Schwafler geschenkt, indem sie zuweilen dem Gemeinwohl, zuweilen dem eigenen Wohl ergebene Geister formte. Die Institution war reich an Tradition und Geschichte, aber auch an Immobilienbesitz, sie kontrollierte mehrere Banken und wurde von einer der mächtigsten und geheimnisvollsten Logen des Landes geführt, der Hannibal-Bruderschaft, in der unter Kapuzen versteckte mit allseits bekannten Gesichtern zusammenkamen. Obwohl sie teilweise verweltlicht war, trug die Bruderschaft weiterhin ihren Namen, der sich auf Sankt Hannibal, den Unsichtbaren, bezog, einen geheimnisvollen Mönch, der sein ganzes Leben in einen Beichtstuhl eingeschlossen verbracht hatte. Er war auch der Gründer des berüchtigten »Internats der herzallerliebsten Waisenmädchen«, das in einem von hohen Gittern umgebenen Flügel des Klosters lag. Dieses Internat hatte stets im Mittelpunkt düsterer Legenden gestanden, bis es nach dem unerklärlichen Verschwinden mehrerer Mädchen und Missbrauchsgerüchten geschlossen und in ein Wohnheim für wohlhabende Studenten umgewandelt worden war. In die mit blutigen Kreuzen und Heiligenbildern dekorierten, dunklen Kammern waren Computer, Fernsehbildschirme und Videospiele eingezogen, und ebenso Hormone und Begierden von Studierenden beiderlei Geschlechts, und statt Verschwörungen wurden nur noch Liebeskomplotte angezettelt.

Maxonia war, wie es hieß, ›mehr drunter als drüber‹. Die unterirdischen Gänge der Universität verzweigten sich über mehrere Kilometer mit verborgenen Ein- und Ausgängen und geheimen Kammern. In einer dieser Katakomben waren Kuca und Racha zu Brei geschlagen worden. Hier gab es Orte, die eine finstere Vergangenheit anklingen ließen, wie die ›Grotte der Gitterroste‹, den ›Saal der Folterknechte‹

oder den ›Friedhof der Jungfrauen‹. Hier hatte bis vor Kurzem noch eine fünfhundert Meter tiefe Krypta existiert, deren Archive die Wahrheit über alle ungelüfteten Geheimnisse unseres Landes aufbewahrten. Inzwischen waren sie auf einem Fünf-Zentimeter-Stick gespeichert und allen vollkommen egal. Hier gab es das Becken mit den hundertjährigen Kois, vielfarbigen Fischen in der Größe von Haien, die im Verdacht standen, schon jegliche Art Geschöpf und Protein verschlungen zu haben. Hier waren zwei der von der Kirche meist gefürchteten und zensierten Gemälde versteckt: eines, das die Bartholomäusnacht darstellte, und vor allem das Leonardo zugeschriebene *Heitere Abendmahl*, auf dem Christus und die Apostel sich in aller Freundschaft vor Lachen in die Hosen machten.

Hier erhob sich der Turm mit der Sternwarte, die in manchen Nächten, selbst bei klarem Himmel, von Blitzen getroffen wurde und Nordlichtschimmer ausstrahlte.

Hier war Margherita herumspaziert, die schönste Waise des Landes, von hier war sie eines Nachts geflohen und hatte darüber Geschichten erzählt, die ihr niemand geglaubt und die dank der Macht der düsteren Hannibalianer bald ausgelöscht worden waren.

Dolcino und Michael hatten sich unter das Kommen und Gehen von Studierenden und Professoren gemischt. Doch sie waren zu sonderbar, als dass sie sich dort länger unbemerkt hätten aufhalten können.

»Verrückt«, sagte Dolcino plötzlich, »sie haben sie für verrückt erklärt. Und als sie den Mann wiedererkannte, in dem blauen Auto, wusste sie, dass sie sich nicht irrte … und dann …«

»Hör auf, dich daran zu erinnern, mein Freund«, sagte der Erzengel, »sonst drehst du wieder durch. Wir gehen zu Cervo Lucano.«

»Und wo finden wir den?«

»In den Kellern. Wir steigen hier ab.«

»Und woher weißt du das?«

»Ich höre seine kleinen Freunde sirren, die Insekten. Ich kann Frequenzen über zwanzigtausend Hertz hören. Und ich kann bis an die hundertfünfzig Dezibel laut schreien.«

»Wieso?«

»In den himmlischen Sphären können wir das alle«, sagte der Erzengel ungerührt.

»Wir gehen also nicht etwa in diese Richtung, weil du das Schild **Wissenschaftliche Labore** und das mit dem Namen von Professor Lucano gelesen hast...«

»Auch deshalb«, gab der Erzengel zu.

Sie stiegen diverse Treppen hinab, bis sie einen Saal erreichten, dessen Decke mit Jagdszenen bemalt war und an dessen Wänden Millefleurs-Teppiche hingen. Bandwürmer in Salzlake und Fledermausskelette schmachteten in einem Schaukasten. Sie öffneten eine massive Tür und betraten Frankensteins Labor beziehungsweise das von Professor Lucano. Der Alte betrachtete gerade etwas unter dem Mikroskop. Auf dem Schreibtisch rings um ihn herum krabbelten hektisch Hunderte winziger Kreaturen. Es gab Skarabäen, Wanzen, Schaben, Marienkäfer. Grillen und Heuschrecken hüpften herum, eine große Spinne baumelte an ihrem Faden, Nachtfalter schwirrten um die Deckenlampe, und ein Hundertfüßer schwänzelte an der Wand entlang. Eine fettleibige, brummende Hummel flog geradewegs auf die Gesichter der beiden zu.

»Lass sie in Ruhe, Antonov, das sind Freunde.«

»Professor Lucano!«

»Bei allen Ameisen der Welt! Dolcino und Michael, die faulsten und lustigsten Schüler, die ich je hatte. Ihr seid alt geworden.«

»Sie dagegen sind immer noch derselbe.«

Tatsächlich hatte sich der Wissenschaftler kaum verändert. Dürr, bebrillt, mit zwei weißen Haarbüscheln, die wie ein Geweih oder wie Abhörantennen abstanden. Er war fast neunzig, wirkte aber so rege und lebhaft wie ein Bienenstock.

»Macht die Tür zu. Was führt euch hierher? Und woher kommt ihr?«

»Aus der Irrenanstalt. Da sind wir seit zehn Jahren. Dabei sind wir kerngesund.«

»Das sagen alle.«

»Professor, wir brauchen Sie. Es braut sich etwas Verhängnisvolles zusammen...«

»Ich weiß... aber woher wisst ihr das? Redet ihr von den Kapuzenmännern?«

»Nein... wir reden von einer Weltrettungsmission.«

»Die wäre nötig. Die Kapuzenmänner haben ihre Riten wieder aufgenommen... es reicht ihnen nicht, dass sie sich die Banken, die Finanzmärkte und die Politik unter den Nagel gerissen haben, dass sie mit Mafia, Camorra und Kamarillen paktieren. Sie wollen Hass und Rassismus auflodern lassen, wollen wieder foltern und töten, diese Verfluchten, Gottsechs!«

»Professor, Sie wenden ja immer noch das SUB an!«

»Meine eigenen Ideen verleugne ich nie. Wie sollte ich es sonst über mich bringen, einen unschuldigen Skarabäus mit Ethylacetat zu ersticken?«

»Sie waren ein Vorbild für uns, Professor. Deshalb fragen wir Sie: Wie können wir sie stoppen?«

»Nichts könnt ihr tun. Nichts!«, sagte der Professor betrübt. »Die Welt ist verloren. Auch die Hannibalianer sind nichts weiter als altmodische Sklaven. Von allen Wissensformen ist nur noch eine geblieben: das selbstmörderische Wissen der Automaten. Ein Computer glaubt nicht an den Tod, er schreit nicht vor Angst, wenn wir die Taste drücken, die ihn ausschaltet. Wir herausgeputzten Halbaffen sind eine Ausnahme des Universums, die sich schon zu lange gehalten hat. Deshalb habe ich keine Zeit, ich muss mich beeilen, *sie* zu unterrichten.«

»Wen? Die Insekten?«

»Ja, seit Jahren widme ich mich nun schon dieser Aufgabe. Wenn der Mensch ausgestorben sein wird, und der Zeitpunkt ist nicht mehr fern, werden die Insekten die Erde erben. Ich versuche mit ihnen zu kommunizieren, ihnen zu erklären, dass sie nicht die gleichen Fehler machen sollen wie wir... sie leben den Naturzustand, sie fressen und zerfleischen sich gegenseitig, millionenfach. Aber sie sollen verstehen, dass sie sich ändern müssen, um zu überleben...«

»Soll heißen? Geben Sie uns ein Beispiel.«

»Hier, meine Balletttänzerinnen...«

Er öffnete eine Schachtel und Hunderte Ameisen kamen zum Vorschein. Auf einen Pfiff des Professors hin wuselten sie herum und formten mit ihren kleinen Körpern das Wort ABRAKADABRA.

»Phantastisch...«

»Es funktioniert aber nicht immer. Das sind schwarze Ameisen. Schaut mal, was passiert, wenn ich ihnen das Foto einer roten Ameise zeige.«

Die Ameisen stellten sich keilförmig auf, mit aufgerissenen Unterkiefern.

»Das ist ihre Phalanx, ihre Kampfaufstellung. Die Welt der Insekten ist wie die der Menschen, voller Kriege und Massaker. Spinnennetze, Gifte und Stachel anstelle von Gewehren. Ich kann nicht behaupten, dass sie sich immer vertragen würden, aber... da ihnen ihr schlimmster Feind, der Homo sapiens, nicht mehr im Weg sein wird, kann ich ihnen vielleicht beibringen, ihre Fressgewohnheiten zu ändern, ihr Territorium nicht mehr zu verteidigen... mit den Bienen und den Kakerlaken kann ich sprechen, aber mit den anderen Arten ist es schwierig... jeden Tag geschehen in diesem Labor verbrecherische Entomozide, finde ich abgetrennte Beinchen und Köpfchen... und mir bleibt nicht mehr viel Zeit...«

»Sie werden es schaffen, Professor...«

»Nein... ich bin zu alt.«

»Aber jetzt sind wir doch da. Es gibt eine Mission, es gibt Magie.«

»Magie gibt es nicht mehr«, sagte Lucano und schob sich einen Kartoffelchip in den Mund. »Wollt ihr auch welche?«

»Danke... aber Sie sind doch ein wahrer Magier, Sie sprechen mit Insekten, Sie dressieren sie...«

»Für alles, was wir Magie nennen, findet sich früher oder später eine wissenschaftliche Erklärung. Die Technologie hat die Magie ersetzt. Wenn man vor hundert Jahren jemandem erzählt hätte, er könne mit einer Schachtel am Ohr einen Menschen in einem anderen Teil der Welt anrufen, hätte der das nicht für Magie gehalten? Und durch bloßes Knopfdrücken ein Land auszulöschen, einen Körper von innen zu heilen, ganze Bibliotheken auf einer winzigen Karte zu speichern, Bilder überallhin zu übertragen, die Gestirne zu sehen, als wären sie ganz nah, die kleinsten Teilchen der Materie zu beobachten... Das ist magisch, aber es hat uns nicht besser gemacht. Meine Entdeckungen könnten eines Tages missbraucht werden. Ameisenarmeen, die das Kabelnetz des Feindes lahmlegen. Überraschungsangriffe von Wespen und Giftspinnen. Auf die Ernte geworfene Heuschrecken. Seht ihr diesen riesigen Schmetterling? Er könnte eine Miniladung Sprengstoff überallhin befördern und alle in die Luft fliegen lassen.«

»Phantastisch. Dann bombardieren wir doch am besten die Hannibalianer...«

»Sei still! Diese unterirdischen Säle hier sind voller Abhörwanzen. Aber ich habe auch welche. Besser gesagt, habe ich vor wenigen Minuten zwei eingebüßt.«

»Kaputt?«

»Zertreten. Zwei Kakerlaken aus der Abteilung Operative Kommunikation. Aber bevor sie den Heldentod starben, haben sie mir noch übermittelt, dass die Hannibalianer sich nach Jahren wieder heimlich getroffen haben, und das verheißt nichts Gutes... ihr wisst, was in der Vergangenheit in diesen Mauern hier geschehen ist... Dolcino, es tut mir leid, ich wollte deine Wunde nicht wieder aufreißen... Margherita konnte fliehen, aber andere...«

»Margherita wurde zweimal umgebracht«, sagte Dolcino, »sie sind das Böse, und Gott ist ihr Anführer.«

»Nein, ihre Anführer sind ein größenwahnsinniger, verrückter Rassist, ein ehrwürdiger Rektor, ein paar Militärs, Kardinäle, Abgeordnete und diverse Lobbyisten...«

»Im Namen Gottes sind sie in der wirklichen Welt böse, also wird sich ihr Anstifter auch wirklich zeigen, und wir werden ihn finden...«, sagte Michael, während er sich mit Chips vollstopfte.

»Und wie?«

»Ihre Kollegin Prendiluna... wenn die es schafft, ihre Miezekatzehn-Mission zu erfüllen, wird sie uns zu ihm führen... Sie glauben uns nicht, stimmt's?«

»Naja, irgendetwas sagt mir, dass ihr nicht vollkommen verrückt seid«, sagte Lucano. »Schaut mal da auf dem Sessel.«

Er zeigte auf ein Kätzchen mit grauen Augen.

»Vor einer Stunde war Prendiluna hier und hat mir alles erklärt. Und sie hat mir Dolores hiergelassen. Ich habe sie ausgesucht, weil sie sich gut mit Vladimir versteht, meinem Kater. Beide lieben Schmetterlinge...«

»Teufel noch mal! Wir sind zu spät gekommen... hat sie Ihnen denn gesagt, wo sie hingeht? Hat sie eine Adresse hinterlassen?«

»Nein, nichts, vermutlich will sie keine Spuren hinterlassen...«

»Hat sie irgendetwas Sonderbares gesagt oder getan?«

»Ja, sie hat mich gefragt, was das Schlimmste war, was ich in meinem Leben getan habe.«

»Und was haben Sie geantwortet?«

»Einmal war es meinem Kollegen Vittori gelungen, eine Spinne dahingehend zu dressieren, dass sie auf einer winzigen Geige spielte... ich platzte vor Neid.«

»Haben Sie sie umgebracht?«

»Nein, aber ich habe in der ›Zeitschrift für Entomologie‹ einen solchen Verriss des Konzerts veröffentlicht, dass die Spinne daran starb...«

»Das ist alles?«

»Das und viele weniger schwere Sünden. Zum Beispiel

biete ich Besuchern hin und wieder frittierte Heuschrecken an und behaupte, es seien Kartoffelchips.«

Michael wurde gelb, schaffte es aber, sich nicht zu übergeben.

»Also, es wird doch irgendeinen Weg geben, Prendiluna zu finden...«

»Ich würde euch wirklich gerne helfen, aber... entschuldigt mich kurz.«

Professor Lucano nahm einen großen Hirschkäfer vom Tisch, öffnete dessen Flügel und hielt ihn sich ans Ohr.

»Sicher... verstehe«, sagte er. »Morgen um elf... ich werde da sein.«

Lucano beantwortete die fragenden Blicke.

»Hirschkäfer besitzen Mikroplatinen, die denen der Mobiltelefone sehr ähnlich sind... es war nicht einfach, aber es ist mir gelungen.«

»Unglaublich!«

»Ihr seid wirklich bekloppt...«, lachte der Professor, »ich habe mir zwar das Insekt ans Ohr gehalten, aber ich trage Kopfhörer und habe ein Smartesfon in der Tasche.«

»Sie sind mir ein Spaßvogel«, sagte Dolcino.

»Es gibt nichts zu lachen. Der Dekan hat mich gerade angerufen. Er will mich morgen früh sehen. Ich erwarte nichts Gutes. Besser ihr geht jetzt. Hört ihr die Schritte? Das ist die Streife der Modellstudenten, alle blond und Trumpisten, wenn sie euch finden, gibt es Ärger. Ihr müsst verschwinden.«

»Und wie?«

»Durch die Kanalisation. Folgt Antonov, der Hummel. Sie wird euch nach draußen führen, ihr kommt im Klostergarten raus, dann müsst ihr nur noch über den Zaun, schon seid ihr draußen...«

»Die Kanalisation... ist das eine echte Kanalisation?«, fragte Dolcino leicht angeekelt.

Cervo Lucano sah ihn streng an. »Siehst du diesen Skarabäus? Er ist einer meiner Lieblingsschüler. Er schiebt eine

Kotkugel vor sich her, die dreißigmal so viel wiegt wie er selbst, um darin Kinder in die Welt zu setzen, und er orientiert sich dabei an den Sternen. Er fragt das Universum um Hilfe, weil er will, dass seine Art weiterlebt. Ihr wollt die Welt retten und habt Angst vor ein bisschen Scheiße?«

»Gehen wir. Danke, Professor Lucano... Sie sind... ein Gerechter.«

»Ich freue mich, dass man das glaubt«, sagte der Professor und umarmte sie herzlich, wobei er sie mit Flöhen überhäufte.

Schwarz im Gesicht verließen sie die Kanalisation. Sie wurden von zwei riesigen Seminaristen mit Lederkutten und silbernem Halbmond um den Hals angehalten.

»Was habt ihr hier zu suchen?«

»Wir sind Langzeitstudenten. Und wir haben euch lieb. Ehrlich.«

»Hier sind wir nicht auf dem Gebiet der Uni, sondern unterliegen der Gerichtshoheit des Klosters. Folgt uns...«

»Nein.«

»Vielleicht hast du es noch nicht verstanden«, sagte der Seminarist. »Ich bin ein Hannibalianer, ein Soldat Gottes. Und ich ertrage Penner und stinkende Neger wie dich nicht.«

»Hannibal war schwarz.«

»Das ist nicht unser Hannibal... und keine Witze, klar, du Arschloch?«

»Okay, ich bin schwarz, stinke und mache dumme Witze, na und?«, sagte Dolcino.

»Weißt du, was unser Großmeister sagt? ›Es ist Zeit, aufzuräumen und richtig sauberzumachen‹... Jetzt waschen wir erstmal euch den Kopf...«

Michael zog das Schwert und deklamierte:

»*Im Buch steht geschrieben, dass ein kriegerischer Engel Satan besiegte, und Gott befahl: ›Töte ihn, denn er hat nicht gehorcht und gehört nicht mehr zum Bund der Engel.‹ Aber der Erzengel sprach: ›Wer bist du, dass du mir befiehlst, das*

Schwert gegen deinen Sohn zu richten? Millionen Welten sind nicht so viel wert wie ein Sohn, keine Liebe ist wie die zum eigenen Fleisch und Blut... Ich werde dir nicht gehorchen.«

»Von welchem Buch sprichst du denn da?«

»Von dem hier. *Und weiter sagte er zu Gott: ›Und solltest du lügen und einen anderen Michael an deiner Seite erfinden, werde ich, der wahre Erzengel, zu den Menschen hinabsteigen, um sie gegen deine Grausamkeit zu verteidigen.‹*«

»Das ist ja Blasphemie... du hast eine Myriade Gotteslästerungen von dir gegeben.«

»Vielleicht«, sagte der Erzengel und hob das Schwert. »Und jetzt füge ich noch eine Myriade Schwerthiebe hinzu...«

Im Garten erklangen Klagelaute und dumpfe Schläge.

10 Kommissar Garbuglio

Warum kehrt in meiner schlaflosen Nacht die Wut zurück? Warum fließt der Fluss der Erinnerungen nicht, sondern stockt in tiefen Pfützen, in denen ich erneut ertrinke? Ich bin nur an diesen Ort zurückgekehrt, und schon ist im Theater meines Gedächtnisses ein erbarmungsloser Scheinwerfer angegangen. Man muss nach vorne schauen, sagen die, die zu wissen meinen, wie das Leben spielt. Ich sage: Man muss zurückblicken, um zu verstehen, wie, wie stark und bis wann wir geliebt haben. Das wird unser Köpfchen erneut mit Tobsucht und Wahn füllen. Dann wird uns irgendwer erklären, dass wir verrückt sind, und sagen: Erzähl es uns, damit wir verstehen, warum.

Ich antworte: Es gibt kein Warum, nur etwas, das fehlt, der Wahnsinn ist diese Abwesenheit, er ist das abgeschnittene Stück, so kostbar und unersetzlich. Und er tut weh.

Margherita ...

Wir sind Wölfe im Fangeisen, die weiterrennen.

Kommissar Garbuglio schaute in seinem Büro Fernsehen und haute wütend auf den Schreibtisch.

»Nein, so läuft das nicht. So benimmt sich kein Kommissar. Er kann nicht einen verwickelten Fall pro Woche lösen, das ist unmöglich, zu viel der Gnade. Es ist unmöglich, dass sie aus drei Metern Entfernung auf ihn schießen und ihn nie erwischen. Und es stimmt auch nicht, dass man die Pistole so mit zwei Händen hält, ich halte sie nur mit einer. Ein Kommissar redet nicht wie ein Cowboy, er wiederholt nicht ständig dieselben im Jargon erzählten Witze, er sagt nicht ›irgendetwas muss uns entgangen sein‹, er findet keine Beweise auf dem Boden, nachdem alle anderen schon da waren, er hat keine Supersehkraft, während die anderen alle Ärsche sind. So funktioniert das nicht. Die sollten mich als Berater engagieren.«

Die Polizisten Olla und Felicioni warteten geduldig mit einer Mappe unter dem Arm und tuschelten.

»Immer dasselbe. Er schaut Fernsehserien und regt sich auf. Am liebsten würde er das Drehbuch schreiben.«

»Schlimmer noch. Ich glaube, er wäre gerne Schauspieler.«

»Diese amerikanischen Serien«, murrte Garbuglio, »haltet ihr das etwa für möglich, aus einem Arschhärchen in der Hand des Opfers ablesen zu können, dass der Mörder ein dreißigjähriger, weißer, bisexueller Junggeselle ist, der gelutschte Bonbons sammelt und früher von seinem Vater geschlagen wurde?... Und wie viele Serienmörder gibt es da eigentlich? Die könnten schon eine eigene Gewerkschaft gründen. Und wie kann es sein, dass sie nie jemanden einfach bloß umbringen, und gut ist, müssen sie ihn immer gleich noch zerschnippeln, ihm die Schneidezähne ziehen, den Zwölffingerdarm entfernen oder ihm eine Bibel in den Rachen stecken? Und was soll dieser Fimmel, Wände mit Botschaften aus Blut zu beschmieren? Mir hat in zwanzig Jahren noch nie jemand eine organische Nachricht auf einer Wand hinterlassen, nur einmal stand da GARBUGLIO, DER GEHÖRNTE, aber das war mein Nachbar mit einem Filzstift. Und warum zitieren die Verbrecher, die ich schnappe, nicht Dante und Blake, sondern lesen Tex-Comics?«

»Beruhigen Sie sich, Kommissar. Wir haben einen dringenden Fall.«

»Von wegen dringend! Dringend wäre, dass wir nicht mehr von solchen verfälschenden Sendungen durch den Dreck gezogen werden. Wir rackern uns ab, haben nicht mal Papier für den Drucker und die da haben fünfzig Computer, Ultraschallgeräte, Mikroskope und ausgebildete Hunde. Und die Polizistinnen sind alle hübsch geschminkte, supergeile Schnecken, wir dagegen haben Matilde.«

»Hey, Kommissar, ich hab dich gehört«, rief Matilde durch die Tür, »ich komm gleich und watsch dir eine.«

»Ich hab nichts gegen dich, Matilde. Ich habe bloß die Nase voll von diesem Nonsens. Und dann diese bösen Dealer, die zu Stars werden, haben die etwa noch nie gesehen, wie hässlich und kränklich Dealer aussehen? Wenn sie mich fragen würden, würde ich alles ändern. Ich schreibe nicht bloß Drehbücher, ich bin mittendrin. Was gibt es so Dringendes, Olla?«

»Eine Anzeige der Hannibalianer, Kommissar.«

»So ein Scheiß«, rief Garbuglio, »und ich sage ›so ein Scheiß‹ und nicht etwa ›ich rieche Lunte‹, wie ein Kommissar im Fernsehen sagen würde. Die von der Maxonia machen keine Witze. Und der Geheimorden der Hannibalianer hat eine unermessliche, dunkle Macht…«

»Jetzt reden Sie aber wie einer aus dem Fernsehen«, sagte Olla.

»Was ist passiert?«

»Gestern Abend hat ein Paar Berserker im Klostergarten zwei Seminaristen auf Streife brutal zusammengeschlagen. Und sie müssen tough gewesen sein, denn die Seminaristen waren in Wirklichkeit ehemalige Marinesoldaten, die für den Wachdienst eingestellt wurden.

Hier das Phantombild der beiden:

Italiener, um die vierzig-fünfundvierzig Jahre alt, einer mindestens eins neunzig, blond, mit hellem Staubmantel. Der andere mit langen Haaren, Tattoos, circa eins achtzig, Jeans und T-Shirt. Einer hatte ein antikes Schwert, der andere schlug zu wie ein Boxer.«

»Ein antikes Schwert? Das ist was für Verrückte.«

»Tatsächlich passen die Angaben perfekt zu den beiden, die aus der Irrenanstalt von Doktor Felison entflohen sind… die hier«, sagte Olla und zeigte ein anderes Blatt mit angehefteten Fotos.

»Lass mal sehen… Erzengel Michael, geboren in… undsoweiter… hat tausend Berufe ausgeübt, Vorstrafen wegen fortgesetzten Diebstahls, schwerer Beleidigung und Unterbrechung einer heiligen Prozession. Neigt zu gefährlichen Krisen mit Schreianfällen, überempfindlich gegen Lärm, Größe eins vierundneunzig. Und sein Kumpan Davide Dolcino, Epileptiker, Vorstrafen wegen Ruhestörung unter Alkoholeinfluss, schwerer Körperverletzung, Widerstand gegen die Staatsgewalt... ehemaliger Musiker und politischer Aktivist, im Irrenhaus ist er gelandet, nachdem er versucht hatte, ein blaues Auto anzugreifen. Er war in diesen Fall mit dem Mädchen verwickelt, das von dem Abgeordneten überfahren wurde, erinnert ihr euch?«

»Ich habe davon gehört. Wenn ich mich nicht irre, war das doch vor der Universität der Hannibalianer.«

»Genau. Nun, wie ein Fernsehkommissar sagen würde: ›Gibt es irgendwelche Beweismittel? Einen Unterhosenknopf, Spermaspuren, Fußspuren tropischer Eidechsen?‹«

»Nein... aber einer der beiden schrie, während er auf die Seminaristen einschlug: ›Für Margherita!‹«

»Beginnen wir mit der Ermittlung«, sagte Garbuglio.

»Soll ich im Computer nach den Begriffen *Schwert, Gotteslästerer, blaue Autos, Margeriten* suchen?«, fragte der Cyberkriminalist Olla.

»Nein, ich gehe ins Archiv... Ich habe einen untrüglichen Spürsinn. Was ist das da für ein Glas auf deinem Schreibtisch, Olla?«

»Ein Gläschen Vernaccia, Kommissar.«

»Ah, ein typischer Wein aus deiner Gegend. Ich bin ein Kenner... ein Schluck genügt mir.«

»Eigentlich...«

»Stark und tüchtig«, sagte Garbuglio, während er sich die Lippen leckte, »mit einem Nachgeschmack von Bottarga, und ich würde sagen... einem Hauch von nach Osten ausgerichtetem Myrthestrauch... was meinen Sie, Olla?«

»Eigentlich ist das Glas Vernaccia das da... Sie haben die Tamarindenlimonade von Felicioni getrunken...«

»Naja... Dann lass ich meinen Spürsinn lieber auf der Jagd nach Indizien los...«

»Ja, toben Sie sich aus, Kommissar«, sagte Olla.

Garbuglio ging davon und sang dabei die Titelmelodie von *Miami Vice* verkehrt herum.

»Er ist wirklich besessen von diesen Fernsehserien«, sagte der alte Felicioni. »Glaubt er wirklich, dass es so toll wäre, Schauspieler zu sein?«

»Felicioni«, sagte Olla, »wenn ich dir ein Geheimnis anvertraue, schwörst du mir, dass du es nicht weitererzählst?«

»Ich schwöre bei meiner bevorstehenden Pension...«

Ollas Geheimnis

Als ich jung war, hieß mein bester Freund Tore. Er war ein echtes Original. Selbst beim Fußballspielen trug er ein Halstuch. Und er kannte alle Sprüche von Bruce Lee auswendig, inklusive der Schreie. Jeden Tag schrieb er einen Brief an eine kanadische Schauspielerin, die Haddon hieß oder so ähnlich. Der Film *La cugina* war seiner Meinung nach genau so viel wert wie der gesamte Kubrick. Er war ein Provokateur, ein kinobegeisterter Dandy. Für ein Regiestudium zog er weg und erwarb seinen Abschluss mit einer Arbeit über *Duschen im Kino, von »Psycho« bis Pierino*. Als ich aufs Festland kam, erinnerte ich mich an ihn. Ich rief ihn an, und er sagte: »Komm mich am Set besuchen.«

Seine Filmproduktionsfirma hieß Splendid Crystals. Die Adresse, die er mir gegeben hatte, gehörte zu einem Schuppen am Stadtrand, zwischen Autowracks und Warenlagern.

Ich stellte mir wer weiß welche Filmkulissen vor, doch als ich eintrat, sah ich nur ein Bett, das von zwei Spots beleuchtet wurde, und einen Kameramann mit einer alten Videokamera. Tore kam mir mit seinem üblichen Halstuch entgegen und stellte mir seine bescheidene Truppe vor.

Dann sagte er: »Und die beiden sind die Besetzung.«

Vom Bett grüßten mich ein nackter, pickeliger Mann und eine Walküre in Unterwäsche.

»Was für ein Film wird das denn? Einer dieser Filme...«
»Wenn du willst, kannst du ruhig Porno sagen, ich empfinde das nicht als Beleidigung... Denn ich mache einen Porno von höchster Qualität und Originalität. Ich mache Depressive-Sex-Filme.«
»Das musst du mir erklären...«
»Schluss mit alten Stereotypen. Die Zuschauer haben die Nase voll von Riesenschwänzen, kreischenden Frauen und dreistündigem Analverkehr. Das ruft nur Beklemmung und Nachahmungswut hervor. Wenn sie solche Pornos geschaut haben, stopfen sich die Männer mit Viagra voll, können aber trotzdem weder die Ausmaße noch die Leistung erreichen. Die Frauen stellen erbarmungslose Vergleiche zwischen den Filmen und der Realität an... und werden untreu, was häufig mindestens genauso enttäuschend für sie ist. Aber mit meinem XXDS, Depressive-Sex-Film, muntere ich sie wieder auf.«
»Das heißt?«
»Vor allem sind die Schauspieler, wie du siehst, weder schön noch stattlich. Sie setzen einen für jeden erreichbaren Eros in Szene. Hier haben die Pornostars bescheidene Schwänze, Erektionsstörungen und schlafen während des Beischlafs ein, sodass sich die Zuschauer dagegen wie Sexprotze vorkommen. *Die Trägheit des Fleisches* war einer meiner ersten Erfolge. Wenn die weiblichen Pornostars kommen, sagen sie ›nicht schlecht‹, statt zu schreien, häufig lesen sie während des Beischlafs oder lackieren sich die Nägel. Die beliebteste ist Patty Patient, wegen ihrer Ausdauer beim Versuch, ihren Partner oral zu erregen. In einem Film macht sie einen dreieinhalbstündigen Blowjob, ohne jeden Erfolg, im Gegenteil, der Partner raucht, isst Popcorn und schaut sich dann Italien-Deutschland inklusive Verlängerung an. Dann gibt es noch die depressiven Sadomasos, wo die Schauspieler einander mit Faschingsknüppeln schlagen. Kurz, nach einem XXDS-Film fühlen sich alle auf der Höhe, und niemand bildet Minderwertigkeitskomplexe aus.

Täglich melden sich bei mir Dutzende von Schauspielanwärtern und schicken mir Amateurvideos. Alle würden gerne so sein wie Rocco Del Schlaffo, der Pornostar, bei dem er kleiner wird, statt anzuschwellen. Oder wie Kim Küchenfee, die in ihrer berühmtesten Szene in *Threesome* drei Männer auf einmal befriedigt: Einem trimmt sie die Nasenhaare, dem zweiten bringt sie den Reißverschluss in Ordnung, und dem dritten macht sie einen Zabaione. Echt hartes Zeug, sag ich dir.«

»Tore, du warst doch ein Provokateur, du wolltest skandalöse Filme machen, die mit allen Konventionen brechen...«

»Was könnte ein größerer Skandal sein, als nicht auf Kommando Skandale liefern zu wollen? Was gibt es im Porno oder im nudistischen und bluttriefenden Kino schon Überraschendes, wo die Zuschauer genau wissen, was sie erwartet? Ich überrasche sie, indem ich ihnen verstörende Normalität zeige. Glaub mir, eines Tages werden alle verstehen, wie unkonventionell ich war. Und jetzt entschuldige mich, ich muss die Schlussszene von *Vegetarian Love* drehen. Salad Sex ist die Zukunft, es reicht mit all diesem zur Schau gestellten Fleisch. Sind wir bereit für den Dreh?«

»Es ist etwas Schreckliches passiert, Maestro«, sagte die Regieassistentin, ein blasses Mädchen.

»Was denn?«

»Es sind keine Auberginen mehr im Kühlschrank.«

»Wer hat die Auberginen geklaut?«

»Ich«, sagte Kim Küchenfee, »ich habe daraus eine Parmigiana für die Truppe gemacht. Du zahlst uns schon seit Monaten nichts mehr, wir haben Hunger. Ich wusste nicht, dass die Auberginen zur Besetzung gehören.«

»Was machen wir jetzt? Rocco, hast du Lust, dich an einer kleinen Erektion zu versuchen, wir könnten dich lila anmalen, eine Nahaufnahme machen, und es sähe aus wie eine Aubergine...«

»Ich hatte letzten Monat schon eine Erektion, und ich bin es auch leid, unbezahlt zu arbeiten.«

»Wer rettet mich?«, fragte Tore und sah mich verzweifelt an. Um einem Freund zu helfen, wurde ich also zum Pornostar. Nur für einen einzigen Film, aber ich war ausgezeichnet. Die Aubergine und die Zucchini in *Vegetarian Love* bin ich. Und die Wassermelone auch, aber die Szene gefiel mir nicht. Man sieht nie mein Gesicht. Doch ich kann sagen, dass ich schon als Schauspieler gearbeitet habe, und das ist ein Geheimnis, auf das ich stolz bin.

11 Der schöne Enrico

Prendiluna stand direkt vor den Fernsehstudios, wo viele Folgen der Kommissare Montedio, Calimero, Scarcione, Selters und sechsunddreißig weiteren gedreht wurden. Außerdem wurden hier *Miami Blood, Cfsdxl, Killer Krimes, Chicago Crap, Psycho Squad* und *Monsterchefs* synchronisiert. Die alte, aber kernige Frau zog den Koffer voller Katzen und war besorgt. Sie hatte bemerkt, dass ihr seit dem Besuch bei Lucano jemand folgte. Ein seltsamer Typ mit dunklem Trenchcoat und flammend rotem Borsalino. Sein Gesicht konnte sie nicht erkennen, weil der Mann den Kragen die ganze Zeit hochgeschlagen trug, aber sie hatte eine olivfarbene Haut und eine Narbe am Mundwinkel ausgemacht. Zweimal hatte sich der Mann eine Zigarre angezündet. Und Prendiluna hatte ihn dabei weder ein Feuerzeug noch Streichhölzer benutzen sehen, es war, als ob sich die Zigarre von selbst entzündet hätte.

Jetzt saß der Unbekannte dort drüben, auf einer Bank. Es schien, als wollte er seine Beschattung gar nicht verbergen.

Prendiluna betrat die weitläufige Empfangshalle, in der sie bekannte Gesichter und berühmte Hintern identifizierte. Wie in jeder Gesellschaft in Kasten unterteilt: Erfolg und Einschaltquoten der Anwesenden waren an der Aufgeblasenheit, der Ehrerbietung oder der neidischen Demut ablesbar, mit der sie einander grüßten. An der Bar sah sie einen braungebrannten Showmaster auf dem Gipfel des Erfolgs, um ihn ein Reigen von Höflingen, die bei jedem seiner altbackenen Witze lachten und auch dann noch ordinär weiterlachten, als er anfing, sich über seine Nierensteine zu beklagen. In einer Ecke erzählte ein verzweifelter Komiker mit kriselnden Einschaltquoten seinem Handy Witze, das mit Lachern vom

Band antwortete. Eine silikonbestückte Moderatorin zog sich die Lippen mit einem Lippenstift nach, der in Wirklichkeit eine winzige Fahrradpumpe war.

Prendiluna fühlte sich müde, sie setzte sich auf ihren Koffer und legte den Kopf in ihre Hände.

Sie hörte näherkommende Schritte und sah sich von einigen Leuten umringt, die sie interessiert ansahen.

Eine Frau mit Brille fragte:

»Signora, Sie sehen verzweifelt aus, sind Sie wegen Kummer in Ihrer Familie hier, oder leiden Sie an einer schweren Krankheit?«

»Eigentlich nicht ...«

Ein blasser Mann schob die Bebrillte beiseite und rief:

»Ich hab die Alte zuerst gesehen! Ich habe die passende Sendung für sie. Haben Sie einen Alkoholiker zum Ehemann? Einen drogensüchtigen Sohn, eine verschwundene Schwester, einen Onkel auf der Flucht, an den Sie appellieren möchten?«

»Nichts von alledem ...«

Ein bärtiger Riese bahnte sich seinen Weg zwischen den beiden und sagte:

»Sie sind eine unglückliche alte Dame, streiten Sie das nicht ab ... wurden Sie betrogen? Hat Ihre rumänische Altenpflegerin Ihnen alles geklaut? Hat Ihr Hund sein Geschlecht gewechselt? Hat man Ihnen die falsche Niere entfernt?«

»Toi toi toi«, sagte Prendiluna und formte mit ihren Fingern Hörner, um Böses abzuhalten, »was wollen Sie von mir? Mir geht es ausgezeichnet.«

»Wenn Sie kein mitleiderregender Fall sind, was machen Sie dann hier?«, fragten die drei im Chor. »Wir sind beim Fernsehen, wenn Sie kein Notfall sind, ziehen Sie gefälligst Leine.«

»Ich bin eine berühmte Köchin«, sagte Prendiluna stolz.

Die drei erbleichten. Der Geheimbund der Chefköche war noch mächtiger als der der Tränenfresser.

»Entschuldigen Sie bitte ... wir hatten Sie nicht erkannt.«
»Ich bin die Inhaberin der Schenke am Wald«, präzisierte die Mondfängerin, »und meine Spezialität ist geschmorter Hase vom Dach mit Rat-gout und gerösteter Katzenstreu.«

»Aus dem Weg, die Dame ist meine Freundin«, sagte eine bekannte Stimme. Und Enrico erschien.

Enrico Franciacorta, einer ihrer Lieblingsschüler, mittlerweile Fernsehstar, Journalist und Moderator der Sendung *Alles über Sie*, einer Talkshow, die in den sozialen Medien sehr viele Clicks, Shares und Likes bekam.
Sie umarmten sich. Der ehemalige Schüler war in bester Form, nicht groß, aber bezaubernd, die Haare leicht angegraut. Er trug einen sehr eleganten, blauen Anzug, und an seiner Seite stand Miss Flamingo, eine große Braunhaarige mit rosa Minirock und monumentalen Beinen.
»Enrico. Du bist immer noch ein hübscher Junge. Du warst ja damals der Casanova der Klasse.«
»Jetzt bin ich Journalist... beinahe ein seriöser... darf ich dir meine Assistentin Phoebe vorstellen? Aber komm doch mit... lass deinen Koffer hier.«
»Warte... ich habe da ein paar Katzen drin... können wir sie ein Weilchen freilassen? Sie sind schon seit Stunden eingesperrt...«
»Nimm sie ruhig mit ins Studio, da ist viel Platz, da können sie so viel herumlaufen, wie sie wollen. Los, beeilen wir uns. Ich bin sehr beschäftigt, aber ich habe mir eine Stunde nur für dich freigehalten...«
Er zwinkerte der Flamingodame zu.
Sie betraten das weiße, elegante Studio, das taghell erleuchtet war. Hinten war eine verspiegelte Wand, und an den Seiten hingen die Fotos all derer, die bisher bei der Show mitgemacht hatten. Enrico ließ die alte Dame auf einem bequemen Sessel vor sich Platz nehmen und sagte lächelnd:

»Das ist ein besonderer Abend für mich. Ich habe meine Lehrerin aus dem Gymnasium hier, Frau Prendiluna. Erzähl mir alles, Prof...«

»Das ist eine unglaubliche Geschichte.«

»Dem Fernsehen gefallen unglaubliche Geschichten.«

»Wir sind doch allein, niemand hört uns, oder?«

»Nur einige Millionen meiner Zuschauer... ein Scherz, bitte...«

»Du warst schon immer gut darin, alle zu unterhalten, Enrico. Du warst das Herz jeder Party. Ich weiß noch, wie du Aias nachgemacht hast, und Lucano, wie er die Dekolletés nach Spinnen absucht, dieses Schlitzohr. Und du konntest gut schreiben, an einige deiner Aufsätze erinnere ich mich noch... etwa den über Aufrichtigkeit und Fairness, weißt du noch?«

»Lass uns nicht über mich reden, sprechen wir lieber von dir... warum bist du hier? Erzähl deine Geschichte...«

»Na gut, aber versprich mir, dass du dich nicht über mich lustig machst. Ich habe eine Nachricht von Ariel bekommen, dem Gespensterkater. Er hat mir gesagt, dass ich zehn Gerechte finden und jedem von ihnen eine meiner Miezekatzehn geben muss. Ich dachte, dass du intelligent und einfühlsam bist, über die Jahre habe ich deine anklagenden Sendungen gesehen, deine Kriegsreportagen, und habe mir gedacht, dass du eine Katze verdient hast. Ich weiß, das klingt verrückt, aber es ist wichtig. Wenn ich es schaffe, meine Mission zu Ende zu bringen, wird Gott die Welt verschonen. Andernfalls ist Sendeschluss.«

»Also wirklich, in vielen Folgen von *Alles über Sie* habe ich phantastische Geschichten gehört, aber die hier ist besonders: die große Mission, die magischen Katzen, die Gerechten der Erde, die Apokalypse. Wenn er hier wäre, würde ich Pancotto das Wort erteilen, dem Experten für Esoterik und weinende Madonnen. Aber vor allem wäre es schön, meinen alten superschlauen Freund Saputo zuzuschalten, den unbequemen Journalisten, der in jede Debatte eingreift, von der er nichts versteht, und der sich heute schon beschwert hat, weil er noch nicht interviewt wurde. Möchtest du etwas trinken, Prendiluna? Komm schon, lass uns zwei Minuten Pause machen.«

»Ein Glas Wasser, danke.«

Wenig später kam Miss Flamingo mit dem Wasser wieder herein. Enrico kämmte sich sorgfältig, das war eine seiner Marotten.

»Gut, nehmen wir unser Gespräch wieder auf. Also, Prendiluna, du warst eine ausgezeichnete Lehrerin, aber du bist immer eine überzeugte Laizistin gewesen. Warum sollte Gott für die Mission ausgerechnet an dich gedacht haben?«

»Das kann ich dir wirklich nicht beantworten. Vielleicht vertraut er seinen Leuten nicht. Aber wer weiß, ob ich es schaffen werde, ich habe Angst. Zum Beispiel verfolgt mich seit heute Morgen ein Mann, ich glaube, er gehört zu den Hannibalianern.«

»Jetzt bekommt das Ganze auch noch einen nervenkitzelnden Touch, phantastisch! Aber sag mal, ich erinnere mich noch, dass du einen sehr guten Unterricht gemacht hast. Was hältst du von der italienischen Schule heutzutage?«

»Es gibt gute Lehrer und gemeine Lehrer, leidenschaftliche und faule, leichtfertige Lehrer. Das Wort ›Schule‹ ist eine grobe Vereinfachung. Ich finde, Unterrichten ist ein schöner Beruf. Die Intelligenz eines jungen Menschen zu respektieren und zu bewahren, das ist ein kleines Wunder... auch wenn es nicht bei allen klappt. Aber bei dir, Enrico, ist es mir vielleicht gelungen.«

»Dazu kann ich nichts sagen«, sagte Enrico. »Es wäre schön, Bufaloni um seine Meinung zu bitten, der sich für religiöse Privatschulen ausspricht, oder Fredolin, der dagegen für säkulare Schulen plädiert, oder Manicardi, der alle zum Teufel schicken will... Du hast immer Italienisch unterrichtet, stimmt's?«

»Ich habe es versucht.«

»Das ist ein verdienstvolles Unterfangen in anglophonen

Zeiten, wer weiß, was Palavro dazu sagen würde, der sich mit Gossip, Rappern und Bloggern beschäftigt... aber lass uns kurz Pause machen... na los, mach den Koffer auf.«

Prendiluna öffnete ihn, und sechs Katzen sprangen heraus, die sich gleich daran machten, diesen seltsamen Raum zu erkunden. Sylvia erschreckte sich vor dem Spiegel und hauchte dagegen.

»Erzähl uns von diesen süßen Pummelkatzen... haben sie bestimmte Eigenheiten?«

»Nun, weißt du, einer indianischen Legende nach versteckt sich in jeder Katze die Seele eines Künstlers – oder eines Hexenmeisters. Folglich sind sie ein wenig geheimnisvoll, ja magisch. Sylvia schreibt Gedichte, ich verstehe ihre Sprache nicht gut, aber ich erkenne, wann sie hungrig, wann sie wütend, wann sie verliebt ist. Dann miaut sie jeweils auf besondere Weise, das ist ihre Poesie.«

»Und der, der uns gerade anschaut, der Graue?«

»Oh, das ist Raymond. Er ist wie du, verspielt, stellt anderen Katzen Fallen und spielt ihnen böse Streiche. Und er träumt. Er träumt davon, ein Gepard zu sein, der Antilopen verfolgt, und rennt im Liegen. Der Schwarze ist Jorge. Er ist fast blind, er ist der Älteste. Ein metaphysischer Kater, er hat einen Zwilling, häufig kann ich sie nicht unterscheiden. Wenn du ihn an etwas schnuppern lässt, kann er zwei Tage lang unterwegs sein und den Ort finden, von dem der Gegenstand stammt.«

»Phantastisch.«

»Und die ganz Weiße da ist Emily, sie leidet an Reiseübelkeit. Es waren drei Schwestern, sie, Virginia und Marguerite. Sie ist eine Einzelgängerin und sehr sensibel. Wenn jemand lügt, kräuselt sie ihren Schwanz auf eine bestimmte Art, ein bisschen so wie jetzt gerade. Dann ist da noch Gonzalo, jähzornig, unberechenbar, manchmal ganz sanft, manchmal kratzt und beißt er. Und Prufrock, der Zerkaterte, ein wirklich mitgenommener Kater: hinkend, halb kahl, einäugig und mit Stummelschwänzchen. Er hat alles Mögliche und Unmögliche durchgemacht, aber er lebt noch und frisst so viel wie zehn Löwen.«

»Und du trägst sie in diesem Koffer herum? Nun ja, sicherlich sind sie da etwas eingepfercht. Es wäre interessant zu erfahren, was Ametista davon hält, die verbissene Tierschützerin, die sagt, dass jede Katze ihrem Herrchen oder Frauchen im Schlaf die Kehle durchbeißen sollte. Doch entschuldige mich kurz, ich muss zur Toilette.«

Enrico stand auf, und Prendiluna blieb allein vor dem großen Spiegel zuück. Die Katzen miauten etwas unruhig.

»Da sind wir wieder«, sagte Enrico, der zurückkehrte und Platz nahm. »Wir haben noch eine Viertelstunde. Hast du mir noch etwas anderes zu erzählen?«

»Ja, Enrico. Ich habe keine eigenen Kinder. Ihr seid meine Kinder gewesen. Du, Clotilde, Fiordaliso, Michael, Dolcino. Manche von euch hatten ein normales Leben, andere haben viel gelitten. Vielleicht hattest du am meisten Glück von allen. Du bist ehrlich, loyal, hast Erfolg, ohne dafür zu viele Kompromisse eingegangen zu sein, und du hast es dir verdient. Eine bestimmte Sorte Fernsehen würdest du nie machen, stimmt's?«

Enrico schlug die Augen nieder.

»Es wäre schlimm, wenn ich herausfände, dass du mich betrogen hast. Dass hinter dem Spiegel Fernsehkameras sind, Experten, die sich streiten, und ein Publikum, dass über diese alte, verrückte Dame lacht... das wäre, wie soll ich sagen, ein böser Streich, live und in Farbe.«

»Es ist nicht live, wir nennen das zeitversetzte Übertragung«, sagte Enrico. »Die Show wird in einer Stunde gesendet... vielmehr, sollte gesendet werden...«

Plötzlich stand Enrico auf und wandte sich dem Spiegel zu.

»Zum Schluss eine Überraschung, liebe Fernsehzuschauer. Manchmal ist die vermeintliche Authentizität von *Alles über Sie* nur vorgetäuscht, der Gast ist vorgewarnt und weiß, dass er aufgenommen wird. Meistens weiß er es aber nicht, wir spionieren ihn sadistisch aus und senden das zwei Stunden später. Wir bieten ihm Geld oder erpressen ihn, fast niemand verweigert uns die Sendegenehmigung. Aber diesmal ist es anders. Diesmal ist meine Lehrerin hier, die mir vieles beigebracht hat... Manches habe ich vergessen, manches nicht. Es stimmt, vor ein paar Jahren war ich noch ein guter Journalist, und jetzt mache ich dieses widerliche Zeugs. Das denke ich schon seit einer Weile, und heute Abend gibt mir diese verrückte, alte Dame den Mut, eine Entscheidung zu fällen. Die Stunde mit ihr wird nicht in die zeitversetzte Übertragung gehen, verfluchte heilige Einschaltquoten. Jetzt ziehe ich mir die Hosen runter, hier ist mein forscher Spatz, wie ihr wisst, kann man im Fernsehen massenweise Muschis und Möpse zeigen, aber keine Piepmätze. Also kann diese Folge nicht gesendet werden. Aber falls noch irgendwer Zweifel hegen sollte, füge ich hinzu, dass du, Pancotto, dumm wie Brot und ein beschissener Magier bist, nicht mal einen Pickel könntest du heilen, und du, Bufaloni, bist ein Nazi, und du Fredolin, schwülstig und langweilig, und dir, Manicardi, zahlen sie für jede Beleidigung dreihundert Euro. Und was dich betrifft, Saputo, du bist ein selbstmitleidiges Pseudoopfer, das immer und überall dabei sein will und es keine zwei Minuten aushält, ohne zu twittern. Du, Palavro, bist ein kleiner habgieriger Spion. Du, Ametista, bist zwar tierlieb, behandelst deinen Sohn aber wie ein Stück Vieh, die Hannibalianer sind Scheißrassisten, und abschließend sei noch gesagt, dass unser Regisseur Vespilli ein Arschkriecher ist, der jedwede Zensur akzeptiert. Nur du, Phoebe, du bist das Licht meines Lebens, es stimmt, was ihr denkt, wir sind ein Paar, sie ist wunderbar und gebildet, sie musste zwei Jahre lang eine Modelschule besuchen, um dümmlich zu wirken. Wenn ihr wollt, erzähle ich euch, was wir heute Abend machen... also, ich verkleide mich als Erzbischof und dann...«

»Genug jetzt«, sagte eine Stimme aus dem Off. »Du bist ein beschissener Gutmensch, Enrico. Die Folge wird nicht gesendet, aber für dich ist jetzt Schluss mit Fernsehen.«

»Und jetzt die Werbung«, lachte Enrico und verbeugte sich. Die Studiolichter gingen aus.

»Du hast allen eine schöne Lektion erteilt«, sagte Prendiluna.
»Das würde ich auch gerne glauben, aber ich mache mir nichts vor. Wahrscheinlich wurde mein Abgang massenhaft geteilt. Es wird eine Epidemie von Moderatoren geben, die so tun, als würden sie durchdrehen und alle zum Teufel schicken, Reue und Autodafé live. Nach ein paar Tagen werden alle bei irgendeinem anderen Sender wieder auftauchen, und eine bekannte Mitleidsdealerin wird all ihre Tränen zur Schau stellen. Trotzdem fühlt es sich gut an, das getan zu haben.«
»Genau das brauchte ich für meine Mission«, sagte Prendiluna amüsiert. »Mir scheint, du hast deine abscheulichen Taten schon gestanden. Du bist nicht perfekt, also kannst du dir eine Katze aussuchen.«
»Welche gefällt dir, Phoebe?«
»Ich hätte gerne Emily.«
»Ausgezeichnete Wahl... es handelt sich um eine Amherst-Tigerkatze. Im Gegenzug musst du mir aber ein paar Informationen geben.«
»Mach ich gerne, ab jetzt werde ich ja etwas freie Zeit haben«, lachte Enrico. »Du musst vorsichtig sein, Frau Lehrerin, und... ich habe ein Geschenk für dich vorbereitet: alle DVDs von Gregory Peck.«
»O Gott, schwörst du mir, dass wir nicht live gesendet werden?«
»Ich schwöre.«
»Dann weine ich.«
Und es gelang ihr.

12 Die Stimme des Hades

In der alten Bibliothek der Klinik hatte Doktor Felison das Buch gefunden, das er suchte, *Die Traumlabyrinthe* des Philosophen Cornelius Noon. Doch er wurde enttäuscht. Das Buch war komplett von Mäusen zerfressen und zerfiel vor seinen Augen. Nur eine Seite hatte überlebt. Felison las.

Ich habe noch weitere Arten von Träumen analysiert. Nach dem Triotraum habe ich den Quadratraum und den Polytraum untersucht. Diese Forschungsarbeit war enttäuschend. Wenn mehr als drei Menschen den gleichen Traum träumen, entsteht eine politische Partei, eine satanische Sekte oder eine Chatgruppe der Psychiater und Kanufreunde, aber es wird daraus nichts Prophetisches. Andere Arten von Träumen fand ich deutlich interessanter, zum Beispiel die erotischen Träume Pink und Blue. Beim Pink hat man nächtliche Samenergüsse, atmet keuchend und bedauert das Erwachen, oder man spürt Erleichterung, sofern man gerade davon träumte, sich mit einer riesigen Biberratte zu paaren. Beim erotischen Traum Blue dagegen bleibt man sein ganzes Leben lang in die Person verliebt, von der man geträumt hat. Die Person kann auch ein unbekanntes Gesicht sein, dem man nie begegnen wird, häufig ist es aber eine Person, die nicht mehr bei uns ist, die man im Traum wieder sieht, wieder küsst und so weiter. Das Aufwachen ist äußerst schmerzvoll. In letzter Zeit haben sich meine Forschungen allerdings dem Matrjoschkatraum zugewandt, bei dem verschiedene Traumphasen ineinander verschachtelt sind. Das heißt, man träumt, dass man aufwacht, bemerkt dann aber, dass man noch immer träumt, dann wacht man in dem Glauben auf, nun tatsächlich in die Wirklichkeit zurückzukehren, stattdessen ist man noch immer im Traum und so weiter. Wenn dieser Mechanismus sich mehr als hundertundeinmal wiederholt, bedeutet das, dass wir tot sind. Sie, Doktor Felison, sind gerade der Gefangene eines Matrjoschkatraums, und der Beweis dafür ist, dass es in der Klinik keine geheime Bibliothek gibt – und sie nackt sind.

»Nein!«, schrie Felison und wachte schlagartig auf. Er merkte, dass er in seinem Sprechzimmer saß und ein anderes Buch in der Hand hielt, in dem zu lesen war:

Es gibt Menschen, deren bloße Stimme schon Schrecken hervorruft. Man erzählt sich, dass es im sechzehnten Jahrhundert einen Inquisitor gab, dessen tiefer, kratziger Tonfall mehr Furcht erregte als ein glühendes Eisen oder ein Seil um den Hals. Alle gestanden. In seiner Stimme lag eine Bosheit, die in deine Seele eindrang. Es war, als glaubte der Verdächtige: Wenn ein Mensch so böse sein kann, dann ist die Menschheit nichts, und der bloße Gedanke, dass ich so sein oder so gewesen sein könnte wie er, lässt mich den Tod vorziehen. Diese Macht nennt sich ›die Stimme des Hades‹. Denken Sie darüber nach, Herr Doktor, und auch über die Tatsache, dass Sie sich immer noch in einem Matrjoschkatraum befinden.

Auf Felisons Schreibtisch klingelte das Telefon und ließ ihn hochschrecken. Zur Kontrolle, ob er diesmal wirklich aufgewacht war, ließ er eine halbe Minute vergehen. Er schaltete die Freisprechanlage ein, es war die Zentrale.

»Herr Doktor, da ist ein gewisser Doktor Chiomadoro für Sie.«

Da war der Matrjoschkatraum ja noch besser, dachte er. Er nahm den Telefonhörer ab, und dieser verwandelte sich in eine Schlange, dann in eine Schlange mit dem Gesicht von Freud, dann in Freud selbst.

»Welch ein Vergnügen«, grinste Sigmund, während er sich eine fünfzig Zentimeter lange Zigarre anzündete. »Ein mit Symbolen gespickter Matrjoschkatraum, ihr Problem, den auszudeuten.

Apropos, wussten Sie, dass die Matrjoschka genau in jenen Jahren erfunden wurde, als ich die Psychoanalyse erfunden habe? Aber schweifen wir nicht ab. Bald wird der Traum enden, und Folgendes sollten Sie wissen: Chiomadoro, das geheimnisvolle Oberhaupt der Hannibalianer, hat diese Macht des Hades in der Stimme. Er liebt es, sich in ein Geheimnis zu hüllen, sein Gesicht ist immer unter einer Kapuze versteckt, nur wenige können von sich sagen, ihm in die Augen geschaut zu haben. Bei den Zusammenkünften zeigt er nur seine Hände, die geradezu monströs lange Finger haben. Doch was besonders ins Auge fällt, sind seine langen goldblonden Haare, die er aus der Kapuze hervorschauen lässt oder in einem langen Zopf über die Schultern trägt. Fragen Sie mich nicht, warum?«

»Warum?«, fragte Felison.

»Was meinen Sie?«, fuhr Freud fort. »Suchen wir Herrn Verdrängung, den verdrängten Ursprung? Einen Trans-Vater? Eine Mutter, die ihn zwanghaft kämmt? Eitelkeit? Christus-Imitation? Oder eine Werbebotschaft für die weiße Rasse, deren Überlegenheit und Reinheit Chiomadoro behauptet. Dieser blonde Riese ist immer von Folterknechten umgeben, der sogenannten ›Kaiserlichen Garde‹, einer Schar fanatischer Gläubiger, angeführt vom äußerst gefürchteten Jallad, einem Asiaten mit Waffen aus Silber. Von ihm ist in einer Chronik von Mitte des neunzehnten Jahrhunderts die Rede. Er müsste demnach mehr als zweihundert Jahre alt sein. Was Chiomadoro betrifft, so meinte ein mit mir befreundeter Arzt, er habe ihn 1920 untersucht, und da sei er schon alt gewesen. Daher das Gerücht, Chiomadoro sei nicht menschlich.

Doch äußerst menschlich sind seine Taten und seine Gier, der Aufbau eines florierenden wirtschaftlichen Imperiums, die unumschränkte Autorität, die er bei seinen Anhängern genießt, die Perversionen, die ihm zugeschrieben werden. Verbirgt seine schwarze Kutte mit silbernem Halbmond Schwanz und Schuppen? Nein, eher Bankkonten, lange Komplizenverzeichnisse und Listen von Erpressbaren. Ein monströser Oger oder ein kleiner, neureicher Buchhalter? Warum weiß niemand etwas über sei-

ne Vergangenheit? Warum sind sämtliche Ermittlungen gegen ihn im Sande verlaufen? Warum besitzt er sechs Pässe mit verschiedenen Namen? Und vor allem, wie kann Doktor Felison ihm entgegentreten, ein benzodiazepinabhängiger Psychiater mit einem zu verwundeten Herzen, als dass er die Leiden der anderen lindern könnte?«

»Helfen Sie mir, Herr Doktor.«

Das Telefon klingelte dröhnend, und diesmal war der Traum wirklich zu Ende. Felison ging ran:

»Hallo?«

»Servus, Herr Doktor«, sagte die Stimme des Hades, »ich bin Doktor Chiomadoro, Oberhaupt der Hannibalianer. Unserem Orden gehört die Immobilie, in der sich Ihre namhafte Klinik befindet. Wir haben ein Problem, und Sie müssen mir helfen, es zu lösen.«

Auch wenn die Worte vordergründig kühl und ruhig waren, besaßen sie ein bedrohliches Hintergrundgrollen, waren sie mit Hass wie elektrisch aufgeladen.

»Was passiert ist, ist sehr unerfreulich, Herr Doktor«, fuhr Chiomadoro fort. »Sie können natürlich nicht alle Ihre Patienten persönlich kontrollieren, aber irgendjemand hätte das tun müssen. Zwei von ihnen sind nämlich ausgebrochen und haben ein paar meiner besten Jungs brutal zusammengeschlagen. Wir haben dafür gesorgt, dass die Zeitungen nicht allzu viel darüber berichten, aber wir sind beunruhigt. Sie werden verstehen, wir sind Männer des Glaubens, nicht des Schwerts.«

Ich glaube dir nicht, dachte Felison.

»Offensichtlich hassen diese Berserker aus irgendeinem Grund unsere Gemeinschaft. Sie könnten erneut über uns herfallen. Deshalb bitte ich Sie, uns alle Informationen zukommen zu lassen, die bei der Suche nach den beiden nützlich sein können. Ich habe kein allzu großes Vertrauen in die Polizei. Helfen Sie uns, die beiden zu finden, und ich versichere Ihnen, dass das Problem gelöst wird. Wenn nicht«, und die Stimme verwandelte sich in Gebrüll, »könnten wir uns gezwungen sehen, Ihnen den Mietvertrag zu kündigen...«

»Ich weiß nichts«, sagte Doktor Felison, »sie sind schon mehrmals abgehauen, haben aber nie irgendetwas Böses getan. Sie tragen keine elektronische Fußfessel...«

Er hörte ein Einatmen, das bedrohlicher war als tausend Worte.

»Aber sie haben einen Freund hier, Gasperini, den Gärtner«, murmelte Felison. »Die stecken immer zusammen. Vielleicht weiß er etwas...«

»Danke für die Auskunft«, sagte die furchterregende Stimme.

Eine Stunde später dachte der Psychiater immer noch über das Gespräch nach, während die Rotmähnige, auf seinem Oberschenkel sitzend, vergeblich versuchte, ihn wieder aufzumuntern. Der Doktor war niedergeschlagen und erstarrt. Die Ärztin versuchte es mit verschiedenen therapeutischen Maßnahmen wie otolingualer Massage und Beckenfriktion, sie knöpfte sich alles Aufknöpfbare auf und zeigte dabei zu enge halterlose Strümpfe, die ihre Schenkel wurstpellenartig einhüllten. Doch als sie es mit dem Lovelace-Manöver versuchte, stieß er sie von sich. Was ihn normalerweise erregte, war nun unerwünscht. Und ihm fiel ein, was Dolcino zu ihm gesagt hatte. Vorsicht mit dem Schweinkram, vom Rosengarten aus kann man reinschauen. Als er ans Fenster trat, sah er tatsächlich Giacinto Gasperini mit verschränkten Armen im feinen Regen stehen. Und er schien mit jemandem zu reden. Doch Gasperini war stumm oder tat so und kommunizierte nur mit Blumen und Pflanzen.

***

Was habt ihr heute, meine liebe Blumen? Jaja, es ist kalt, aber ihr seid so schlaff, hoch mit euren teilnahmslosen Stängeln. Es regnet, erhebt eure Kelche! Strahlt noch etwas mehr, ihr Rosen.

Ich will euch den Himmel ausschmücken sehen wie ein Feuerwerk, ihr Tulpen. Du, Rosmarin, nimm dir ein Beispiel am Granatapfelbaum, und du, Salbei, du wächst zu wenig, der Wacholder ist schon doppelt so groß wie du. Ärgert mich nicht, meine Blumen. Ich verteidige euch stets. Tod jedem, der erneut versuchen sollte, meinen Rosengarten zu zerstören, ihr wisst, wie es ausgegangen ist. Ich träume jede Nacht davon. Nur ein Augenblick, schon ändert sich das Leben. Aber ihr wollt mir wohl etwas sagen. Vielleicht war ich ungerecht. Ihr seid nicht faul, ihr seid verängstigt.

Er schaute über die Lavendelhecke. Und er sah einen großen Mann mit rotem Hut und zwei weitere, die wie Priester aussahen. Sie kamen auf ihn zu.

***

Kommissar Garbuglio hatte die ganze Nacht durchgearbeitet. Olla fand ihn um acht Uhr morgens im Halbschlaf auf dem Schreibtischstuhl. Überall Kippen und Nässcafé-Becher, der Automat war leer. Garbuglio hatte sich die Schuhe ausgezogen, und seine Socken rochen nach Silberhecht. Er hörte seinen Kollegen reinkommen und wachte schlagartig auf, ohne die Pistole gegen irgendjemand zu richten.
»Haben Sie etwa hier geschlafen, Kommissar?«
»Ja«, antwortete er gähnend.
»Das tut Kommissar Calimero auch, in der letzten Folge, *Allein gegen den Rest der Welt*. Weil er die Verbindungen zwischen einem Pizzabäcker und einem Mafiaboss aufdecken will, liest er alle Lieferscheine für Tomaten und Oregano der letzten zwanzig Jahre und findet heraus, dass der Oregano aus Kolumbien kommt, und dann...«
»So ein Quatsch, alles falsch. Der Schauspieler tut nur so, als hätte er eine schlaflose Nacht hinter sich, sie schminken ihm Augenringe... Ich dagegen habe wirklich nicht geschlafen. Ich habe jede Menge Merkwürdigkeiten entdeckt. Schau

dir mal diesen Zeitungsausschnitt an. Vor zehn Jahren wird eine Frau vor der Universität Maxonia von einem blauen Auto totgefahren. Der Fahrer, der den Abgeordneten Battilani nach Hause gebracht hat, sagt, dass sie sich absichtlich vors Auto geworfen habe. Aber ein Journalist spricht mit zwei Zeugen. Der eine sagt aus, dass der Fahrer geradewegs auf die Frau zugehalten habe, der andere, dass in dem Wagen noch weitere Personen gesessen hätten. Am nächsten Tag verschwinden die Zeugen und die Insassen des blauen Autos aus der Berichterstattung, keine einzige Zeitung bringt mehr irgendeine Zeile über den Unfall. Ist das nicht seltsam? Darüber hinaus bestätigt ein Bericht der Verkehrspolizei, dass die Frau einen Kilometer von der Universität entfernt vom Auto erfasst wurde, von der Uni aus gesehen auf der Gegenfahrbahn. Das Auto hat gewendet und ist wieder zurückgefahren. Warum? Keinerlei Ermittlung.«

»Minca e molenti!«

»Was soll das heißen?«

»Ich habe mit einem typischen Ausruf aus meiner sardischen Heimat meine Verwunderung ausgedrückt. Die Umschreibung ist von einem besonderen Vorzug inspiriert, für den Esel bekannt sind, und zwar, sagen wir, dass sie ein fünftes Bein besitzen...«

»Olla, du bist zu gebildet. Lass uns weitermachen... weißt du, wer da in der Sache mit dem Unfall schon wieder auftaucht? Dolcino, der, der die Seminaristen vermöbelt hat. Er hat damals gegenüber einer anderen Zeitung erklärt, dass die junge Frau jemanden in dem Auto erkannt und geschrien habe: ›Das ist er‹. Es ist die Rede von einer Anzeige wegen vorsätzlicher Tötung, aber davon habe ich keine Spur gefunden. Und eine Woche später, schau hier: JUNGER CHAUFFEUR ERHÄNGT SICH AN ÜBERFÜHRUNG.«

»Minca e mullu. Wie vorhin, inspiriert von analogem Vierbeiner.«

»Und auch der Abgeordnete Battilani starb, wie du weißt, unter ungeklärten Umständen während einer Bergtour. All diese Zeitungsausschnitte und Kopien von Berichten waren in einem Ordner auf dem obersten Regalbrett, als ob mein Vorgänger sie verstecken wollte. Und es gibt noch mehr. Vom Papierkram bin ich zum Computerkram übergegangen und habe den Namen der jungen Frau eingetippt. Jahre zuvor hatte sie Anzeige erstattet, weil sie Opfer einer Gewalttat geworden, ja, gerade so einer Orgie oder einem satanischen Ritus entkommen sei. Und wo? Im ›Internat der Waisenmädchen‹, das von den Hannibalianern geführt wurde. Wenn ich mich recht entsinne, ging es zunächst drunter und drüber, aber dann wurde alles zu den Akten gelegt und das Internat geschlossen.«

»Minca e mamma tua. Hier verwende ich eine äußerst widersprüchliche und symbolische Konstruktion.«

Der Kommissar streckte die Beine auf der Tischplatte aus und zündete sich eine Zigarette an.

»Was würde ein Fernsehkommissar deiner Meinung nach jetzt tun?«

»Er würde sagen: ›Es liegt genug vor, um den Fall noch mal aufzurollen.‹«

»Ja, aber mit Umsicht. Die Angelegenheit hier ist brisant. Außerdem, Olla, schau dir mal das Symbol der Hannibalianer an. Sieht das für dich aus wie ein Halbmond?«

»Für mich sieht das eher aus wie der Buchstabe C... C wie cuaddu, Sardisch für Pferd, minca e cuaddu.«

»Das habe ich auch gedacht... schau mal hier, da ist eines der wenigen Fotos ihres Oberhaupts Chiomadoro mit anderen Personen... Kannst du das vergrößern, Olla? Was hast du eigentlich für einen bescheuerten Nachnamen, dich würden sie nie für eine amerikanische Serie nehmen.«

»Nenn mich Frank, ich heiße Francesco.«

»Gut, Frank, kannst du diesen Ausschnitt am Computer hervorheben?«

»Ja, Jack.«

»Und dann will ich wissen, ob wir an die Daten der Verkehrspolizei rankommen und den Unfall rekonstruieren können.«

»Ja, ich bin eine Buga, wie wir auf Sardinien sagen, ein Schnüffler beziehungsweise ein Hacker... scheiße, wie aufregend, Kommissar, wir sind in einem Film, irgendwo zwischen Oristano und Hollywood.«

»Yes it is, wie die Beatles sagen.«

13 Libertas Lupin

Wenn man lernt, mit einem echten Ball zu spielen, kann man ein Champion werden, doch wenn man mit dem Unsichtbaren Ball umzugehen weiß, kannst man sein, wer man will, ja, man kann alle Champions dieser Welt sein.

Die Absprache war, dass Enrico die Informationen in einer Bar hinterlassen würde. Die Mondfängerin wusste, dass sie keine Spuren oder Adressen hinterlassen durfte, sie war in Gefahr, und jemand verfolgte sie. Der Barista übergab ihr einen gelben Umschlag.

Liebe Lehrerin,

ich finde, du solltest dir wirklich ein Smartesfon kaufen, ich habe schon seit Jahren keinen Brief mehr geschrieben. Ich hatte nicht viel Zeit. Mein neuer Job (nämlich einen tropisch heißen Ort zu suchen, wo ich mit Phoebe Urlaub machen könnte) spannt mich stark ein. Leidet Emily auch im Flugzeug an Reiseübelkeit? Wie ich es mir schon gedacht hatte, gibt es nicht viel Material, jeder gute und schlechte Reporter weiß, dass man nicht über die Hannibalianer schreiben soll, und alle Ermittlungen, ob älteren und neueren Datums, wurden eingestellt oder zu den Akten gelegt. Aber ich habe ein Buch entdeckt, Die Kapuzenmänner, verfasst von einem Journalisten, der vor zwei Jahren verstorben ist. Man findet kein Exemplar mehr davon, weil es aus den Buchhandlungen entfernt wurde. Aber ein Freund von mir ist Bibliothekar und hat im Archiv ein paar kopierte Seiten gefunden. Ich zitiere folgenden Abschnitt:

»*Der Geheimorden der Hannibalianer ist weder nach dem italienischen Priester Annibale Maria Di Francia, dem Begründer der ›Töchter des göttlichen Eifers‹, benannt, noch nach dem großen Inquisitor Hannibal Márquez. Die am besten belegte Hypothese ist, dass es sich um Hannibal Lavoisin, den Enkel einer berühmten Hexe, handelt. Lavoisin ist eine überaus umstrittene Figur, für einige ein Heiliger, für andere ein Schwarzkünstler. Sicher ist, dass er ganze Tage eingeschlossen in einem Beichtstuhl verbrachte, um sich Sünden anzuhören. Allerdings ging das Gerücht um, dass es in dem Beichtstuhl eine Falltür gegeben habe, die mit einem Geheimgang verbunden war. Auf diesem Weg verließ Hannibal jede Nacht die Kirche, einigen zufolge, um Werke der Nächstenliebe zu tun, anderen zufolge, um die soeben entlarvten Sünder aufzuspüren und sie zu Orgien und satanischen Riten in den Wäldern zu zwingen. Von ihm besitzen wir nur ein gemaltes Porträt: ein finsterer, bärtiger Mann, der ein geheimnisvolles, halbmondförmiges Messer in der Hand hält, mit der Aufschrift ›nomen sine capite‹. In dem Geheimorden, der eng mit der Universität Maxonia verbunden ist, findet man alle möglichen Leute, von Sympathisanten des Ku-Klux-Klans bis hin zu Lobbyisten, von weltlichen Politikern bis hin zu geistlichen Würdenträgern, von Fernsehstars bis hin zu Scheichen.*

Ihr Kult ist eine eigene Kirche, die von den anderen weder anerkannt noch bekämpft wird. Trotz der Gerüchte über ihre blutige Vergangenheit scheinen die Hannibalianer heute eher Investmentbank als satanische Sekte zu sein. Ihr unbestrittenes Oberhaupt ist Chiomadoro, dessen wahre Identität ein Rätsel ist. Neben ihm eine Nomenklatur verschiedenster Figuren: Kardinal Hopus, der amerikanische General und Waffenhändler Ripper, der Rektor Ferruntroia, ehemals Mitglied der Loge P2, die ›schwarze Designerin‹

Geneviève und der junge russische Oligarch Scharapov, äußerst geschickt in Finanzspekulationen. Man fabuliert auch von computergesteuerten Androiden, die zu den Zusammenkünften zugelassen würden. Und zum Abschluss, die geheimnisvollste Figur von allen: die äußerst gefürchtete Schwester Scholastika, eine über hundertjährige Nonne, die vielleicht als Einzige die wahre Geschichte der Bruderschaft kennt.«

Mehr füge ich nicht hinzu, außer dass die Reihe von Verschwundenen und Toten, die mit dem Geheimorden verbunden ist, Material für zehn Bücher liefern könnte. Seien Sie vorsichtig, Frau Lehrerin. Die Hannibalianer haben Terroristen und äußerst erfahrene Killer in ihren Diensten ... mit rotem Hut und ... sehr hoher Temperatur.

Ich hoffe, das reicht. Kaufen Sie sich bitte ein Smartesfon statt dieses erbärmlichen Handys, das Sie immer ausgeschaltet lassen. Dann können wir besser in Kontakt bleiben.

Der schöne Enrico

***

Im Gymnasium war der schöne Enrico mit allen zusammen gewesen, auch mit Fiordaliso. Ein nicht sonderlich hübsches, dürres und hageres junges Mädchen, aber mit einem starken Charakter, reich und äußerst ehrgeizig. Sie wollte eine bekannte Naturwissenschaftlerin werden, sie liebte Physik und Mathematik und war der einzige Zögling der unerbittlichen Berenice. Ihre Idole waren keine Rockstars, sondern Euler und die Montalcini. Obwohl sie so verschieden waren, mochten Fiordaliso und Enrico einander. Sie lernte ständig, er betrog sie ständig. Beim x-ten Seitensprung schrieb sie ihm ins Heft:

Ich hatte dir x Seitensprünge zugestanden und zwar 38 plus x minus 12 mal x minus 5 hoch zwei plus 29 minus 2 mal x. Wobei x für die Anzahl der zugestandenen Seitensprünge steht und zugleich das Ergebnis der Rechnung ist, sofern du das ausrechnen kannst.

Und da Enrico nicht gut in Mathe war, erklärte sie:

Die Antwort ist 3 (drei), und da Clotilde dein vierter Seitensprung war, ist mit mir jetzt Schluss.

Ein hübsches Charakterchen. Nach dem Gymnasium war sie, wie Prendiluna erfuhr, zum Studieren in die USA gegangen, nach Princeton, dann nach Italien zurückgekehrt. Prendiluna nahm an, dass sie groß Karriere gemacht hatte, und konnte es gar nicht erwarten, sie wiederzusehen. Daher war sie erstaunt, als ihr auffiel, dass die Adresse, die ihr Professor Lucano gegeben hatte, in ein sehr heruntergekommenes Viertel führte. Ein hässliches Mehrparteienhaus am Stadtrand, zwischen Läden mit eingeschlagenen Schaufenstern, mit Unkraut bewachsenen, verlassenen Straßen und Müllbergen. Es nannte sich Ghetto Sieben, und im Lied eines Rappers hieß es:

Kommst du aus dem Ghetto Sieben,
kriegst du Koks statt Milch und Liebe

Prendiluna klingelte bei Fiordaliso, aber über die Gegensprechanlage antwortete niemand. Eine schwankende Pförtnerin kam mit einem Schlüsselbund heraus, der nach Hochsicherheitsgefängnis aussah.
»Wen suchen Sie?«
»Eine junge Frau namens Fiordaliso.«
»Ach, das Klappergestell... keine Ahnung, wo die hin ist.«
»Das Klappergestell?«
»Ja, die verrückte Magersüchtige... die die Wände mit Zahlen vollgekritzelt hat.«

»Und wissen Sie, wo ich sie finden könnte?«

»Ich habe sie schon seit Monaten nicht mehr gesehen. Außerdem habe ich kein besonders gutes Gedächtnis.«

Da erinnerte sich Prendiluna an einen Satz von Gregory Peck aus einem Film, in dem er einen Detektiv spielte.

»Vielleicht helfen die hier Ihrem Gedächtnis auf die Sprünge...«

Und sie zückte fünfzig Euro.

»Hm, sie hatte einen Ehemann, den Fußballer Zocchero, der sich mit Wettmanipulationen ruiniert hat. Jetzt trainiert er eine Mannschaft kleiner Verbrecher. Gehen Sie immer geradeaus, dann stoßen Sie auf das Fußballfeld, um diese Uhrzeit müssten Sie ihn da antreffen. Und passen Sie auf Ihren Koffer auf, hier wird geklaut...«

Prendiluna lief die gesamte Via Escobar entlang, im Herzen des Ghettos. Ihr wurden Haschisch, Kokain und, wegen des Miauens aus dem Koffer, auch Katzenfutter mit Crack angeboten. Sie setzte den härtesten Gesichtsausdruck auf, der ihr zur Verfügung stand, und gelangte unversehrt zum Spielfeld von Libertas Lupin, einer Mannschaft der achten Liga.

Sie betrat das Feld und sah einen dickbäuchigen Mann im Trainingsanzug, der um die zwanzig Kids aus aller Herren Länder trainierte. Es war ein Freundschaftsspiel, aber es flogen Flüche in diversen Sprachen hin und her.

»Signor Zocchero«, rief sie, »kann ich Sie kurz sprechen?«

»Sehen Sie nicht, dass wir trainieren?«, erwiderte Zocchero unhöflich.

»Es ist wegen Ihrer Frau.«

»Was hat diese dumme Nuss schon wieder angestellt?«

»Nichts, ich sag's Ihnen später.«

Es roch nach Zigarre. Und sie bemerkte, dass sich jemand in ihrer Nähe auf der Tribüne niedergelassen hatte. Es war der Mann mit dem roten Hut. Gerade trug er ihn nicht auf dem Kopf, aber sie erkannte den Trenchcoat und das Gesicht. Er hatte orientalische Gesichtszüge und eine Narbe am

Mundwinkel. Die Augen waren so gelb wie die von Mephisto, einer ihrer Lieblingskatzen, die letztes Jahr verstorben war.

»Wer käme heute auf die Idee, dass dieser jähzornige Wisent mal ein guter Fußballspieler war?«, sagte der Unbekannte. »Ich habe ihm vor zwanzig Jahren zugesehen und kann Ihnen versichern, dass er ein Ballzauberer war. Dann gehorchte er nicht mehr, brach sich das Knie und war nicht mehr derselbe. Er wurde Teil eines Wettrings, wurde gesperrt... und jetzt trainiert er hier eine kleine Nachwuchsmannschaft der untersten Liga.«

»Jemand muss den Jungs doch etwas beibringen, Herr...«

Der Mann nannte seinen Namen nicht. Er blies ein Wölkchen Zigarrenrauch aus und sagte mit einem Grinsen:

»Das stimmt, man muss sich um die jungen Seelen kümmern...«

Prendiluna fröstelte.

»Sie folgen mir schon seit einer Weile... wollen Sie was von mir?«

»Oh, Signora. Ich liebe die Frauen, aber, bei allem Respekt, Sie sind etwas oberhalb meiner Altersklasse... vielleicht verwechseln Sie mich mit jemandem.«

»Sie verstecken irgendwo einen roten Hut... vielleicht unter Ihrem Trenchcoat.«

»Sicher, und ich habe auch einen Schwanz und einen silbernen Knüppel... na, kommen Sie schon, haben Sie keine Angst vor mir, Signora... ich folge Ihnen, um zu verhindern, dass Sie Fehler machen... lassen Sie diese Geschichte mit den Katzen und den Gerechten. Sie haben schon ein gewisses Alter erreicht, Sie hatten diesen Traum und glauben jetzt, es wäre wahr...«

»Woher wissen Sie davon?«

»Das hat uns ein Blumenliebhaber gesagt... aber er wollte uns nicht verraten, wo gewisse Freunde von Ihnen sind, und da wurde ich gereizt... Wissen Sie etwas über Ihre ehemaligen Schüler Dolcino und Michael?«

»Ich weiß gar nichts ... verschwinden Sie.«

Die gelben Augen wurden zu Flammen, und Prendiluna fiel auf, dass der Körper des Mannes Wärme ausstrahlte. Sie bekam Angst und stand auf, doch eine glühende Hand hielt sie auf.

»Sagen Sie es mir auf der Stelle. Sonst gehen Sie und Ihre Katzen schon in die neunzigste Minute. Verstanden?«

»Kann ich kurz darüber nachdenken?«, fragte Prendiluna, um Zeit zu gewinnen. »In der Tat passieren derzeit ungewöhnliche Dinge, vielleicht geht es mir nicht gut. Ich habe Hitzewallungen.«

»Ich gebe Ihnen fünf Minuten. Spielen Sie nicht die Heldin. Die Nummer sieben da hat's raus, hat gerade ein schönes Tor geschossen ...«

»Mögen Sie Fußball?«

»Nicht sonderlich, aber ich muss mich damit beschäftigen. Sehen Sie, Fußball ist ein großes Sammelbecken für uns. Vielleicht wussten Sie das noch nicht, aber siebzig Prozent der Fußballer sind Zombies. Die verkaufen ihre Seele. Wenn sie achtzehn sind, ist es leicht, sie zu kaufen, man braucht ihnen nur Autos, Frauen, Sponsoren, Gel und Playstations zu versprechen. Ich habe viele überzeugt ... schauen Sie sie sich genau an, mit diesen blutunterlaufenen Augen, wie sie ihre Gegner umsensen, wie sie sich über den Schiedsrichter aufregen, wie bockig sie sind und wie geldgierig ...«

»Alle?«

»Nicht alle, aber fast alle, und dann gibt es da noch die Wetten und den Transfermarkt ... wussten Sie, dass fast alle Klubmanager zu uns gehören?«

»Zu euch Teufeln? Killern?«

»Schlimmer. Aber wenn sie in unserer Macht sind, dürfen die Fußballer ihre Pflichten nicht vernachlässigen. Sonst lauert immer eine Verletzung. Wie bei Zocchero. Die Zeit ist abgelaufen, wollen Sie nun kollaborieren oder muss ich Ihnen Schien- und Wadenbein brechen?«

Prendiluna stand blitzartig auf und versuchte zu fliehen,

stolperte aber über ihren Koffer, der aufsprang und die verbleibenden Katzen frei ließ...

»Schöne Katzen«, sagte der Unbekannte. »Wer weiß, wer sich um sie kümmern wird...«

Prendiluna sah, dass der Mann einen silbernen Knüppel unter seinem Trenchcoat versteckt hatte. Doch in dem Moment pfiff Zocchero zum Glück ab, und drei Jungs kletterten auf die Tribüne, einer schwarz, einer milchkaffeefarben und einer weiß mit Sommersprossen...

»Hey, Signora, schmuggeln Sie mit Katzen?«, fragten sie.

»Ich, nun... nein... wer seid ihr?«

»Ich bin Nasiruddin«, sagte der olivfarbene Rotzbengel, »das schwarze Arschgesicht da ist Lebron, und der weiße Schönling heißt Gianmaria und spielt wie eine Pfeife.«

»Die Pfeife bist ja wohl du.«

»Haben Sie auch in Ihrem Rucksack Katzen?«, fragte Lebron.

»Nein, da habe ich nur meine persönlichen Sachen... hey, Pfoten weg.«

Lebron packte den Rucksack, und man hörte deutlich eine Stimme vom Band, die sang:

In der Kürze liegt die Würze,
doch ich mag es lang und dick.

Prendiluna versuchte den lieblichen Gesang zu stoppen, sie griff in den Rucksack, und das schwänzelnde Dildofon fiel heraus.

»Oho«, rief Lebron, »das Mütterchen hier ist ein altes Ferkel!«

»Nicht schlecht«, sagte Gianmaria, als er den Riesenkuli in die Hand nahm. »Aber meiner ist größer.«

»Schon klar«, sagte Nasiruddin.

Da erschallte Zoccheros zornige Stimme:

»Signora, sind Sie pervers, oder was? Lassen Sie meine Jungs in Ruhe...«

»Nicht, dass Sie was Falsches von mir denken... Ich benutze das nur für Massagen. Ich bin hier, weil ich mich nach Fiordaliso erkundigen wollte.«

Zocchero pfiff erneut und gab ein Zeichen, dass das Training zu Ende war. Er zog seinen Trainingsanzug aus und präsentierte sich mit nacktem, behaartem, schweißnassem Oberkörper.

»Von dieser Frau will ich nichts mehr wissen. Mit ihrem Wahnsinn hat sie mein Leben ruiniert. Sie hat sich vor zehn Jahren verpisst, und ich hoffe, sie ist verreckt...«

»Sie wissen nicht zufällig, wo ich sie finden kann?«

»Als ich sie das letzte Mal gesehen habe, schlief sie unter einer Brücke«, rief er gehässig und wandte sich zum Gehen. »Ich bin so tief gesunken, dass ich kleine Gauner trainiere, aber ihr ist es noch schlimmer ergangen.«

»Wir sind keine Gauner. Wir sind nur am falschen Ort zur Welt gekommen«, sagte Lebron.

»Wir sind Opfer der Globalisierung«, sagte Nasiruddin.

»Aber mit dem Fußball werden wir uns befreien«, sagte Gianmaria, »ich habe am Sonntag ein Probetraining bei La Magica.«

»Ich bin Fan einer Mannschaft, die echt schlecht spielt«, sagte Prendiluna. »Aber La Magica mag ich.«

»Mehr als den Riesenkuli?«

»Das verbitte ich mir.«

»Kommt, wir spielen weiter«, sagte Lebron. »Na los, wir haben das ganze Feld für uns, lasst uns Freistöße üben.«

»Nein, bleibt hier«, flehte Prendiluna. Sie hatte bemerkt, dass sich der Mann entfernt hatte, seit die Kinder angekommen waren.

Aber die drei jungen Fußballer waren wieder spielen gegangen, sogar etwas Sonne zeigte sich über dem Nebel und den heruntergekommenen Wohnblöcken. Das Spielfeld glänzte wie ein Smaragd. Die Katzen jubelten den Spielern zu.

Sie hörte, wie der Unbekannte am Telefon sagte:

»Chef, es gibt ein Problem. Ich kann nicht einschreiten… da sind Kinder, die Ball spielen, und wie Sie wissen, gibt es niemand Glücklicheren, als ein ballspielendes Kind. Und wenn zu viel Glück in der Luft liegt, verliere ich meine Kräfte, dagegen bin ich allergisch. Ich habe mich schon übergeben… Ich weiß, Chef, ich warte, bis sie aufhören, aber gerade schaffe ich es nicht… ich kümmere mich später drum.«

Hasserfüllt sah er Prendiluna an, die sagte:

»Hey, Jungs, anschließend lade ich euch alle zum Pizzaessen ein.«

»Noch eine Pädophile«, sagte Lebron.

»Darauf fallen wir nicht rein, wir gehen nicht mit einer mit, die mit einem Gummischwanz in der Tasche herumläuft.«

»Außerdem wollen wir weiterspielen.«

»Ich bin nicht pädophil. Außerdem bin ich mit einem Mann zusammen, der so gut aussieht wie ein Kinoschauspieler, er heißt Eldred. Ich gebe euch eine Pizza mit Pommes und Chinotto aus und schenke euch obendrein noch eine Katze.«

»Die dicke, rosane da«, sagte Lebron.

»In Ordnung, das ist Raymond, er spielt gerne Ball.«

»Einen Kater zu dritt? Na gut, wir nehmen ihn abwechselnd«, sagte Lebron. »Ist gebongt.«

»Ach, wie schön!«, sagte Nasiruddin, »eine Katze mit Klasse ganz für mich.«

»Kommt, wir spielen weiter«, sagte Gianmaria.

»Verdammt. Sie haben uns den Ball weggenommen, was machen wir jetzt?«

»Du Dummkopf. Siehst du nicht, dass mitten auf dem Feld ein Unsichtbarer Ball liegt?«

»Ein unsichtbarer Ball. Was ist das denn?«, fragte Prendiluna.

»Baby«, sagte Lebron, »offensichtlich haben Sie Noon nicht gelesen.«

Einen echten Ball haben viele, doch nur Kinder und wenige andere sind in der Lage, den Unsichtbaren Ball zu entdecken. Mit dem Unsichtbaren Ball kann man so lange spielen, wie man mag, und überall, wo man will, auf einer großen Wiese oder auf einem Krankenhausflur. Wenn man lernt, mit einem echten Ball zu spielen, kann man ein Champion werden, doch wenn man mit dem Unsichtbaren Ball umzugehen weiß, kann man sein, wer man will, ja, man kann alle Champions dieser Welt sein.

»Los, Jungs, heute ist wirklich unser Glückstag«, sagte Gianmaria. »Hey, schaut mal, der Mann da kotzt sich die Seele aus dem Leib.«

14 Schwester Scholastika und Lucano

Du bist alt, du bist gebrechlich. Jeden Tag Pillen, jeden Tag Spritzen. Die Demütigung der Windeln, des Rollstuhls, des Gebisses, das dich vom Nachttisch aus verlacht. Die Folter der Schmerzen, die an deinen Knochen nagen. Und schlimmer als alles andere: die Schlaflosigkeit. Seit wann schlafe ich schon nicht mehr? Es kommt mir vor wie fünfzig Jahre. Und wenn ich kurz einnicke, sind gleich die Alpträume da.

Hat Gott das so gewollt? Warum schickt er mir jetzt Gewissensbisse, wenn er doch in der Vergangenheit meine Taten gelenkt hat? Ich war die mächtigste Frau dieses Klosters, alle zitterten bei meinem Anblick, ich war die Hexe, die Schwalbenherzen aß. Auch jetzt fürchten sie mich noch. Weil ich Bescheid weiß, ich habe alles gesehen. Neunzig meiner hundertundsieben Jahre habe ich hier verbracht, ich kenne jede Krypta, jeden Gang und jede geheime Zelle. Und nach so vielen Jahren kehren die Gesichter der jungen Leute zurück, die ich so gerne leiden sah. Ich war zu allem bereit, aber darauf war ich nicht vorbereitet. Das ist keine Reue. Vielmehr kann meine Boshaftigkeit nicht mehr heraus, jetzt ist sie wie ein Krebs, der in mir wächst, das vergossene Blut fließt in meine Adern zurück und ist giftig. Schwester Scholastika, du, die du Angst gesät hast, leidest jetzt selbst Angst. Nicht vor dem Tod, nicht vor deinen erbarmungslosen Komplizen, nicht vor Gott. Du hast Angst, den Schmerz zu spüren, den du anderen zugefügt hast, Angst, ein Wesen wie alle anderen geworden zu sein. Wenn ich reden sollte, werden sie mich töten. Aber vorher werde ich vielleicht eine Nacht lang so schlafen können, wie ich als Kind in meinem Haus am Meer geschlafen habe. Als ich klein war, schien mir die Hölle ungerecht. Dann habe ich sie bewohnt. Lasst mich verschwinden. Fresst mich bei lebendigem Leibe auf, wie ihr es mit ihnen gemacht habt.

* * *

Kommissar Garbuglio und Olla betraten das Irrenhaus alias Klinik Rosengarten.

»Olla, schicken Sie die Fotografen weg.«

»Aber da sind doch gar keine...«

»Ich weiß, nur in den Fernsehserien sind immer welche da, verdammt. Kein Schwein interessiert sich für uns.«

Die steinharte Pflegerin Petra brachte sie mit klackernden Absätzen auf die Krankenstation. Sie fand den Kommissar sexy und Olla sympathisch.

Felison kam hinzu und führte sie zum Bett des Gärtners. Dort stand auch Don Candido mit betretenem Gesichtsausdruck. Sie sahen Gasperinis Gesicht. Wenn man diesen angeschwollenen Fleischklops noch Gesicht nennen konnte.

»Mit Verlaub, er sieht aus wie ein etwas zu lang gegrilltes Spanferkel«, bemerkte Olla.

»Er wurde mit irgendetwas Glühendem gefoltert«, sagte der Kommissar. Rund um Gasperinis Körper waren sogar die Blumen verbrannt.

»Wer kann das nur gewesen sein?«, fragte Felison, auch wenn er es in seinem Herzen wusste.

»Wer weiß. Haben Sie in letzter Zeit Drohungen erhalten? Die Rache eines Patienten? Die Pharmalobby?«

»Nein... keine Drohungen.«

»Ich nehme an, dass dieser Vorfall in Zusammenhang mit den beiden Entflohenen steht«, sagte der Kommissar. »Er war mit ihnen befreundet, nicht wahr?«

Giacintos Hand hob sich und machte eine Geste, als ob sie schreibe.

»Gebt ihm ein Blatt Papier«, sagte der Kommissar.
Unter großer Anstrengung schrieb Gasperini:

> Ich habe nicht gepetzt

»Bravo, Gasperini, bravo«, sagte Garbuglio, »ich weiß, dass Sie starke Schmerzen haben. Aber könnten Sie mir Ihre Angreifer beschreiben?«

> Drei böse Männer

»Ja, aber... irgendein Detail? Strengen Sie sich an.«

> Silberner Mond

»Noch etwas?«
Gasperini röchelte.
»Er kann nicht mehr... Sie dürfen ihn nicht weiter befragen«, sagte Felison.
»Wieso? Könnte er sonst etwas sagen, was Sie vor uns verbergen wollen?«
»Kommissar, was unterstellen Sie mir da?«
»Dass Ihre Hände zittern...«
»Das ist meine Krankheit, ich bin displayphil und habe schon seit einer Stunde nicht mehr auf mein Handy geschaut, ich habe Entzugserscheinungen.«
»Unsinn... nach zwanzig Jahren in diesem Job erkenne ich einen Lügner. Wer hat Sie bedroht?«
»Niemand«, sagte Felison. »Jetzt lassen Sie bitte den Patienten in Ruhe. Und dann müsste ich unter vier Augen mit Ihnen sprechen.«
»Reden Sie nur. Olla ist meine rechte Hand, mein zuverlässigster Mitarbeiter. Er würde sein Leben für mich geben. Olla, fassen Sie sich nicht an die Eier.«
»Ich bitte um Entschuldigung«, sagte Olla.
»Nun, was haben Sie mir zu sagen, Doktor?«

Felison marterte sein Stethoskop.

»Also... meine Klinik ist schon der ganzen Krankhaftigkeiten der Patienten ausgesetzt. Es wäre besser... wenn die Journalisten nicht von dem Vorfall erfahren würden.«

»Von mir erfährt niemand etwas«, sagte Garbuglio.

Felison zog zwischen den Betten der Station von dannen.

»Aber Sie, Olla, sagen Sie ruhig was«, flüsterte der Kommissar. »Informieren Sie ohne mein Wissen die Presse.«

***

In einer kleinen Parkanlage im Stadtzentrum blätterten Dolcino und Michael auf einer Bank die Zeitung durch. Gruppen buckliger Displayphiler kamen vorbei, Damen zogen renitente Möpse hinter sich her, weshalb letztere sich nur in Raten entleerten, ein Straßenkehrer spielte mit den Dosen Cricket.

Von Ferne dröhnte das Gehupe der Staus und die Verzweiflung der Rettungswagen. Im Nebel der Abgase hing ein riesiges Werbeplakat und erinnerte die gefangenen Fahrer daran, dass Autos Freiheit bedeuten.

Dolcino las laut vor:

Nach der Flucht zweier Patienten, die zur Fahndung ausgeschrieben sind, weil sie zwei junge Seminaristen verprügelt haben, ist die psychiatrische Klinik Rosengarten, die größte der Stadt, in einen weiteren Gewaltakt verwickelt.

Ein Patient namens Giacinto Gasperini, der schon vor vielen Jahren in die Klinik eingeliefert wurde und dort als Gärtner tätig war, wurde von Unbekannten angegriffen, geschlagen und möglicherweise auch gefoltert. Das Opfer hat Brandwunden im Gesicht, und die Pflanzen, um die er sich kümmerte, sind verbrannt. Im Licht dieser neuen Ereignisse...

»Er hat eine Katze verdient«, sagte Dolcino, »er hat den Mund gehalten...«

»Kann man einen Mörder einen Gerechten nennen?«, fragte Michael und legte den Kopf schief.

»Michael, was redest du da? Manchmal verstehe ich deine Traurigkeit nicht.«

»*Unter der Asche meiner Traurigkeit / Werdet ihr weder Kälte noch Dunkel finden / Sondern die brennende Flamme / Unbändiger Lebensfreude.*‹ So heißt es in den Büchern der Engel«, antwortete Michael.

»Das verstehe ich nicht«, sagte Dolcino.

»Es ist ein großes Glück, zu sterben, ohne jemanden umgebracht zu haben. Mir wird dieses Glück nicht vergönnt sein.«

Dolcino wirkte gereizt.

»Hör bitte mit dieser Himmelsprosa und vor allem mit diesen Prophezeiungen auf.«

In kürzester Zeit ging Michael von Düsternis zu Ironie über.

»Da kann ich nichts machen«, sagte er und erhob sich mit theatralischer Geste. »Ich höre, was sonst niemand hört. Die Glieder der ermordeten und zerstückelten Echo singen noch immer. Das Herz des Alten da schlägt sechsundsiebzig Mal pro Minute. Das Mädchen mit den Ohrstöpseln hört gerade Buckley. Der Mann da hat eine Pistole in seiner Herrenhandtasche. Die Hexe wälzt sich im Bett...«

»Als ich klein war, habe ich auch unhörbare Geräusche gehört«, sagte Dolcino. »Zum Beispiel, wenn einer in hundert Metern Entfernung ein Tütchen mit Sammelbildchen aufriss, bemerkte ich es sofort und lief hin, um zu sehen, ob er die gefunden hatte, die mir noch fehlten. Heute leben die Kinder wie Gefangene, Sammelbildchen tauschen nur noch brasilianische Kinder, weil sie auf der Straße leben. Das ist der neue Markt der Sammelbildchenhersteller... alles verändert sich. Die Zeit kann man nicht anhalten...«

»Das einzige Mittel, die Zeit anzuhalten, ist eine Stunde am Heimtrainer zu strampeln. Das wird dir vorkommen wie ein Monat...«

»Oder wenn deine Mannschaft eins zu null führt und noch drei Minuten bis zum Abpfiff fehlen«, sagte Dolcino. »Oder wenn du zu früh zu einer Verabredung mit deiner Liebsten kommst... in diesen Fällen sagt man, ›die Zeit vergeht nie‹.«

»Dolcino, solche Gespräche haben wir geführt, als wir Kinder waren.«

»Das ist auch eine Art, die Zeit auszutricksen.«

»Ja, aber jetzt sind wir erwachsen... und wir haben keine Zeit... schnell, lass uns noch mal das Outfit ändern.«

***

Im großen gotischen Gebäude der Universität Maxonia, fünf Uhr nachmittags. Bewaffnete Polizisten kontrollierten die stillen Flure.

Lucano studierte gerade eine brasilianische Wanderspinne, als er ein rollendes Geräusch vernahm. Die Tür ging auf, und Schwester Scholastika erschien in einem Rollstuhl. Er hatte keinen Motor, fuhr aber extrem schnell. Einige meinten, das sei Zauberei. Andere, dass die Nonne es schaffe, die elektromagnetische Ladung ihrer Bosheit in Bewegungsenergie umzuwandeln.

»Wen haben wir denn da?«, sagte der Wissenschaftler.

»Mein lieber Cervo Lucano... wir haben uns ja schon Jahre nicht mehr gesehen.«

»Du bist also immer noch... noch.«

»Noch am Leben, ja. Jedenfalls behaupten das einige Ärzte. Weil ich nachts nicht schlafen kann, habe ich zu mir gesagt: Lass uns doch zum alten Professor Lucano gehen, genauso gebrechlich und schlaflos wie ich.«

»Ich schlafe nicht, weil ich jede Stunde ausnutzen muss, um meine Insekten zu unterrichten. Du schläfst nicht, weil etwas an dir nagt.«

»Da muss ich dir recht geben, alter Freund«, sagte die Nonne. Sie nahm Brille und Haube ab und löste ihr Haar. Zum Vorschein kam nicht etwa eine wunderschöne Frau, wie in

Filmen, sondern eine runzelige, verknöcherte Alte mit fast kahlem Schädel und Fledermausohren.

»Nimm mich«, sagte Scholastika zu Lucano.

Der Wissenschaftler machte einen Satz nach hinten.

»Dummkopf«, sagte die Nonne, »das war ein Witz. Zu meiner Zeit habe ich eine Menge junger Männer und Jungfrauen gehabt, was glaubst denn du?«

»Naja, bei euren Methoden war es nicht schwer, einen Partner zu finden, auch ohne dessen Zustimmung.«

»Ja, Lucano«, sagte die Nonne mit müder Stimme, »wir waren allmächtige Irre, Chiomadoro sagte, dass die Lust von Gott komme, aber nicht für alle da sei, nur wer ›auserwählt‹ sei, könne gegen jegliche Moral verstoßen. Du hast Legenden gehört, ich habe sie erlebt. Ich habe diese armen, nackten Mädchen vor Zellen Schlange stehen sehen, ohne dass sie wussten, was sie dort erwartete. Ich habe sie schreien hören. Ich habe gesehen, wie ihre ärmlichen Kleider verbrannt und ihre wenigen Habseligkeiten verscharrt wurden. Und vor allem habe ich die ›Grotte der Gitterroste‹ gesehen... und das Feuer und den Geruch von verbranntem Fleisch. Aber schenk mir kein Gehör, vielleicht habe ich das alles nur geträumt, sind es nur Wahnvorstellungen einer armen Alten. Wer sollte mir glauben? Hier, nimm diesen schönen, roten Apfel, Schneewittchen. Oh, wenn die Hexe doch wenigstens eine Nacht lang schlafen könnte, vielleicht würde sie dann vergessen, nicht wahr? Ich erinnere mich vor allem an ein Mädchen. Schön wie ein Rehkitz im Wald. Sie lächelte mir zu und sagte: Wenn ich groß bin, will ich so sein wie Sie, Schwester, Sie sind so gut. Du weißt genau, wie sehr ich mich verstellen konnte, so tun, als ob, um sie anzulocken... und dann sehe ich ihr Gesicht wieder, von blauen Flecken entstellt, die Abdrücke der Seile am Hals, als sie sie wegbrachten... jede Nacht verfolgt mich diese Erinnerung... Lucano, lass mich schlafen... wenigstens eine Nacht... das wird wie Vergebung sein.«

»Dir vergeben? Nenn mir eine gute Tat, die du in deinem Leben vollbracht hast, du Aas.«

»Mit der Ausrede, den Herd zu kontrollieren, spucke ich jeden Tag in die Suppe der Anführer ... und nicht nur das, ich führe meine Hand *in locum inmundum* und dann ...«

»Erspare mir die widerlichen Details. Das sind keine guten Taten, das ist Rache.«

Die Alte sah sich um. Nur die Insekten konnten mithören.

»Und wenn ich dir sagen würde, dass ich es gewesen bin, die das Mädchen abhauen ließ? Dass ich die Folterknechte aufhielt, indem ich sie anwies, das Mädchen in mein Zimmer zu schicken, weil sie ein Leckerbissen ganz für mich allein sei?«

»Das glaube ich dir nicht.«

»Glaubst du, dass es sich mit hundertundsieben Jahren noch lohnt, zu lügen?«

»Warum sucht sie dich dann in deinen Alpträumen heim?«

»Beim ersten Mal habe ich sie gerettet, beim zweiten Mal nicht. Lass mich schlafen, Lucano ... ich habe Dutzende Schlafmittel und Hypnotika geschluckt, ich habe mir sogar eine Spritze gesetzt, aber alles umsonst ... kannst du?«

»Klar, kann ich«, sagte der Wissenschaftler. »Siehst du diese Spinne? Ihr Gift ist hundertmal stärker als jedes Betäubungsmittel. Es lähmt und tötet innerhalb weniger Sekunden. Aber zu einigen Zeiten im Jahr ist es anders. Das Gift des Männchens tötet nicht, sondern schläfert für mindestens zwanzig Stunden ein. Und weißt du, warum? Weil es mit dem Gift seine Partnerin einschläfert und sie begattet, während sie schläft. Man nennt das hypnophile Sexualität, eine Abwandlung der Nekrophilie.«

»Die Natur ist doch wirklich abscheulich...«, sagte die Alte, »die arme Spinne!«

»Gewiss ... die Natur ist eine grausame Bruderschaft, Insekten, die ihren Partner fressen, die ihn als Eier-Bewacher ausnutzen, die das Opfer einspinnen, um es anschließend zu fressen wie ein gutes Tiefkühlgericht. Auf einer Wiese gibt es zehn Mal mehr Gifte als in einer Apotheke ... Trink diese Ampulle, und du wirst schlafen.«

»Sicher? Und ich werde nicht daran krepieren?«

»Wenn ich wollte, könnte ich dich jederzeit töten. Meine Soldaten sind alle hier in Stellung. Antonov, die Hummel, ist bereit, zum Sturzflug anzusetzen und dich mit Schwarzen Witwen zu bombardieren. Du wirst schlafen, aber unter einer Bedingung.«

»Und die wäre?«

»Wenn ich dir geglaubt habe, wird dir jeder glauben. Erzähle, was du weißt, nimm diesen Stein von deinem Herzen.«

»Darüber habe ich auch schon nachgedacht. Aber ich bin ein Feigling, sie werden mich töten.«

»Mit hundertundsieben Jahren hast du noch Angst vor dem Tod?«

»Ich habe Angst davor, wie sie töten«, sagte die Nonne.

»Du hast lange genug gelebt, du alte Hexe auf Rädern. Mach mit einem Knalleffekt Schluss, mit voller Wucht. Mach es wie ich. Ich trinke jeden Tag halluzinogene Tees ...«

»Mit dem, was du gesagt hast, könnte ich dich bei Chiomadoro anschwärzen, und dann wärst du ganz schön in Schwierigkeiten, alter Rebell. Insekten zertritt er.«

»Erzähl, was du gesehen hast, Scholastika. Und du wirst die wenigen Nächte, die dir noch bleiben, friedlich schlafen. Du hast lange genug gelebt, länger als eine halbe Million Schmetterlinge ... Nimm diese Ampulle ... und gute Nacht.«

»Dir auch gute Nacht«, sagte die Alte und zischte ab wie eine Rakete.

***

Um sechs Uhr abends wurde in der Klinik Rosengarten schon geschlafen. Ein großer Schatten näherte sich bedrohlich dem schlafenden Gasperini. Ein Messer blitzte im Dunkeln auf. Der Gärtner erwachte schlagartig.

»Nicht erschrecken, Giacinto, ich bin's, Zebu, ich bin gekommen, um dich zu besuchen. Wie geht's dir?«

Gasperini machte eine trostlose Geste.

»Diese Kerle haben dich übel zugerichtet. Aber lass dich nicht gehen, du musst am Leben bleiben. Mir ist zu Ohren gekommen, dass du nichts isst. Irgendetwas musst du runterkriegen. Ich hab dir ein Schnitzel mitgebracht...«

»Gvazie«, sagte Gasperini, und man hörte einen der Gründe, warum er nicht sprach. Er hatte eine piepsige Mausestimme und sprach mit Gaumen-R. Als Kind hatten ihn alle deswegen aufgezogen.

»Ich habe keinevlei Appetit.«

»Aber das Schnitzel ist gut. Magst du das nicht? Was hättest du denn gerne?«

»Essen wüvde ich... die Nudelsuppe von Gennavo, dem Hitzkopf. Die Minestvina zum schamlosen Gevede.«

Zebu lachte. Die schamlose Minestrina war eine von Gennaros Spezialitäten gewesen. In der Brühe schwammen Buchstabennudeln, die sich, wenn man sie auf den Löffel nahm, zu Beleidigungen zusammensetzten: *Iss nur, du Arschgesicht, Auf dass du dich verschluckst, Siehst du nicht, dass es noch zu heiß ist, du Depp?*

»Niemand hat je herausgefunden, wie er das machte. Er war ein großer Koch. Früher oder später wirst du sie nochmal essen.«

»Und meine Blumen...?«

»Darum kümmere ich mich«, sagte er. »Ich kann das zwar nicht so gut wie du, bin aber auf dem Land aufgewachsen, ich verspreche dir, dass sie nicht sterben werden. Und du wirst auch nicht sterben.«

»Gvazie... und dann hätte ich gevne eine Katze...«

»Wir sehen zu, dass wir dir auch die besorgen.«

»Gvazie. Du bist so bisexy, aber so gut.«

»Und du bist nicht gerade feinfühlig, aber ich mag dich trotzdem. Ich hau ab, da kommt der grausame Pfleger Joel und guckt wie immer scheel. Hübscher Mann, aber ein Arschloch. Ach, hab ich schon viele Arschlöcher kennengelernt.«

»Zebu, falls ich stevben sollte... ich vevtvaue div ein Geheimnis an...«

»Und zwar?«

»Ich habe nichts Heldenhaftes getan«, piepste Giacinto. »Ich weiß gav nicht, wo Dolcino und dev Evzengel sind. Abev ich habe eine Spuv. Sie folgen einev gewissen Pvendiluna...«

»Verrat mir nichts. Du bist mutig gewesen, aber wenn sie mich foltern würden, würde ich nach zehn Sekunden auspacken...«

15 Mammuth Food

Michael und Dolcino saßen auf ihrer üblichen Bank und beobachteten, wie blaue Autos in die Universität Maxonia hinein- und wieder herausfuhren. Aus einem Outlet hatten sie zwei schwarze Sonnenbrillen, kleine Rucksäcke und Kapuzenpullis geklaut. Michael einen weißen und Dolcino einen roten. Mit der Aufschrift *University of Holy Mission*. Außerdem hatten sie ihre Bärte zu Schwertklingen gezwirbelt.

»Es ist schön, über sich einen Himmel zu haben und keine Zimmerdecke«, sagte Dolcino, als er sich ausstreckte, »und wir riechen nicht mehr nach Alkohol und Medizin, nur nach Benzin und Hundekacke. In den Klamotten sehen wir wirklich aus wie Langzeitstudenten.«

»Wenn du meinst... erklärst du mir jetzt, warum wir hierher zurückgekommen sind?«

»Sie suchen uns überall, aber wo sie uns bestimmt nicht suchen, ist bei *sich* zu Hause. Erinnerst du dich an *Der entwendete Brief*?«

»Wir haben doch Pullis geklaut, keinen Brief.«

»Wenn Poe dich hören würde! Du Dummkopf, überleg doch mal: Derjenige, der Gasperini massakriert hat und den du gut kennst, wird bald hier vorbeikommen, um Anweisungen zu erhalten. Er verfolgt Prendiluna und wird uns zu ihr bringen. Wach auf! Apropos, ich habe eine Frage: Warum schreist du eigentlich nicht mehr?«

»Ich schreie innerlich.«

»Wo hast du das Schwert hin?«

»Sag ich dir nicht.«

»Willst du meinen Plan hören?«

»Lass hören.«

»Wir können nicht die ganze Nacht hier warten. Aber siehst

du das Schild da mit dem Riesenelefanten? Das ist das Mammuth Food, wo die Studierenden hingehen, besonders die Amerikaner und die jungen Hannibalianer. Riesige Steaks und grenzenlose Pizzen. Wenn wir da reingehen und ein bisschen mit den Leuten plaudern, erfahren wir, was los ist, warum hier so viele blaue Autos sind, welches Meeting oder welcher Hexensabbat hier vorbereitet wird. Irgendwelche Einwände?«

»Nur einen. Wir haben keinen einzigen Euro, wie machen wir das?«

»Erst mal gehen wir rein, dann werden wir schon sehen, wie wir wieder rauskommen...«

»Im Grunde ist das die Geschichte unseres Lebens...«

»Genau. Los, gehen wir.«

Musik auf voller Lautstärke empfing sie:

Der Rap ist geil ey/ weil ich schick ausseh/
wie bei Pitti aufm Laufsteg.

Das Lokal war überfüllt. Lärmende Tafelrunden Studierender, Bankette von Professoren, Konzile Geistlicher, Seminare von Seminaristen, Gemüsedips von Veganern, Rudel von Fleischfressern. Die Zukunft des Landes, diejenigen, die mit Genuss ›ich habe Hunger‹ sagen konnten. Es gab gerade den Aperitivo mit vielen Häppchen, und endlich ließen alle ihren kulturellen Hauptbedürfnissen freien Lauf: essen, chatten, andere durch den Dreck ziehen. Meist alles gleichzeitig.

Das Mammuth war offensichtlich sehr beliebt bei Displayphilen. Auf den Tischen gehörte das Telefon zum Besteck wie Messer und Gabel. Einige aßen tippend, andere fotografierten ihre Teller. Die Japaner schickten Lasagne-Beweise nach Kyoto, die Muttersöhnchen antworteten auf Mamas Nachricht ›Isst du auch genug, mein Kleiner?‹, indem sie mit Photoshop vergrößerte Schnitzel verschickten. Eine junge Frau bat ihren Tischnachbarn via Skype um das Öl, ihr Gegenüber reichte ihr die Ölflasche und hängte ein Pornovideo an. An einem Tisch besonders verbissener Displayphiler fing einer Pokémon, ein anderer beantwortete die Geburtstagswünsche vom Vorjahr, wieder ein anderer rechnete aus, wie viele Kalorien sein Eis hatte, das in der Zwischenzeit schmolz, sodass er es neu berechnen musste. Ein Typ verließ seine Freundin, die ins Bad gegangen war, via SMS, aber unterdessen hatte sie schon sechzehn potenzielle Nachfolger auf der Website *Alleine bleib ich nicht* gefunden. Und auch die Kellner taten zwar so, als nähmen sie mit dem iPad Bestellungen auf, schauten aber fast alle das Spiel oder zockten ›Töte den Zombie‹.

Dolcino beobachtete die Szenerie besorgt:

»Hier haben alle ein oder zwei Handys, ohne fallen wir auf.«

»Keine Angst«, sagte Michael, »ich habe auch zwei Kopfhörer geklaut. Wenn wir die ins Ohr stecken, denken alle, wir wären verbunden...«

»Du bist ein Genie. Darf ich dir ein Like schicken?«

»Los, setzen wir uns an den Tisch da. Die Mädels sehen sympathisch aus.«

Hin- und herschaukelnd wie Rapper bahnten sie sich einen Weg.

»Hallo Leute, können wir uns hier zu euch setzen?«

»In dem Raum da hinten müsste es auch noch Plätze geben«, sagte ein rasierter Seminarist, so sympathisch wie eine Kolik.

»Sei nicht so asozial, Jimmy«, sagte eine üppige Brünette mit viralem Ausschnitt. »Hallo, ich heiße Tania, genannt TantraTania.«

»Und ich«, sagte eine Rothaarige mit Schmollmund, »bin Dacia.«

Die dritte junge Frau litt unter schwerer Displayphilie und sagte, ohne den Blick von ihrem Smartenfon zu heben:

»Ich heiße Eva99.«

Die vierte Studentin war damit beschäftigt, mit einem kleinen Chinesen Zungenküsse auszutauschen, und antwortete überhaupt nicht.

»Das ist Marina, und das Chang«, sagte Tania TantraTania, »und diese schlingende Python hier neben mir ist Fabio.«

»Grunz«, sagte ein junger Mann, der versuchte, einen riesigen Hamburger MacPotamus zu verschlingen.

»Und ich«, sagte ein junger Mann mit Adlernase, Blazer und Krawatte, »heiße Cordero. Und ich wüsste gerne, wer ihr seid.«

»Wir sind Dulcis und Milana, Professoren für Psychiatrie... und wir sind wegen einer Tagung hier.«

»Soviel ich weiß, findet an der Maxonia gerade keine Tagung statt«, sagte der Rasierte.

»Es ist eine Tagung über pathologische Schüchternheit, deshalb hat niemand den Mut gehabt, Werbung dafür zu machen.«

»Im Netz gibt's nichts dazu«, sagte Eva99.

»Das Netz ist nicht unfehlbar«, sagte Tania, die gerontophil war und mit Interesse Dolcinos grauen Bart und seine grünen Augen unter der Kapuze ansah. »Ich liebe Psychiatrie... ich lasse mich so gerne analysieren... ich träume immer von Einhörnern, was hat das zu bedeuten?«

»Dass du eine Nutte bist«, sagte Fabio kauend.

»Professoren für Psychiatrie. Wirklich?«, fragte Cordero mit einem feinen Lächeln. »Worauf seid ihr denn so spezialisiert?«

»Ich beschäftige mich mit Mythomanie«, antwortete Michael. »Wisst ihr, es gibt Leute, die glauben, eine Mission zu haben oder ein Engel zu sein, oder die mit einem imaginären Zauberschwert herumlaufen... solche Fälle halt.«

»Ich beschäftige mich mit durch Liebe verursachten Depressionen«, sagte Dolcino. »Bei Paaren, die sich trennen, oder Menschen, die ihre Geliebten verlieren und sich ihr ganzes Leben lang nicht mehr davon erholen.«

»Wie romantisch«, sagte Tania mit verführerischem Blick.

»Habt ihr ein Blog?«, fragte die Sinologin, als sie sich aus dem Kuss löste.

»Was haltet ihr von Amphetaminen?«, fragte Chang. »Einige

meinen, dass sie die Konzentrationsfähigkeit steigern. In unserem Kurs nehmen wir alle welche. Aber es heißt, dass sie zu einem Abfall der Libido führen können.«

»Es gibt Fälle, in denen ein Rückgang sexueller Aktivität zu beobachten ist, aber nur bei sehr hässlichen Patienten«, sagte Dolcino.

»Ich nehme Rigormor zum Schlafen«, sagte Dacia.

»Ich nehme lieber eine ordentliche Line Koks«, grinste Cordero. »Meine Libido funktioniert wie eine Bazooka.«

Und er schob eine Hand zwischen Evas Schenkel, die ihm ein Like und drei Herzchen schickte.

»Aber sagt mal«, fragte Michael, »mögt ihr eure Professoren? Und was ist da heute in der Uni los, wird ein Ehrendoktor verliehen? Oder gibt es irgendein wissenschaftliches Meeting?«

»Wie, ihr wisst das nicht?«, fragte Dacia. »In Kürze tritt der Gipfel der Hannibalianer zusammen.«

»Und warum?«

»Das weiß keiner. Aber das passiert nur zu wichtigen Anlässen. Es sind circa dreißig Leute. Säkulare, Geistliche, Banker und so weiter...«

»Und worüber wird da gesprochen?«

»Soweit ich weiß«, sagte Tania, die seine Hand nahm, »scheinen sie untereinander uneinig. Es geht das Gerücht um, dass gewisse alte Riten wieder eingeführt worden seien und dass es eine Auseinandersetzung zwischen Chiomadoro und den anderen gebe...«

»Könnt ihr nicht mal den Mund halten«, sagte der Rasierte.

»Und dann ist da noch die Geschichte mit den Verschwundenen«, murmelte Dacia mit verängstigter Stimme.

»Ja«, sagte Tania, »zwei junge Frauen, die Religionsgeschichte studierten, sind verschwunden... eine schrieb an einer Seminararbeit über Exorzismen... die andere habe ich gut gekannt... sie wollte die Geschichte der Hannibalianer erforschen, insbesondere die des Halbmonds, den sie um den Hals tragen...«

»Das ist kein Halbmond«, sagte Chang, »das ist ein C.«

»Was sind das schon für Geheimnisse«, sagte Fabio, »wie der wahre Name der Sekte lautet, wissen doch alle.«

»Madonna und Gottfünfminus«, sagte Dolcino, »jetzt kapier ich's.«

»Hey du«, sagte der Seminarist, »was bist du denn für ein Professor? An die Maxonia wird niemand eingeladen, der flucht.«

»Das ist ihm rausgerutscht«, sagte Michael. »Möchte jemand ein Bier?«

»Ich«, sagte Fabio, »und noch einen Hamburger.«

»Ihr beiden gefallt mir nicht«, sagte Cordero, »entweder seid ihr hier, um Frauen zu belästigen, oder ihr seid Spione einer anderen Universität. Ich glaube nicht, dass ihr wirklich Psychiater seid...«

Dolcino tat so, als erhielte er einen Anruf. Michael ließ sich nicht aus der Fassung bringen. Er ordnete das Besteck symmetrisch an, stellte einen Unterkiefer-Tic zur Schau und sagte dann:

»Wartet ihr auf eine Pizza? Nun, neuere psychologische Studien zeigen, dass in Pizzerien das Überholsyndrom immer verbreiteter ist, das heißt, man ist überzeugt davon, dass der Nachbartisch, der *nach* einem angekommen ist, *vor* einem die Pizza kriegt. Es nennt sich TDW, temporäre Dramatisierung des Wartens, und kann zu Streitereien mit Kellnern und Schlägereien mit Tischgenossen führen.«

»Genau«, fuhr Dolcino fort, »außerdem untersuchen wir gerade den unbewussten tiefliegenden Unterschied zwischen denen, die nur die Mitte der Pizza essen, und denjenigen, die auch den Rand verzehren. Um nicht von den Fällen sektionalen Infantilismus zu sprechen, das heißt Personen, die mit fünfzig noch nicht in der Lage sind, ihre Pizza selbst zu schneiden.«

»Faszinierend«, sagte Tania.

»Aber die psychiatrische Studie, für die wir uns am meisten begeistern und die wir bald in einer Zeitschrift publizieren werden, ist die über Pizzabäcker. Nach jahrelangen Untersuchungen können wir zeigen, dass sechsundneunzig Prozent der Pizzabäcker komplett verrückt sind. Und ich sage euch, warum.

Primus, sie arbeiten nachts und in einem Rhythmus, der an Raserei grenzt. *Secundum*, sie arbeiten vor der Öffnung eines Ofens, zur Hälfte starken Temperaturen ausgesetzt, zur anderen Hälfte der Atmosphäre im Lokal, und die ist kühl vom Auf- und Zugehen der Tür. Dieser thermische Stress führt häufig zu bipolaren Störungen. *Tertium*. Nun, ihr wisst genau, dass, wenn an einem Tisch zehn Leute sitzen, zehn verschiedene Pizzen bestellt werden, und das erzeugt im Pizzabäcker Anspannung und Ungewissheit seinem Schicksal gegenüber. *Quartulum*, es ist erwiesen, dass Pizzabäcker pro hundert Pizzen drei Stiefel Bier trinken, und das verursacht Alkoholvergiftungen. *Quintus*, die Bestellung einer Pizza mit Artischocken kommt fast immer, wenn die Artischocken gerade aus sind. *Sextum*, die jüngste Veganismusepidemie...«

»Mich überzeugt ihr nicht«, sagte der Seminarist, »ihr könnt nicht mal Latein.«

»Hey, da kommen unsere Pizzen«, sagte Tania, »hört auf mit den Verhören.«

Ein schnauzbärtiger Kellner erschien mit diversen Tellern:

»Für wen ist die Pizza Inferno? Und die mit Gnu-Mozzarrella? Und die Pizza Americana mit Banane und Gorgonzola? Und die Higuaín mit Extraspeck?«

Die Pizzen landeten bei ihren Empfängern, bis auf eine. Der Kellner wischte sich die schweißnasse Stirn.

»Wer hat die Vesuv Spezial bestellt?«

»Ich«, sagte Cordero.

»Unterschreiben Sie hier«, und er legte ihm ein Blatt Papier vor.

Vor dem Verzehr der Pizza Vesuv Spezial erkläre ich hiermit, davon Kenntnis zu haben, dass das Gericht

Zutaten des Schärfegrades 2.000.000 auf der Scoville-Skala enthält, Naga-Viper-Chili und Foguintu sowie äußerst pikante fettige Fitness-Food-Salami, Holzfeuerfünkchen und glühende Kirschtomaten. Folglich könnte das Nahrungsmittel eine Gefahr für meine seelisch-körperliche Unversehrtheit darstellen. Mit dem vorliegenden Dokument spreche ich den Pizzabäcker von jeglicher Verantwortung für Auswirkungen wie Explosion, Kollaps oder Tod frei.

»Na komm«, sagte Cordero und unterschrieb, »was soll schon passieren?«

Die Pizza rauchte tatsächlich und köchelte in der Mitte wie Lava in einem Vulkan.

Als Cordero sie schnitt, verbog sich vor Hitze das Messer. Als er einen Bissen hinunterschluckte, brach in seinen Eingeweiden ein Aufstand aus. Aus seinem Mund kam ein schwarzer Rauchfaden, der wie bei einer alten Lokomotive von einem Pfeifen begleitet wurde. Es folgten Krämpfe, Schwefelfürze, Stöhnen, und Cordero stürzte zu Boden.

»Ruft eine Tragbahre«, sagte der Kellner, »ich hatte ihn gewarnt.«

»Es gibt auf der Welt nur einen Menschen, der so eine Pizza zubereiten kann«, flüsterte Michael Dolcino zu. »Weißt du, an wen ich denke?«

»Gehen wir ihn besuchen...«

Mit blutunterlaufenen Augen stand er da vor dem Eingang zur Hölle. Eine Hand hielt einen Bierkrug, eine andere schob die Pizzaschaufel in den Ofen, eine weitere verteilte Artischocken auf einer Pizza, mit der vierten wirbelte er den Teig durch die Luft, mit der fünften rauchte er, und mit der sechsten kratzte er sich am Po.

So sah es jedenfalls aus, angesichts der Schnelligkeit und Gewandtheit, mit der er all diese Tätigkeiten gleichzeitig ausführte.

»Gennaro, alter Hitzkopf!«, rief Michael aus.

Gennaro ließ den Bierkrug, die Pizzaschaufel, die Artischocken, den Teig und die Zigarette fallen, seine Pobacken konnte er natürlich nicht fallen lassen, er hörte aber auf, sich daran zu kratzen.

»Verflixt noch mal! Michael und Dolcino. Die beiden verrücktesten Verrückten, für die ich je gekocht habe!«

Sie umarmten sich, erinnerten sich an alte Zeiten, die schamlose Nudelsuppe, die Pürpüreelawinen, die panierten Schnitzel mit zehn Prozent Fleisch.

»Mir ging es im Irrenhaus nicht schlecht, aber leider haben sie eines Tages behauptet, ich sei geheilt, und haben mich entlassen. Ich habe vergeblich versucht, zu widersprechen, schließlich könne ich als Pizzabäcker gar nicht aufhören, verrückt zu sein. Doch sie haben mich auf die Straße gesetzt. Da habe ich bei diesen betuchten Nervensägen hier Arbeit gefunden. Hin und wieder koche ich sogar für die Hannibalianer.«

»Wirklich?«

»Klar. Nach jeder Sitzung bestellen sie Pizza. Die billigsten, das ist ein Rudel Geizkragen. Außer ihrem Oberhaupt, Chiomadoro, der nimmt immer eine mit Tatar gefüllte Calzone. Also mit rohem Fleisch. Echt eklig, aber ich mache ihm eine. Ich überbringe alles persönlich, und nie gibt es auch nur einen Euro Trinkgeld.«

Dolcino und Michael sahen sich gegenseitig an.

»Gennaro, wir erzählen dir jetzt eine unglaubliche Geschichte. Im Namen unserer Freundschaft und unseres gemeinsamen Schwachsinns, du musst uns helfen…«

16 Fiordaliso Underground

Nur wenige hatten die Bocca di Pietra, den ›Steinernen Mund‹, gesehen, und geheimnisumwoben war auch ihr Bildhauer, von dem man nur den Namen kannte, Le Rouge. Die halbmondförmige Konstruktion befand sich in einem unterirdischen Saal der Universität und bestand aus fünfzig Marmorstühlen, in die jeweils ein elfenbeinerner Stoßzahn eingelassen war. Fünfzig außergewöhnlich spitze Zähne. Jeder Stuhl stand im Lichtkegel eines Kerzenleuchters und war mit einem Flachrelief verziert, das Szenen höllischer Verdammnis darstellte. Zur Linken der Bocca erhob sich eine Stele mit kryptischen Symbolen, die ›der Zahnstocher‹ genannt wurde. Zur Rechten öffnete sich ein Schacht. Wie tief er war und wohin er führte, wussten nur die Auserwählten.

In der Mitte war das Chorgestühl leer. Der Großmeister Chiomadoro hatte wie üblich ein großes theatralisches Entree vorbereitet. Zu den Klängen des *Requiem in c-Moll* von Cherubini trat er ein und setzte sich. Daraufhin sprach er:

»Schaut euch diesen Saal an. Es ist derselbe, in dem sich vor fünfhundert Jahren unsere Vorgänger zusammenfanden. Es scheint, als wäre die Zeit stehengeblieben. Schön wär's! Unsere Macht ist zwar immer noch groß. Aber heute müssen wir sie mehr denn je verteidigen. Nun sind wir hier versammelt, und jeder Einzelne von uns repräsentiert eine Theokratie, eine Technokratie, eine Bankokratie, eine Ludokratie, eine Mediokratie oder eine jener freundschaftlichen Vereinigungen zum Zwecke des Profits, die von den Mittelmäßigen Mafia genannt werden. Jeder von euch hat die Ehre und die Verantwortung, die Welt von oben zu betrachten. Ich weiß, dass einige von euch neue Ideen haben, aber auch ich habe eine:

Hört gut zu, meine *neue Idee* ist es, zu den *alten Ideen* zurückzukehren. Zu den Regeln, den Riten und der Willkür, die das erzeugen, was wir brauchen: Groll. Es gibt ein wunderbares Vorkommen an Hass und Groll in den Herzen der Menschen. Wir, die wir unsichtbar bleiben, müssen diesen Groll auf die Sichtbaren lenken, vor allem auf die Schwächsten. Das Virus des Hasses war schon immer die Angst, doch heute machen wir zu zaghaft davon Gebrauch. Wir haben neue, verführerische, spektakuläre, gesittete Wege gefunden, die Menschen zum Gehorsam zu zwingen. Doch jedes Mal müssen wir unsere Handlungen rechtfertigen, Rechtmäßigkeit vortäuschen, Moralisten und politischen Karrieristen Rechenschaft ablegen. Schluss damit!

Ich will, dass die Riten der Hannibalianer wiederbelebt werden. Ich will, dass die Vergangenheit ihr Buch des Schreckens nochmals aufschlägt. Ich will, dass unsere Macht nicht begrenzt, sondern beschworen wird. Dass unsere Untertanen aus freien Stücken nach Scheiterhaufen, Mauern, Verbrechen verlangen. Dass sie mit dem Gewehr unter dem Kopfkissen schlafen. Gibt es noch Gerechte auf der Welt, die uns behindern könnten? Ich glaube nicht, aber wenn es noch welche gäbe, müssten wir sie ausrotten und all jene auslöschen, die an sie glauben. Unser schrecklicher Gott leitet uns. Egal, ob andere Gottesversionen existieren, wir müssen zu einem einzigen Gott für alle zurückkehren. Wir sind Gott.«

[*Applaus.*]

»Jetzt stehen sechs von euch auf der Rednerliste.«

Zuerst redete ein Kapuzenmann mit seltsam viereckigem Kopf.

»Ich glaube, dass sich das alles mit einem geeigneten Algorithmus lösen ließe«, sagte er mit überzeugender Stimme. »Das Problem ist, dass ein Teil der Menschen immer noch ›verstehen‹ will und diese Unvollkommenheit ablegen muss.

Die alte Angst ist ein heute eher unnötiger Kontrollmechanismus. Ich glaube, dass die Neurowissenschaften uns helfen könnten... wir könnten beispielsweise Nahrungsmitteln und Getränken panikerregende Mikrokonfigurationen beifügen oder Groll-Apps entwickeln, aber vor allem sollten wir direkt in das synaptische *core* des Wunsches nach Erkenntnis eingreifen, lasst uns die unendliche Überlegenheit der Technologie über die alte Maschine Mensch ausnutzen und...«

»Fahren Sie fort...«

»Ich kann nicht. Mein Akku hat nur noch sechs Prozent, und das Einzige, was ich jetzt noch tun kann, ist, euch in Dame zu schlagen.«

»Ich will diese Scheißcomputer nicht mehr bei unseren Zusammenkünften sehen!«, brüllte Chiomadoro und beförderte Quadratschädel mit einem Tritt runter vom Chorgestühl.

»Beruhigen Sie sich, das sind unsere Sponsoren«, sagte Scharapov. »Mein Land ist mit Ihren Vorschlägen einverstanden, es bräuchte aber eine Modernisierung. Man foltert heute nicht mehr mit Zangen, Mauern baut man aus Laserstrahlen, zur Überwachung nutzt man neue Technologien. Lasst uns alle Bildschirme besetzen, die richtigen Tasten drücken und die Akkulaufzeiten verbessern.«

»Mein Land«, sagte Geneviève, »ist solidarisch im Kampf gegen den stillosen Trend zur Überfremdung. Doch die alten Riten sind eine Vintage-Idee, die nicht allen gefällt. Man müsste sie groovier machen. Die Kapuzen und Kutten gehören einem Look des *Saccus informis* an, von dem die Leute ehrlich gesagt genug haben, ich schlage Kaschmir anstelle des groben Leinens vor und als Farben Perlgrau, Glückseligeengelsblau, Noisette... für die Nonnen geht dieses Jahr der Mutter-Teresa-Sari sehr gut, und was die Dessous betrifft...«

»Halten Sie die Schnauze. Wir sind ein Geheimorden, kein Designstudio.«

»Ganz recht. Mein Land wird Sie unterstützen, Großmeister«, sagte General Ripper, »aber wir brauchen ein richtiges Heer, unsere Schar an Gläubigen reicht nicht mehr. Wir bräuchten eine überstaatliche Armee in unseren Händen. Und vor allem müsste das Rüstungsbudget verdreifacht werden. Ich habe hier einen Katalog mit Raketen, die...«

»Den schauen wir uns später an. Rector Magnificus, Sie sind dran.«

»Mein Land«, sagte Rektor Ferruntroia stolz, »ist einen Scheißdreck wert und hat nichts zu melden.«

Darauf kurzes Schweigen. Ein letzter Beitrag stand noch aus.

»Mein Land«, sagte eine raue Stimme, »ist gegen Gewalt und gegen die Obsessionen eines alten Irren. Wir haben schon genug Böses getan.«

Alle schauten die kleine Gestalt unter der Kapuze, die gesprochen hatte, überrascht an. Nur Chiomadoro blieb gleichmütig.
»In Ordnung, vor den Abstimmungen: der Finanzbericht. Buchhalter Corinte, informieren Sie alle darüber, wie viel wir verdient haben...«

***

Nach einer wahnsinnigen Nacht auf der Grundlage von Pommes und Rülpswettbewerben mit den drei Jungs träumte Prendiluna von Ariel. Er balancierte auf dem Bettknauf, wie Gamma, der Freund von Micky Maus.
»Hast du mir etwas zu sagen, du oller Gespensterkater?«
»Wenn man stirbt, träumt man noch acht Tage lang weiter. Es ist sechs Tage her, dass wir uns in dem Haus im Wald gesehen haben. Dir bleiben noch zwei.«

»Du wirst schon sehen, dass ich es schaffen werde...«

»Du musst noch vier Gerechte finden. Feuerwehrmänner, Nudelmacherinnen und Zen-Meister zählen nicht. Beeil dich, Alte...«

Ariel lachte dreckig und erhob sich mit einem Möwenschrei zum Flug. Über das ganze Viertel fielen Vogelschwärme her, gierig nach Müll. Ein riesiger Kondor kam ins Zimmer und krächzte:

»Willst du einen ganzen Lagerbestand verdorbenen Panettone vom vergangenen Jahr, Signora? Zum Sparpreis! Kraah!«

Prendiluna schrie vor Entsetzen auf und erwachte in dem Zimmer des kleinen Hotels, in dem sie sich versteckt hatte. Die verbliebenen vier Miezekatzehn schauten sie im Halbschlaf an.

»Ich muss euch alle an den Mann oder die Frau bringen, Kinders«, sagte die Lehrerin, »sonst scheitert die Mission. Fiordaliso habe ich nicht gefunden. Es bleiben noch zwei Namen auf meiner Liste: Dolcino und Michael, aber ich weiß nicht, wie ich sie ausfindig machen soll. Als ich das letzte Mal etwas von ihnen gehört habe, sagte man mir, dass sie durchgeknallt seien. Das wundert mich nicht, sie hatten schon im Gymnasium nicht mehr alle Tassen im Schrank. Wir müssen also alle Kliniken der Stadt abklappern. Jetzt machen wir uns auf die Socken, aber wir sollten vorsichtig sein. Diesmal schalte ich mein Handy ein, und wenn dieser Typ wieder auftaucht, rufe ich die Polizei.«

Den vierzehn Katzenkilo schweren Koffer hinter sich herziehend, verließ sie das Hotel und machte sich auf den Weg zur U-Bahn. Wie immer streikte die U-Bahn gerade, aber es gab einen garantierten Zugbetrieb von vierzig Sekunden, und den hoffte sie, zu erwischen.

Als sie die Treppen hinunterstieg, meinte sie, in ihrem Rücken Schritte zu hören. Dann fand sie sich in einem verlassenen, dunklen U-Bahnhof wieder. Die Betriebshäuschen waren zu, von den Drehkreuzen hingen Spinnenweben herab.

Sie entwertete gerade gewissenhaft ihren Fahrschein, als eine Hand sie packte. Es war der Mann mit dem roten Hut und der Narbe am Mundwinkel. Er drückte ihr eine Pistole in die Seite.

»Setzen wir uns in die verlassene Bar da, werte Dame«, sagte er. »Niemand wird uns stören, die nächste U-Bahn kommt frühestens in drei Tagen vorbei. Und versuchen Sie gar nicht erst, ihr Handy zu benutzen, hier unten herrscht, was jeden Displayphilen in Angst versetzt: *Kein Empfang!* Plaudern wir ein wenig...«

Er zog eine Zigarre hervor und zündete sie durch bloßes Draufhauchen an. Ganz ohne Feuerzeug oder Streichholz.

»Sie wollen mir Ihren Namen nicht verraten. Wer sind Sie wirklich?«, fragte Prendiluna.

»Ich?«, fragte der Mann zurück. »Sagen wir mal, ich bin... ein Jäger. Wenn man mir eine Seele zeigt, verfolge ich sie, bis ich sie kriege. Gestern haben Sie mich ausgetrickst, Sie sind den ganzen Abend mit den Jungs zusammengeblieben, da waren zu viel unverdauliches Glück und Pommes im Spiel, als dass ich hätte eingreifen können. Doch ich bin Ihnen bis zum Hotel gefolgt, und da sind wir nun...«

»Was wollen Sie von mir?«

Der Mann blies eine fledermausförmige Rauchwolke in die Luft.

»Einige meiner Freunde wollen nicht, dass Sie... ähm, die Mission zu Ende bringen, die Ihnen anvertraut wurde. Auch wenn es eine ziemlich alberne Mission ist. Die Welt retten, indem man verdienstvollen Menschen Katzen schenkt. Also bitte! Glauben Sie noch an solche Geschichten?«

»Wenn die Geschichte so unglaublich ist, wieso verfolgen Sie mich dann?«

»Weil meine Freunde sozusagen eine Wette abgeschlossen haben. Sie setzen auf die Tatsache, dass Sie es nicht schaffen werden. Und für den Fall, dass Sie hartnäckig bleiben, werde ich Sie aufhalten, sofern Sie nicht von selbst aufgeben.«

»Ich werde nie locker lassen.«

Der Mann mit dem roten Hut seufzte.

»Ich hasse es, alten Damen weh zu tun, aber wenn Sie mich dazu zwingen...«

Prendiluna reagierte blitzschnell. Sie schlug ihn mit dem einzigen stumpfen Gegenstand, den sie in ihrem Rucksack hatte, mit dem Dildofon. Die Klänge von *Zwanzig Zentimeter* hallten in dem verlassenen U-Bahnhof wider.

»Es reicht jetzt mit den Späßen«, sagte der Unbekannte. Er richtete die Pistole auf sie, schoss und...

Ein Wasserstrahl spritzte Prendiluna nass.

Darauf brach der Mann in diabolisches Lachen aus, zog einen silbernen Knüppel unter seinem Trenchcoat hervor und schlug ihn gegen ihr Knie. Prendiluna hörte ein Kracksen und spürte einen stechenden Schmerz.

»Und das ist nur der Anfang, du starrköpfige Alte«, sagte er und holte erneut mit dem schweren Knüppel aus.

Doch aus dem Dunkeln kam eine kreischende Gestalt angerast, eine in Fetzen gekleidete Hexe, die einen Einkaufswagen vor sich herschob. Sie schleuderte ihn gegen den Mann und fing an zu schreien:

»Hilfe! Polizei! Ein Asylant verprügelt eine alte Frau... helfen Sie uns!«

Der Mann versuchte sich zu befreien, aber die Hexe bearbeitete ihn mit Fäusten und kreischte wie am Spieß, sodass schon Leute angelaufen kamen. Er hielt es für opportun, die Flatter zu machen.

»Hebt sie in den Wagen«, sagte die Hexe zu einem, der hinzugekommen war.

Prendiluna spürte, wie sie mit voller Geschwindigkeit den verbindungslosen Bahnsteig entlanggeschoben wurde.

»Wohin bringt ihr mich?«, stöhnte sie. Dann verlor sie vor Schmerzen und Angst die Besinnung.

Sie wachte in einem Tunnel wieder auf, der komplett mit Graffiti bedeckt war. Als wäre ein Zug voller Wasserfarben entgleist. Über ihr das Gesicht der Hexe und eine neugierige

Menge Bettler. Ein bärtiger Mann wickelte gerade einen straffen Verband um ihr Bein. Die Katzen hatten sich erschrocken im Einkaufswagen versteckt, denn hier liefen Ratten in der Größe von Rugbyspielern herum.

»Wo bin ich?«, fragte Prendiluna.

»Du bist in der Mortapolitana. Das ist eine verlassene U-Bahn-Strecke. Sie hätte bis zum Stadion fahren sollen, aber die städtische Mannschaft ist in der Serie B gelandet. So ist diese Station in Vergessenheit geraten, und wir haben sie besetzt.«

»Wer ihr?«

»Wir waren alle obdachlos«, sagte Jimmy, ein lächelnder Schwarzer, »deshalb wohnen wir jetzt hier.«

Prendiluna bemerkte, dass den ganzen Bahnsteig entlang Zelte, Holzbaracken, Pappchalets und kleine Sperrholzvillen standen. Und überall Wäscheleinen und Hängematten, Gasflaschen und Kocher. Hin und wieder zogen Marihuana-, Zwiebel- und Dieselaromen vorbei.

»Hier haben wir alles«, sagte Jimmy. »Sehen Sie das Gewirr offener Kabel? Da haben wir Lichter und Ventilatoren angeschlossen, dieses Jahr werden wir auch Weihnachtsbeleuchtung haben. Uknar, unser Computerexperte, hat es geschafft, W-Lan zu installieren. Er ist unser Robin Hood, er klaut den Reichen ihre Passwörter, um sie den Armen zu geben.«

Prendiluna fiel auf, dass auch hier unten alles voller Displayphiler war. Vor den Baracken und Zelten sah man Leute auf ihren Handys herumwischen. Sie hörte, wie jemand sagte:

»Dieser Herkules ist doch wirklich ein Arschloch... dem antworte ich jetzt.«

»Gefällt Ihnen unser unterirdisches Dorf?«, fragte die Hexe.

»Es hat Charakter«, sagte Prenidluna. »Aber wer sind Sie eigentlich?«

Die Hexe versuchte ihr graues Haar in Ordnung zu bringen und säuberte sich mit einem Taschentuch das Gesicht.

»Oh, Frau Lehrerin, bin ich wirklich so heruntergekommen? Erkennen Sie mich nicht wieder? Schauen Sie, wie dürr ich bin...«

»Fiordaliso!«, sagte Prendiluna.

»Ja, die bin ich! Gestern habe ich Sie vor meinem früheren Haus gesehen. Ich bin Ihnen bis zum Fußballplatz gefolgt, hatte aber nicht den Mut, mich zu zeigen. Gianmaria ist mein Neffe, er hat mir erzählt, dass Sie freundlich zu ihnen waren und dass Sie sich hier in der Nähe ein Zimmer genommen haben. In diesem Viertel gibt es nur ein einziges Hotel. So bin ich Ihnen heute Morgen wieder gefolgt. Ich hatte diesen bedrohlichen Typen bemerkt. Zum Glück bin ich rechtzeitig gekommen.«

»Danke, Fiordaliso!... Aber was ist mit dir passiert?«

»Ich erzähle Ihnen meine Geschichte, danach werden Sie auch die Geschichten der anderen hören.«

Fiordalisos Geschichte

Erinnern Sie sich, wie ehrgeizig ich war, wie viele Pläne ich hatte? Ich ging nach Amerika, um die Königin der Mathematik zu werden. Ich lernte viel, vielleicht zu viel. Nach und nach bestand mein Leben nur noch aus Zahlen und Gleichungen. Ich ging meinen Altersgenossen aus dem Weg, blieb tagelang allein. Aber ich war nicht glücklich. Eine kleine Zahl braucht andere Zahlen in ihrer Nähe, damit sie wachsen und großwerden kann. Erst bekam ich Depressionen, dann Magersucht. Ich landete in einer Klinik. Ich tat nichts, als in meinem Kopf zwanghaft Rechnungen zu wiederholen und die Wände mit Gleichungen vollzukritzeln. Sie pflegten mich sehr lange. Ich schaffte es, wieder zu mir zu kommen, und kehrte nach Italien zurück.

Wie Sie sich erinnern, stamme ich aus einer wohlhabenden Familie. Während meiner Abwesenheit waren meine Eltern gestorben und hatten mir etwas Geld hinterlassen. Auch meine geliebte Lehrerin Berenice war schon tot. Ich war allein, dann traf ich ihn. Ich war Abstraktion, Berechnung, Desinteresse am Körper. Er war konkret, verspielt, körperlich. Ich fühlte mich beschützt, nahm zehn Kilo zu. Er war ein guter Fußballer. Wir waren nur sehr kurz glücklich. Er fing sofort an, mich zu betrügen. Nach dem Unfall, der seine Karriere beendete, fing er an, mich um Geld zu bitten. Er war in einen Ring schmutziger Wettgeschäfte geraten, wir verloren alles. Meine Magersucht kehrte zurück, und ich machte alles Mögliche durch. Ich habe gestohlen, habe Geld an Spielautomaten verloren, gedealt, auf der Straße geschlafen. Schließlich habe ich den Sohn meiner Schwester ins Herz geschlossen und hier ein paar Freunde gefunden. Ich führe ein elendes Leben, aber ich schlage mich durch.

So ist es leider, Frau Prendiluna, Ihre Musterschülerin hat es nicht geschafft. Sie hat sich in der Kälte ihres Ehrgeizes verloren. Zahlen ordnen die Welt, aber wir brauchen auch Unordnung, Träume und Pommes. Jetzt unterrichte ich diese Pechvögel hier ein bisschen in Mathe, ich helfe ihnen, sich nicht übers Ohr hauen zu lassen. Das ist zwar nicht Princeton, aber ich fühle mich nützlich. Und jetzt hören Sie ihnen zu.

Ich heiße Jimmy. Ich bin aus meinem Land geflohen, weil dort Krieg herrschte. Sie werden denken: Du hast nichts zurückgelassen. Ihr seht uns nur, wenn wir hier ankommen, gebeugt, kaputt oder auf lächerliche Weise heiter, wenn wir euch um einen Obolus bitten. Ihr denkt, wir hätten vorher kein Leben gehabt. Doch ich habe nicht nur Leichen und Trümmer zurückgelassen. Ich habe Wälder, Seen, den Sonnenuntergang über dem Fluss Benue verlassen, das Haus, in dem ich geboren wurde, meine Freunde, Vögel und Löwen. Ich arbeite auf dem Obst- und Gemüsemarkt, aber sie bezahlen mich, wann es ihnen passt. In meiner Baracke hier unten sind wir zu sechst. Wir kochen und schauen Fußball im Fernsehen. Unsere Mannschaft wird Super Eagles genannt. Eines Tages werden wir euch schlagen...

Ich heiße Awad. Ich bin mit einem Schlauchboot gekommen. Zwei meiner Brüder sind bei der Überfahrt gestorben. Eine Weile war ich in einem Aufnahmelager, dann bin ich abgehauen. In meinem Dorf hielt man mich für den schönsten Jungen. Alle sagten, geh nach Europa, da läuft die große Show, da wirst du Schauspieler oder Model. Stattdessen sagen sie hier, dass ich zu klein sei und mein Schnurrbart lächerlich. Schönheit ist nicht überall dasselbe. Fiordaliso hat mir geholfen, einen Asylantrag zu stellen. Ich glaube, dass sie in mich verliebt ist. Sie versteht, wie schön ich bin.

Ich heiße Fatima. In meiner Familie ist die Hälfte zu Fanatikern geworden, die andere Hälfte wurde von Fanatikern ermordet. Ich war sehr religiös, jetzt bin ich es nicht mehr. Ich arbeite als Putzfrau, aber sobald sie meine Geschichte hören, schmeißen sie mich raus, weil sie Angst haben. Ich finde, dass ihr uns eigentlich dankbar sein müsstet. Ihr hattet keine Ideen und Hoffnungen mehr, ihr habt an nichts mehr geglaubt. Durch den Hass auf uns macht ihr Karriere in der Politik oder fühlt euch einen Moment lang überlegen, oder ihr hofft, dass alle eure Probleme verschwinden, wenn ihr uns verjagt.
 Der Hass hält euch am Leben. Aber aufgepasst, das ist wie mit den Drogen, ihr werdet immer mehr davon brauchen.

Ich heiße Carlo, ich bin Arzt und habe über vierzig Jahre lang gearbeitet. Bevor ich in Rente gegangen bin, habe ich einen Bankkredit aufgenommen, um mir eine Wohnung zu kaufen. Als ich nicht zahlen konnte, wurde ich aus meiner Wohnung geschmissen. Meine Frau und ich wohnen in dem Zelt da, mit etwas Geld, das unser Sohn uns gibt. Er weiß nicht, dass wir hier leben. Daran zu denken, dass er es nicht weiß und dass es ihm gut geht, macht uns manchmal ein bisschen glücklich. Seien Sie beruhigt, Signora, Ihr Knie wird anschwellen, und Sie werden eine ganze Weile hinken. Aber es ist nicht gebrochen. Ich bin immer noch ein guter Arzt.

Ich heiße Uknar. In meinem Land gibt es Menschen, die zehn, zwanzig Luxusschlitten besitzen. Ich habe Informatik studiert, ich bin der, der das W-Lan hierher gebracht hat, ich habe mich mit einer Bank verbunden, die fünfzig Meter über dem Tunnel liegt, ich könnte selbst Shiva das Passwort klauen, aber ich bin kein unehrlicher Mensch. Ich habe eine getunte Ape und liefere Blumen aus. Fiordaliso bewahrt mein Geld auf, und wenn ich genug habe, nehme ich mir mit meiner Freundin eine Wohnung. Eines Tages werde ich irgendetwas erfinden, das Google vom Thron stößt, und einer Millionen Armen einen Job geben. Dann werde ich mit einer komplett vergoldeten Ape in mein Land zurückkehren...

Ich verrate meinen Namen nicht. Jimmy, Uknar und ihr alle werdet noch überrascht sein, was ich tun werde. Sehr bald werden wir hier rauskommen, und auf den Straßen wird Krieg herrschen. Wir sind wie die Besen des Zauberlehrlings. Wir werden euch alle ertränken. Ja, auch ich kenne Disney... Niemand von euch wird davor sicher sein. Wir sind die, die nicht auf dem Schachbrett stehen. Legt Kerzen, Blumen und eure *je suis* bereit. Vielleicht will ich euch nur Angst machen, vielleicht ist das, was ich sage, wahr. Vielleicht bin ich high. Aus meinen hundert Augen schaue ich euch an und bereite mich vor. Ich bin kein Hund, der Autos hinterherläuft, ich schnappe zu. Je suis Panopte.

»Er ist verrückt«, sagte Fiordaliso, während der Mann, der gerade gesprochen hatte, am Ende des Tunnels verschwand, »er kann nicht vernünftig denken.«
»Die Verbrechen der Menschheit entstehen aus mörderischer Vernunft, nicht aus Unvernunft«, seufzte Prendiluna. »Meine Freunde, ich würde euch gerne meine Geschichte von Katzen und Gerechten erzählen, aber ihr habt genug Sorgen. Ich sage also nur, dass ich eine wichtige Mission habe. Und ich muss zwei meiner ehemaligen Schüler finden, die du, Fiordaliso, gut kennst, sie heißen Dolcino und Michael.«

»Vielleicht kann ich dir helfen«, sagte Fiordaliso. »Ich interessiere mich sehr für Zeitungen, weil ich sie mir unter die Kleider stecke, wenn es kalt ist. Mag sein, dass ich sie zerrissen und zerknittert lese oder dass es die vom Vormonat sind, aber ich bin äußerst gut informiert. Und ich erinnere mich an eine Nachricht über zwei aus dem Irrenhaus Entflohene. Das sind Dolcino und Michael, da bin ich mir sicher, und aus irgendeinem Grund haben sie etwas gegen die Hannibalianer. Und in Anbetracht der Tatsache, dass sie verrückt sind, werden sie nicht aufhören, sie zu bekämpfen. Such sie also in der Maxonia.«

»Das mache ich«, sagte Prendiluna. »Nun, mein Mädchen, ich habe eine Vergleichsrechnung deiner Sünden und deiner Vorzüge angestellt. Demnach verdienst du eine Katze. Stell keine Fragen, nimm sie einfach an...«

»Ich weiß nicht, ob sie die Ratten hier unten überlebt.«

»Darf ich dir Gonzalo vorstellen? Fünf Kilo Muskeln, Sanftmut und Jähzorn. Ihr werdet euch Gesellschaft leisten.«

»Danke«, sagte Fiordaliso und umarmte sie. »Kann ich noch etwas für dich tun, Frau Lehrerin? Willst du hierbleiben, bis dein Knie geheilt ist?«

»Ich kann nicht bleiben. Ich brauche jemanden, der mich zur Maxonia bringt.«

»Ich habe bequeme und namhafte Ape«, sagte Uknar. »Und du wirst inmitten von Tulpen reisen!«

17 Träume und Trioträume

Es kommt vor, dass man aufwacht und nicht weiß,
wo man ist. Genau so ist der Tod, weiter nichts.

CORNELIUS NOON

In jener Nacht hatten Dolcino und Michael einen neuen Triotraum.

Es war der letzte Schultag. Um ihn zu feiern, waren Schüler und Lehrer in eine Trattoria auf dem Land gefahren, hatten sich überfressen und volllaufen lassen. Nun lagen sie auf einer Wiese am Ufer eines kleinen Sees herum. Auf einen verregneten Vormittag folgte ein schöner und unvergesslicher, sonniger Nachmittag. Das Gras war mit Blumen getüpfelt, in der Nähe plätscherte ein Bächlein, Fische und Kirschpflaumen verströmten ihren Duft, und aus der Ferne erklangen die festlichen Glocken nützlicher Vierbeiner.

Die Jugendlichen hatten die Augen geschlossen, weil die Sonne ihrer Hoffnungen zu stark strahlte, und im Wasser sahen sie das zitternde Spiegelbild ihrer Ängste und ihres ersten Leids.

Enrico und Clotilde lagen im Schatten eines Baumes, Dolcino und Michael duellierten sich mit Holzschwertern. Fiordaliso berechnete anhand eines pflanzlichen Algorithmus die Gabelungswahrscheinlichkeit der Ereignisse, soll heißen, sie spielte ›er liebt mich, er liebt mich nicht‹ mit einer Margerite.

Andere schliefen, turtelten oder futterten noch mehr Tigelle. Der Fahrer des Schulbusses namens Gonzalo kratzte sich am Sack.

Unter den Schulausflüglern war auch Saputo, genannt das Einhorn, weil er mit ständig erhobener Hand lebte, um der

Erste zu sein, wenn der Lehrer ›Wer weiß die Antwort?‹ fragte. Neben ihm die reichen Zwillinge Cerri, genannt Xerox, weil sie immer ihre Hausaufgaben abschrieben, indem sie die ärmsten Schüler bestachen. Daneben Bingo der Bulle, arrogant und schnell handgreiflich werdend, bis ihn einmal Michaels Zorn traf und er bescheidener wurde. Und schließlich Vespillo, der Spitzel des Schulleiters.

»Wer weiß, wo wir jetzt sind?«, fragte Vespillo.

»Ich weiß es«, sagte Saputo, der gleich seine Hand hob, »in einem Traum.«

»Genau. Wir sind in einem Traum mit vielen Figuren«, sagte Fiordaliso, »aber die weniger sympathischen verschwinden nach dieser Szene.«

Dann waren da noch die Lehrer. Lucano blies die Härchen des *Taraxacum officinalis* in die Luft. Alcioni hatte sich mit einem Kränzchen aus Ginster geschmückt. Aias und Prendiluna hatten sich zurückgezogen und lachten, er mimte den großen Jupiter, der herabsteigt, um Pasiphae abzuschleppen.

In nemus est saltus thalamo regina relicto
Fertur ut Aönio concita Baccha Deo.
Ah! Quoties vaccam vultu spectavit iniquo,
Et dixit: »Domino cur placet ista meo! ...«.

»Aias baggert sie an«, sagte Enrico, »aber die Lehrerin hält stand. Ich wette, dass sie früher oder später nachgeben wird.«

»Ihr Männer baggert alle an«, sagte Clotilde, »auch, wenn ihr nicht verliebt seid.«

»Ich bin verrückt nach dir«, sagte Enrico, »und in ein paar Jahren werde ich dich von hier wegbringen. Wir ziehen in ein tropisches Land, und ich werde Schriftsteller.«

»Ich weiß nicht, ob ich mit dir mitkomme«, sagte Clotilde und kitzelte ihn mit einem Stängel, »du bist zu selbstverliebt und untreu. Und wenn ich groß bin, will ich Paartherapeutin werden, es gibt zu wenig Liebe unter den Menschen...«

»Komm schon, lass uns Liebe machen statt Krieg«, sagte Enrico und küsste sie auf den Hals, »nicht wie die beiden Verrückten da.«

Michael und Dolcino fochten noch immer mit ihren Schwertern, Michael übertrieb es und traf seinen Freund, dessen Wange einen Schnitt abbekam. Dolcino wurde wütend:

»Verdammt, Michael, komm ein bisschen runter. Mit dir kann man echt nicht spielen.«

»Tschuldigung, aber entweder kämpft man richtig oder gar nicht...«

»Die beiden da«, sagte Fiordaliso zu Lucano, »sind klug, aber wirklich sonderbar. Michael macht mir manchmal Angst. Und diese Schreie, diese Nervenzusammenbrüche...«

»Ich glaube, er ist ein bisschen gestresst«, sagte Lucano. »Sie kommen beide aus schwierigen Familien. Auch Dolcino ist geplagt, an manchen Tagen ist er fröhlich, dann versinkt er in Schweigen. Und ich habe ihn noch nie mit einem Mädchen gesehen.«

»Oh, er ist aber in eine aus der 10D verliebt. Margherita heißt sie. Sie kommt aus einem sehr strengen Internat, es wird behauptet, sie sei traumatisiert, sie hat eine Narbe am Hals. Sie lacht nie. Nur mit ihm. Wenn sie zusammen sind, sind sie supersüß. Ich habe sie gesehen.«

»Ach, die Liebe«, sagte Lucano. Er verwandelte sich in einen riesigen Schmetterling und flatterte los auf Partnersuche, rief dabei aber ständig »Ich habe keine Zeit, ich habe keine Zeit«.

Aias und Prendiluna spielten Satyr verfolgt Nymphe, sie lachte, und alle beide atmeten schwer vor Erotik.

Michael und Dolcino gingen auseinander. Dolcino war immer noch sauer.

Michael ging zum Ufer des Sees. Ein riesiger Koi näherte sich ihm und fing an, wie ein Hund mit dem Schwanz zu wedeln. Dann sah Michael im Spiegel des Wassers hinter ihm jemanden ankommen.

»Dieser immergleiche, klare Himmel ist wie die Finsternis. Ich mag Wolken lieber.«

Der da gesprochen hatte, war ein Junge mit leicht finsteren, orientalischen Gesichtszügen. Er trug eine rote Baskenmütze.

»Bruder... auch du bist also mal jung gewesen.«

»Na klar«, sagte der Neuankömmling, »voller Träume und Hoffnungen, wie du.«

»Und dann?«

»Dann hat man die Wahl«, sagte er. »Einige stellen sich auf die Seite der Verlierer, andere entscheiden sich für Grandezza. Wir werden kämpfen, Michael, und du wirst sterben.«

»In einem von hundert Fällen liegen Trioträume falsch.«

»Diesmal wird das nicht der Fall sein«, sagte der andere.

Dolcino dagegen war in den regennassen Wald eingedrungen. Er traf auf eine bucklige Alte mit Elfenohren, die Pilze sammelte. Eine echte Hexe.

»Hallo Großmütterchen, findest du welche?«

»Als du sechzehn warst, war ich schon über siebzig, aber Großmütterchen kannst du zu einer anderen sagen...«

»Ja, Großmütterchen, aber was machst du hier in unserem Triotraum?«

»Nach vielen Jahren schlafe ich endlich wieder«, sagte die Alte, während sie in einen rohen Butterpilz biss, »und heute Nacht träume ich, so viel ich will. Achtung, da kommt jemand.«

Zwischen den Zweigen war ein Geräusch zu hören. Und eine Biberratte erschien. Sie war zwei Meter groß, ihr Fell glänzte vom Regen.

»Hilfe«, sagte Dolcino.

»Dolcino, warum schaust du mich so an? Erkennst du mich nicht mehr? Ich bin's, Margherita.«

»Was sagst du da?«

Die Riesenbiberratte betrachtete sich in einer Pfütze und fuhr zusammen.

»Ach du Schreck! Diese verfluchten Traumolche sind schuld! Ich hatte Pasithea, die Mutter von Ikelos, dem Gott der Traumverwandlungen, gebeten, dass sie dir in Form eines wunderschönen Rehs erscheine. Erinnerst du dich, dass du mich immer so genannt hast, mein Rehkitz? Kriege ich keine Umarmung?«

»Na gut, ich glaube dir... aber, ich weiß nicht, wie ich das ausdrücken soll, du riechst etwas streng nach Kloake.«

»Das ist Crotte Sauvage von Dior. Man braucht es bloß mit französischem Akzent auszusprechen, schon wird es schick, schaust du keine Werbung?«

»So wird es sein«, sagte er und umarmte sie. Margherita verwandelte sich in ein menschliches Wesen. Weder von Licht umgeben noch als Madonna geschmückt. Sie trug eine geblümte Bluse und Jeans, wie bei ihrer ersten Begegnung. Damals hatte Dolcino zu Michael gesagt: »Ich liebe diese Frau.« Ein Augenblick hatte gereicht, um sie zu erkennen. Sie war die Musik, die er viele Nächte zuvor aus einem entfernten Fenster gehört hatte.

»Ciao Dolcino«, sagte die junge Frau. »Lass uns einen Spaziergang machen. Im Wald ist es frisch.«

»Nein, ich bitte dich«, sagte Dolcino, »ich leide zu sehr, wenn ich von dir träume...«

»Träumen kannst du nichts befehlen«, sagte Margherita. »Ich habe das Recht, hier ein bisschen zu verweilen. Ich bin die Dritte des Triotraums, den du in der Klinik geträumt hast, nicht Prendiluna. Erinnerst du dich an den Spatz auf der Fensterbank? Das war ich.«

»Aber du bist...«

»Lebendig in deinen Träumen, quicklebendig.« Und sie schlug ein Rad.

»Du hast keine Narbe mehr...«

»Dolcino, denk nicht mehr an das, was passiert ist. Jahrelang hatte ich Alpträume und konnte nicht vergessen. Aber dann bist du in mein Leben getreten.«

»Das hat nichts genützt...«

»Du bist für nichts verantwortlich. Du hast alles getan, um mich zu beschützen, du bist an meiner Stelle verrückt geworden. Räche dich nicht. Rette dich, tu es für mich.«

»Ich werde Gott für das bestrafen, was er dir angetan hat.«
»Ich habe viel zu ihm gebetet, er ist nicht gekommen. Du wartest immer noch auf ihn, und ohne es zu wissen, tust du nichts als beten, verzweifelt. Deshalb bist du in Gefahr. Ich hätte gerne die richtigen Worte, um dir zu sagen, was du tun musst...«

»Ich liebe dich noch immer. Wirklich«, sagte Dolcino. »Sind das die richtigen Worte?«

»Ja, das ist wichtig«, sagte Margherita. »*Der kleine aufblitzende Lichtschein des Gewesen-Seins*. Hat ein Philosoph gesagt.«

»Cornelius Noon?«

»Ein anderer... aber sag, bist du bereit für diese Prüfung?«

»Der Zorn wird mich leiten«, sagte Dolcino.

»Nein... nicht nur der Zorn«, sagte Margherita. »Mehr kann ich dir nicht sagen... und jetzt wach auf.«

»Nein«, sagte Dolcino, während er noch näher an sie heranrückte, »ich will nicht.«

Er wachte auf. Er befand sich in einem Raumschiff zwischen den Wolken, in der Kleidung eines Kochs. Neben ihm stand Michael.

»Das ist kein Triotraum, das ist ein Matrjoschkatraum«, lachte sein Freund.

»Reich mir das Rattengift, wir müssen für Chiomadoro kochen.«

***

Diesmal hatten sich die Kapuzenmänner nicht in der Bocca di Pietra versammelt. Sie saßen im obersten Stock des Klosterturms, im luxuriösen Saal des Restaurants Korowai. Es waren nur wenige, ein Treffen in kleiner Runde. Etwa zehn Kellner, alles Kinder aus der Hotelfachschule, beobachteten sie dienstbereit. Einer von ihnen goss mit der Geschicklichkeit eines alten Maître Champagner ein. Chiomadoro aß ein blutiges Steak von der Größe eines Perserteppichs.

»Jetzt reicht's«, sagte er plötzlich wütend, »zu viel Gezaudere, zu viel Angst davor, was die Leute sagen werden. Ab jetzt machen wir es so, wie ich es sage. Als Erstes brauche ich Ihre besten Jungs, General Ripper.«

»Darf ich meine Kapuze abnehmen? Ich kann so weder essen noch sprechen.«

»Wenn ich das schaffe, schaffen Sie das auch.«

»Okay. Wollen Sie die Spezialkommandos?«

»Die speziellsten Spezialkommandos von allen. Die ›kleinen Helden‹.«

»In Ordnung... aber ich weise Sie darauf hin, dass sie erbarmungslos und blutrünstig sind. Schlimmer als Ihre Kaiserliche Garde und die Folterknechte, schlimmer als Ihr Jallad. Manchmal gelingt es nicht einmal mir selbst, sie im Zaum zu halten.«

»Die will ich. Und jetzt sage ich euch, was passieren wird. Erster Punkt: Wir werden den Mädchen, die in unserer Gewalt sind, eine Behandlung nach althergebrachter Art zukommen lassen, ihre Körper wird man unter einer Brücke auffinden. Eine vertrauensvolle Person wird sich um sie kümmern. Auf diese Weise werden die Legenden und die Angst wiederkehren.«

»In Ordnung«, sagte ein Kapuzenmann mit jungen Händen, »ich kann Ihnen zwanzig meiner besten Männer geben, die Specnaz, Folterspezialisten...«

»Danke. Zweiter Punkt: Es gibt in unserem Orden Personen, die sich als schwach erwiesen haben und sich von einem auf den anderen Moment zurückziehen könnten. Tun wir ihnen weh. Ob körperlich oder massenmedial könnt ihr entscheiden.«

»Très bien«, sagte eine sanfte Frauenstimme, »das werden wir mit Stil tun.«

»Dritter Punkt: Wir müssen Schwester Scholastika loswerden. Sie ist vertrottelt. Wir wissen, dass sie Lucano aufgesucht hat. Sie kennt alle unsere Geheimnisse, wir können nicht zulassen, dass sie redet. Schalten wir sie aus.«

»Ach nein«, sagte Kardinal Hopus und nahm seine Kapuze ab. »Das werde ich nicht zulassen. Sie ist eine arme Alte und ein Mensch des Glaubens …«

Der General gab ein Zeichen.

Der Baby-Kellner fuhr mit der Hand in den Eimer mit Eis für den Champagner. Er zog eine Pistole mit Schalldämpfer heraus und traf den Kardinal in die Stirn.

»Hat noch jemand Vorschläge?«, sagte Chiomadoro.

»Können wir ein Selfie machen?«, fragte Rektor Ferruntroia.

18 Die kleinen Helden

Geradezu glücklich wachte Schwester Scholastika auf. Zehn Stunden hatte sie geschlafen. Sie rief Schwester Violante, ihre Pflegerin, und ließ sich in den Rollstuhl setzen.

»Ich gehe Lucano besuchen«, sagte sie, »machen Sie mir die Tür auf.«

Da hörte sie den Chor junger Stimmen. Ihre gute Laune schlug in Angst um.

»Nein, nicht die Haupttür. Lassen Sie mich durch die Geheimtür raus, die mit der Rutsche. Und benachrichtigen Sie Schwester Filomena.«

Der Chorgesang kam aus einem Schlafsaal ein Stockwerk tiefer, wo eine Gruppe Kinder die Kellnerjäckchen auszog, um in Tarnanzüge und Helme zu schlüpfen. Aus einem Schrank holten sie Waffen jeglicher Art hervor.

Die Stimmen sangen zur Titelmelodie eines Cartoons:

Du hast längst gemerkt, es ist noch lange nicht vorbei
Du weißt noch nicht, was kommen wird, sei bereit
Beleb deinen Traum, aus dem du jetzt erwachst
Es wird nicht leicht, doch du weißt, dass du es schaffst
Du wirst unbesiegbar sein, der Beste sein
Deine Zeit wird kommen, der Tag ist nicht mehr weit
Was dich stärker macht, bringt dich voran
Du hast es fast geschafft, du wirst zum Mann
Du wirst unbesiegbar sein, der Beste sein
Deine Zeit wird kommen, der Tag ist nicht mehr weit
Dein Selbstvertrauen trägt dich hinauf
in die höchsten Höhen, du gibst nie auf!

»Kinder, seid ihr bereit?«, fragte General Ripper.

Ein kleiner Junge von etwa zehn Jahren trat nach vorne, im Arm eine Maschinenpistole, die genauso groß war wie er.

»Hauptmann Hänsel zum Rapport, Signore. Die Kommandos sind einsatzbereit.«

»Lassen Sie sie antreten.«

»Kommando eins Killerpuppen, bereit?«

»Oberleutnant Chucky zum Rapport, Signore«, sagte ein Mädchen mit einem Helm, der fast ihr gesamtes Gesicht bedeckte. »Wir sind einsatzbereit.«

»Kommando Albinomutanten!«

»Oberleutnant Martin zum Rapport, Signore«, antwortete ein Winzling mit aschblondem Haar. »Wir sind in Alarmbereitschaft.«

»Kommando Heitere Exorzisten!«

»Unteroffizier Pazuzu zum Rapport, Signore«, brüllte ein kahlrasiertes Kind mit Sprengstoffweste.

»Und wo ist Oberleutnant Regan?«

»Sie ist pullern gegangen, Signore...«

»Bestens, Soldaten«, sagte Ripper, »ihr werdet von zwölf meiner Marineinfanteristen unterstützt. Ihr seid euren Altersgenossen im Nahen Osten, in Afrika und im Rest der Welt ebenbürtig. Wir haben euch ausgewählt, weil ihr in eurem Alter solche Reflexe, eine solche Schnelligkeit und Gewissenlosigkeit besitzt, dass niemand mithalten kann. Ihr seid die Armee der Zukunft. Deus vult!«

»Schlumpf!«, antworteten die jungen Stimmen.

Schwester Scholastika hörte das Gebrüll der kleinen Soldaten, die die Treppe heraufstürmten. Die Freizeitparkrutsche spuckte die Alte in einem Gang aus, von dort gelangte sie rollend und die Stufen hinunterpolternd bis an die Tür von Lucanos Labor, die sie mit großem Getöse durchstieß. Aus dem Sattel geworfen, beendete sie ihre Fahrt auf dem Rücken liegend mit verrutschter Schwesterntracht und den Beinen in der Luft wie eine große Schabe.

»Was ist los, Schwester Scholastika?«

»Schnell, Lucano. Chiomadoro hat seine Offensive gestartet. Sie kommen uns holen.«

»Wer?«

»Die Grausamsten von allen, die ›kleinen Helden‹.«

»Wir werden uns verteidigen«, sagte Lucano, »auch ich habe mein kleines Heer...«

Er stieß einen Ultraschallpfiff aus, man hörte ein dröhnendes Brummen, und ein Schwarm Bienen, Wespen und Hornissen formierte sich zu einer dunklen Wolke im Zimmer. Ein weiterer Pfiff, da stand schon ein Bataillon Giftspinnen und Hundertfüßer in Reih und Glied.

Auf dem Fußboden brachte sich die Ameisenlegion in Stellung und tanzte den Haka.

Ein Crescendo von Schreien und Schüssen kündigte an, dass die Schlacht begonnen hatte. Schwester Filomena Timena vom Orden der Handgreiflichen hatte eine Schar bewaffneter Schwestern zusammengetrommelt. An ihre Seite hatten sich diverse Seminaristen gestellt, die vom Mord an Kardinal Hopus erfahren hatten. Auf ein Gefecht mit Schusswaffen folgte eins mit Stichwaffen. Die Nonnen kämpften wie besessen, aber die kleinen Helden waren blitzschnell und auch wegen ihrer kleinen Statur schwer zu treffen. Den mit Katanas bewaffneten Seminaristen gelang es, einige Killerpuppen zu zerhacken, doch dann wurden sie hinterrücks von den Heiteren Exorzisten angegriffen. Der Kampf war äußerst hart und sein Ausgang ungewiss.

Plötzlich tauchten die loyalen Seminaristen, die Marineinfanteristen und die Specnaz auf.

»Verschont die Frauen«, sagte der russische Hauptmann.

»Verschont die Arier«, sagte ein Marineinfanterist.

»Verschont die Kinder«, sagte eine Nonne.

»Was soll denn das für ein Kampf sein, verdammt?«, sagte Hauptmann Hänsel und traf einen Seminaristen mit einem Revolverschuss.

Das Gefecht flammte wieder auf. Schwester Filomena, der

ihre Waffe abhanden gekommen war, nahm ein riesiges Kreuz von der Wand, schwang es durch die Luft und streckte damit mehrere Feinde nieder, doch dann wurde sie von einem atheistischen Marineinfanteristen umgehauen. Die kleinen Helden schritten mit Bajonetthieben in die Waden voran. Das Gefecht wendete sich gerade zugunsten der Chiomadorianer, als unerwartet und schrecklich der Insektenschwarm einfiel. Die Wespen stachen, die Heuschrecken bissen, die fliegenden Skarabäen warfen Giftspinnen ab. Ein Kind mit Allergieschock schwoll so stark an, dass es aussah wie ein Wrestler, und erdrosselte eine Nonne, aber eine kleine rote Ameise biss es ins Ohr und gab ihm damit den Gnadenstoß. Der Kampf wurde episch und ausgewogen. Die Kämpfenden verlagerten sich vom Kloster in den Garten. Studierende und Professoren flohen, und in der Ferne waren Polizeisirenen zu hören.

Einem Marineinfanteristen gelang es, ins Labor einzudringen. Lucano zog eine Pistole aus den napoleonischen Kriegen hervor. Er versuchte den Abzug zu drücken, bekam aber vor Angst einen Infarkt und stürzte zu Boden. Eine Spinne rächte ihn, indem sie den Marineinfanteristen innerhalb von zehn Sekunden killte.

Schwester Scholastika, die wieder in ihren Rollstuhl geklettert war, schoss mit einer Pumpgun und traf zwei Albinomutanten und einen riesigen Russen in die Beine. Sie floh Richtung Garten, verfolgt von einem kleinen Exorzistensoldaten, der seinen Tarnanzug verloren hatte und ein karnevaleskes Teufelchenkostüm zur Schau stellte.

»Stirb, du Hexe«, sagte der Kleine und richtete eine Pistole auf sie.

»Verreck, du Rotzbengel«, antwortete sie und traf ihn mit einem Gewehrschuss.

Doch das Teufelchen war mit Granaten gepolstert, und alles flog in die Luft. Die Nonne wurde in das Becken mit den Riesenkois geschleudert. Man hörte ein Blubbern und

Schlucken, und übrig blieb nur der auf dem Wasser treibende Rollstuhl.

***

Gerade aus dem Auto gestiegen, bewunderte Kommissar Garbuglio den spektakulären Kampf mit seinen kolossalen Spezialeffekten. Die Leute flohen schreiend aus der Universität. Bienen- und Wespenschwärme attackierten die Passanten. Der Garten stand in Flammen, und zwischen den Hecken duellierten sich Seminaristen mit Kindern in Tarnanzügen, und Marineinfanteristen schlugen Nonnen zusammen. Eine Explosion ließ vier blaue Autos in die Luft fliegen, es sah tatsächlich aus wie in einem amerikanischen Film.

»Schnell«, sagte Garbuglio, »ich habe zwar keine Ahnung, was hier los ist, aber wir müssen eingreifen.«

Hundert Polizisten, gerüstet wie beim Volksaufstand, standen bereit, einschließlich Olla, der mit seiner Gasmaske aussah wie ein finsterer Mamuthone beim sardischen Karneval.

Diesmal komme ich ins Fernsehen, dachte der Kommissar, und beeilte sich, den Befehl zum Angriff zu geben. Doch da waren weitere Schreie zu hören, eine Reihe lautstarker Kommandos, und innerhalb weniger Augenblicke war alles vorbei.

Auf der Schwelle des Eingangstors erschien Chiomadoro mit geräuchertem Blondschopf. Auf der Nase hatte er eine riesige Quaddel von einem Hornissenstich.

»Ich kann alles erklären«, sagte er. »Das war eine Examensfeier, die etwas aus dem Ruder gelaufen ist.

Oder eine Übung.

Vielmehr ein Terroranschlag.

Nein, wir drehen gerade einen Film.

Ach Scheiße, kommen Sie in mein Büro, und wir besprechen das Ganze.«

19 Nach der Schlacht

Es war Abend, schien aber schon Nacht, weil Rauch, Ruß und Insektenschwärme sich über das gesamte Viertel ausgebreitet hatten. Nonnen flohen mit gelüpfter Schwesterntracht, wobei sie unerwartete Reizwäsche zur Schau stellten. Flammen züngelten von der Universität in den Himmel, die Feuerwehr war noch im Einsatz. Michael und Dolcino drängten sich mit anderen Neugierigen, um die Szenerie zu betrachten. Rettungswagen waren vorgefahren. Sie sahen Tragbahren, auf denen Verletzte oder mit Tüchern bedeckte Leichname transportiert wurden.

Dann bemerkte Michael etwas, dass ihn wie eine Katze die Haare aufstellen ließ. Zwei Studentinnen kamen verstört und weinend aus dem Tor. Ein Mann hielt sie untergehakt. Mit tief ins Gesicht gezogenem rotem Hut versuchte er sich unbemerkt zu entfernen.

Das hätte ich mir ja denken können, dachte Michael, dass der etwas mit dieser Geschichte zu tun hat.

»Halt, du Schuft!«, schrie er.

Der Mann mit dem roten Hut wandte sich um und grüßte ihn mit einer ironischen Verbeugung. Dann schob er die Mädchen zu einem blauen Auto mit offener Wagentür.

Michael ergriff das Gefäß seines Schwerts, bahnte sich einen Weg durch die Menge und schaffte es, ihnen den Weg abzuschneiden. Doch ein Typ mit Fernsehkamera und ein mit Mikrofon bewaffneter Journalist stellten sich zwischen ihn und den Mann.

»Ich bin Piffero von TGCOM24. Hier haben wir einen Augenzeugen. Was haben Sie gesehen?«

»Ich hab nix gesehen, lassen Sie mich durch!«

»Wie Sie sehen, ist er verstört. Groß wie er ist, wird er ja wohl etwas bemerkt haben! Sagen Sie, haben Sie Schusswechsel gehört? Was halten Sie von dieser Gewalt? Haben Sie Angst vor der Zukunft?«

»Lassen Sie mich durch!«

Aber der Mann mit dem roten Hut hatte die Mädchen schon ins Auto bugsiert, das mit quietschenden Reifen davonfuhr.

»Fühlen Sie sich in unserer Stadt noch sicher? War die Polizei rechtzeitig da, oder ist sie zu spät gekommen? Sind Ihnen Ausländer aufgefallen? Hatte jemand einen verdächtigen Gesichtsausdruck?«

»Ich habe nur deine Scheißfresse gesehen«, sagte Michael.

»Das ist das Schöne an der Liveübertragung«, sagte Piffero, und Michaels Faust streckte ihn auf den Bürgersteig nieder. Dann war der Kameramann an der Reihe.

Dolcino hatte die Szene verfolgt und wollte gerade zu Michael aufschließen, als er auf einer Bahre Professor Lucano sah. Dieser wurde soeben in einen Rettungswagen gehoben. Die Katze Dolores hatte sich auf seinem Bauch zusammengekauert und fauchte alle an, die sie verjagen wollten.

Augenblicklich trafen sie einen Entschluss. Dolcino hob Pifferos Mikrofon auf und drückte Michael die Fernsehkamera in die Hand. Gemeinsam stürzten sie sich auf die Rettungshelfer.

»Ich bin Milbe von der Sendung *Blutsauger*«, sagte er. »Wir senden live. Hier haben wir drei mutige Rettungshelfer ...«

»Wir tun, was wir können«, sagte der erste Rettungshelfer lächelnd in die Kamera.

»Lassen Sie uns unsere Arbeit machen«, sagte der zweite.

»Darf ich meine Freunde aus der Bar Moka grüßen?«, fragte der dritte.

»Sicher, aber wie ich sehe, laden Sie gerade einen Verletzten ein. Lassen Sie mich mit ihm sprechen.«

»Das geht nicht. Außerdem ist da diese unheilstiftende Katze.«

»Das lassen Sie mal meine Sorge sein. Miez, miez...«

Dolores schnurrte.

»Na gut, Sie können mit ihm sprechen, aber nur kurz.«

Dolcino beugte sich über Lucano, der so grün und angeschwollen war wie eine Wassermelone.

»Professor... Wurden Sie getroffen? Liegen Sie im Sterben?«

»Dolcino, was machst du denn hier? Komm näher, dann flüstere ich dir meinen letzten Willen ins Ohr... Ich liege nicht im Sterben, unter dem Laken fasse ich mir an die Eier«, murmelte der Professor. »Um die Angreifer zu täuschen, habe ich eine kurze Bewusstlosigkeit simuliert. Ich habe zehn Tropfen Spinnengift genommen... das führt zu einem zweiminütigen Scheintod. Aber ich habe es mit der Dosis übertrieben, jetzt habe ich eine allergische Reaktion...«

»Und was ist da drinnen passiert?«

»Ich habe keine Zeit, dir das zu erklären. Aber ich habe etwas für dich. Hier, nimm.«

Und er drückte ihm einen goldenen Gegenstand in die Hand.

»Damit kannst du Prendiluna erreichen.«

»Ist das ein Amulett? Ein magischer Gegenstand?«

»Du Dummkopf, das ist ein Handy mit goldener Schutzhülle. Unter den Kontakten findest du Prendilunas Nummer. Ruft sie an.«

»Wir Blödmänner... daran hätten wir früher denken können.«

»Du sagst es«, zischelte Lucano, und die Türen des Rettungswagens gingen zu.

Sie sahen, wie kleine, mit Tüchern bedeckte Leichname herausgetragen wurden, und auch eine Nonne mit verbundenem Gesicht, die fluchte wie ein Berserker.

»Michael«, sagte Dolcino, »ich weiß, wie wir Prendiluna ausfindig machen. Wir haben ihre Handynummer.«

»Wir Blödmänner... daran hätten wir früher denken können«, sagte Michael.

»Du sagst es... Weißt du, wie man so was benutzt?«

»Klar. Ich habe schon viele geklaut.«

Er tippte. Genau in ihrem Rücken hörten sie einen Klingelton, es war *A dream is a wish your heart makes* von David/Hoffman/Livingston. Beziehungsweise *Ich hab ihn im Traum gesehen* aus dem Film *Cinderella*.

»Das war doch das Lieblingslied unserer Lehrerin ...«

Als sie sich umdrehten, sahen sie eine dreirädrige Ape, die von der Polizei angehalten worden war, und einen schnauzbärtigen Zwerg, der protestierte. Auf der Pritsche saß Prendiluna mit dem Nokaku-Handy am Ohr. Sie begrüßten sich laut rufend, als wären sie hundert Meter voneinander entfernt.

»Michael, Dolcino, endlich habe ich euch gefunden«, sagte die Lehrerin. »Kommt her, ich kann nicht aussteigen, ich hinke.«

»Signora Prendiluna, endlich treffen wir uns«, sagten die beiden. »Was haben Sie denn mit Ihrem Knie gemacht?«

»Das erkläre ich euch später, hauen wir erst einmal hier ab«, sagte sie. »Ich habe euer Phantombild auf dem Armaturenbrett eines Polizeiwagens gesehen. Sie suchen euch, und die Zeit drängt, weil ...«

»Wir wissen alles«, sagte Michael, »wir hatten einen enthüllenden Triotraum. Wir werden Ihnen helfen, aber dafür bringen Sie uns zum Gütigengott.«

»Erst müssen wir hier weg«, sagte Dolcino, »nur wie, bei diesem Chaos?«

Die alte Lehrerin bedeutete ihnen, dass sie sich darum kümmern werde. Inzwischen war sie eine zu blitzschnellen Entscheidungen fähige Abenteurerin.

Der Mond lugte aus dem Smog hervor. Ein Bienenschwarm aus Lucanos Labor flog summend über ihren Köpfen vorbei. Sie sangen:

Los Schwestern, wir müssen hier fort,
auf zu Bienenstöcken an neuem Ort.

***

»Wie viele Personen kann diese Ape transportieren, Signor Uknar«, fragte Prendiluna.

»Standard- oder Zuwandererkapazität?«

»Wie meinen Sie das?«

»Ein Ausflugsschiff nimmt zwanzig Passagiere auf, dasselbe Schiff als Flüchtlingsboot zweihundert. Auf diesem Gefährt habe ich schon bis zu zwölf Personen mitgenommen.«

»Wir sind drei plus ein Koffer. Bring uns hier weg, Uknar. Ich gebe dir so viel Geld, wie du willst.«

»Ich will kein Geld.«

»Großzügiger Uknar!«

»Ich will die digitale Fernsehkamera, die Signor Dolcino in der Hand hat.«

»Haltet den Dieb«, rief Piffero mit blutender Nase. Sie sahen, dass er gerade mit der Polizei sprach.

»Bring uns schnell hier weg, Uknar... naja, so schnell es diese Klapperkiste eben zulässt.«

Die Ape fuhr im Slalom durch den Verkehr und düste mit hundertzwanzig los.

»Das hier nicht Klapperkiste, sondern Blitz«, sagte Uknar.

»Ape 50 fast neu gekauft von meinem Freund Ervad, getunt von mir. Geheimnis liegt in Steroidauspuff und vor allem in Treibstoffgemisch...«

»Hast du Rizinusöl eingefüllt?«

»Nein... Uknar Speed Mischung... Diesel, Tequila, Curry, Koriander...«

»Donnerwetter... aber mach langsam, sonst kommen wir in der Kurve ins Schleudern.«

»Kein Problem... auch Dreirad modifiziert, recycelte Traktorreifen... ich Mechaniker, Computerexperte und Psychologe... zum Beispiel fällt mir auf, dass Signor Michael nicht Anteil an allgemeinem Enthusiasmus hat...«

Michael antwortete finster und zornig:

»Klar, ich bin stinkwütend. Er ist mir entwischt, er und sein verfluchter roter Hut. Die armen Mädchen.«

»Ein Typ mit rotem Hut? Der hat mir das Knie gebrochen!«

»Er hat Ihnen das Knie gebrochen... und sonst nichts?«

»Mit einer Wasserpistole hat er mich auch noch nassgespritzt. Soll ich mich etwa glücklich schätzen?«, fragte Prendiluna leicht genervt.

»Ja, wenn Sie wüssten, wer das ist...«

»Denk nicht dran, Michael«, sagte Dolcino. »Nach dem, was heute los war, ist es unmöglich, dass sie nicht alle im Gefängnis landen.«

»Man muss Vertrauen in die Institutionen haben«, sagte Prendiluna, »das steht im Lehrplan für die elfte Klasse.«

»Danke für den Optimismus, Frau Lehrerin«, sagte Dolcino, »aber uns bleibt nur noch wenig Zeit, um die Mission zu Ende zu bringen. Wir müssen uns eine Strategie überlegen. Und wo können wir uns heute Nacht verstecken?«

»Ich kenne Ort, wo ihr Zuflucht findet«, sagte Uknar.

»Und wo ist der?«

»Mein legendärer Orientierungssinn sagt einundzwanzig Minuten von hier, mein Gugelmaps sagt siebzehn.«

Verstört von den stürmischen Ereignissen, schwiegen sie die gesamte Fahrt über. Aber es war keine Zeit, um auszuruhen. Zwanzig Minuten später waren sie am Ziel, und vor ihnen glänzte eine Raumstation, ein Monstrum aus Neon und Glas. Es hieß Butterman und war das größte Einkaufszentrum der Stadt, das absolute Shoppodrom, das Schlaraffenland, der Dom von Sankt Schlussverkauf. Dreihundert Läden, Bars, Restaurants, Friseure, Spielsalons, Fitnessstudios, Toiletten und sogar eine Bibliothek. Es war geschlossen, aber erleuchteter denn je, um auch nachts in Versuchung zu führen.

»Schön, aber wie kommen wir da rein, Uknar? Das wird voller Überwachungskameras und Wachleute sein.«

»Ich kenne den Trick. Ich bin schon reingegangen, als geschlossen war, um... ähm, mich mit technologischem Material einzudecken. Butterman knauseriger Milliardär. Es gibt nur einen einzigen Security-Mitarbeiter, der große Konsole mit Computern und Videokameras kontrolliert. Nur er kann Polizei rufen. Sein Name ist Misbah, mein Freund. Während seiner Wache chattet und trollt er ganze Nacht, jetzt rufe ich ihn an und sage, dass ihr verlässliche Personen seid. Ihr könnt bis sieben Uhr morgens bleiben, und niemand wird euch stören...«

»Danke, Uknar... du bist ein Freund.«

»Für euch nur zweihundert Euro, hundert für mich und hundert für ihn. Ich akzeptiere Kreditkarten. Lerne ich schon gut eure Sitten?«

20 Wo liegt die Wahrheit?

*Aktualität bedeutet, etwas sagen zu müssen,
bevor man es versteht.*

CORNELIUS NOON

Chiomadoro und der Kommissar saßen zusammen im Restaurant Korowai. Der Kommissar war nervös und aufgeregt, es kam ihm wirklich so vor, als wäre er in einem Big-Budget-Thriller. Es war spät in der Nacht, aber das Restaurant hatte extra für sie wieder aufgemacht. Durch die großen Fenster sah man die ganze Stadt. Ein Baby-Kellner schenkte Prosecco ein.

»Schmeckt er Ihnen? Den stellen unsere Freunde von der Bruderschaft Lecchini in ihrer Einsiedelei her.«

»Aromatisch, leicht, mit einem tückischen Nachgeschmack von Honig und Vaseline. Aber machen Sie sich keine Hoffnung, so mein Wohlwollen zu gewinnen.«

»Kommissar, verstehen Sie mich nicht falsch. Mir sind Ihre Verantwortlichkeiten in diesem schrecklichen Moment sehr wohl bewusst, aber auch ich habe meine. Wenn das Geschehene dramatisiert wird, muss die namhafteste Universität der Stadt schließen, und meine Bruderschaft wird aufgelöst. Wissen Sie, dass unter meinen Mitgliedern auch Polizeipräsidenten, Generäle und Minister sind?«

»Nein, das wusste ich nicht. Aber könnten Sie nicht vielleicht Ihre Kapuze abnehmen?«

»Das ist meine Linus'sche Schmusedecke, ich bin sehr verunsichert. Bitte haben Sie Verständnis.«

»Von wegen Verständnis, jetzt ist Schluss mit dem Theater. Diesmal gehen wir der Sache auf den Grund.«

»Welcher Sache?«

»Ich habe eine Akte angelegt. In den letzten Jahren sind zahlreiche Ermittlungen gegen Sie eingeleitet und wieder eingestellt worden. Und jetzt gab es dieses Massaker mit Kindern, bewaffneten Nonnen, Spezialkommandos. Ich habe unerklärliche Dinge gesehen. Was haben diese Foltersäle, Zellen und Gitterroste zu bedeuten? Und wo sind die verschwundenen Studentinnen?«

»Wir sind stets von allen Anklagen und Verleumdungen freigesprochen worden. Und nun hat es diesen geringfügigen terroristischen Anschlag gegeben. Die Zahl der Toten ist noch unklar. Und was die Foltersäle angeht, die sind Jahrhunderte alt, jetzt vermieten wir sie für Examensfeiern. Und die Mädchen... die suchen wir noch, aber ich befürchte, dass sie in den Anschlag verwickelt worden sein könnten... Sie werden verstehen, dass...«

Der *Tanz der Zuckerfee* erklang. Es war der Klingelton von Chiomadoros Handy, der den Anruf mit besorgter Miene annahm.

»Hallo? Wirklich? Hat er das auf eigene Faust entschieden? Nun, seltsam, aber besser so.«

Sein Lächeln reichte bis zu den Ohren, als er sagte:

»Die Mädchen sind gesund und munter. Wie Sie sehen, arbeiten wir mit der Polizei zusammen, das ist der Beweis, dass wir nichts damit zu tun haben.«

»Ich lass mir nichts vormachen«, sagte der Kommissar, Prosecco schlürfend, »Sie haben etwas damit zu tun, und wie. Von wegen Terrorismus! Das ist eine interne Auseinandersetzung in Ihrer Institution, oder besser, ein blutiger Krieg. Es gab mindestens zwanzig Tote, darunter vier Kinder. Sie haben Madonnen aus dem sechzehnten Jahrhundert und Büsten bedeutender Gelehrter durchlöchert. Sie haben die älteste Nonne Europas den Kois zum Fraß vorgeworfen. Wir haben Waffen, Uniformen, Sprengstoff und Giftspinnen gefunden... als wären wir in einer amerikanischen Serie.«

»Schauen Sie die?«

»Klar schaue ich die. Auch wenn sie unpräzise und verfälschend sind. Ich weiß, wie die Dinge wirklich laufen. Mit dem, was heute passiert ist, könnte ich zwanzig Folgen einer Fernsehserie bestücken.«

Chiomadoro goss ihm persönlich Prosecco nach. Dann schloss er halb die Augen und sagte:
»*Aktualität bedeutet, etwas sagen zu müssen, bevor man es versteht. Die Wahrheit wird vielleicht, und ich betone: wenn überhaupt, sehr viel später kommen.* Wissen Sie, wer diese Worte geschrieben hat?«
»Nein...«
»Ein gewisser Cornelius Noon. Ein verrückter Anarcho, den ich einst aus der Uni gejagt habe und der im Irrenhaus gelandet ist. Er hat vorhergesehen, wie die Medien von heute sein würden: Hauptsache, schnell alle Köpfe vollmachen, dann schauen wir mal. Geniale Vorahnung.«
»Was wollen Sie mir damit sagen?«
»Dass die Leute in Momenten wie diesen nach Sättigung verlangen, nicht nach Wahrheit. Sie wollen verschlingen, nicht ergründen. Wussten Sie, dass die Programmleiter der drei größten Fernsehsender des Landes Hannibalianer sind?«
»Das heißt?«
»Das heißt, dass sie bestimmt alles dafür tun würden, nicht Teil der Ermittlung zu werden. Kommissar, hat Ihnen schon mal jemand gesagt, dass Sie George Clooney ein wenig ähnlich sehen?«
»Naja... vielleicht wenn ich weniger Kohlenhydrate essen würde... aber was hat das damit zu tun?«
»Ernsthaft, ich glaube, dass Sie sehr telegen sind. Denken Sie daran, wie oft Sie jetzt interviewt werden. Und wenn Sie uns helfen würden... die Terrorismus-Version zu vertreten...«
»Wollen Sie mich bestechen?«
»Auf gar keinen Fall, ich habe Vertrauen in die Institutionen. Aber ich bin sicher, dass eine Serie namens *Black University* mit Ihnen als Hauptdarsteller mindestens hundert

Folgen haben könnte. Alle nötigen Zutaten sind vorhanden: Blut, Religion, Sex, Geheimnisse... und ich könnte Ihnen phantastische Geschichten erzählen...«

»Sicher. Nicht bloß ausgedachte wie die, die man sonst im Fernsehen sieht...«

»Wahre Geschichten... oder beinahe wahre. Sie könnten der bekannteste Kommissar aller Zeiten werden. Neben Ihnen werden sich Poirot, Ginko, Montedio, Calimero... einfach alle in Nichts auflösen!«

»Klar wäre ich mit meiner Erfahrung besser als sie...«, seufzte Garbuglio, »... aber nach dem, was heute passiert ist, kann ich nicht an meine Karriere denken... dieses Mal werden Sie es nicht schaffen, alles im Sande verlaufen zu lassen.«

»Wir können sehr viel mehr im Sande verlaufen, sich in Nichts auflösen und begraben lassen, als Sie glauben. Wir haben die Aufnahmen der internen Überwachungskameras schon gelöscht. Wir haben alle Fernsehaufnahmen verhindert, die Chefredakteure der Zeitungen angerufen, die Zeugen instruiert, Beweise vernichtet...«

»Das ist ja ein Geständnis...«

»Aber nein doch, Kommissar«, lachte Chiomadoro, »erinnern Sie sich nicht? Das ist eine Szene aus *Harvard Crimes*, als der böse Rektor mit dem Detective spricht.«

»Ach ja, ich erinnere mich. Die Folge, in der sie die Skalpe der Studenten im Spind des Fitnesscenters finden. Aber diesmal ist es keine Fiktion, meine Polizisten haben alles aufgezeichnet...«

»Die Aufnahmen könnten aber vielleicht verloren gehen... denken Sie gut darüber nach. Ein Anruf von mir genügt, schon werden Sie ein nationaler Fernsehstar. Ach, was sag ich nationaler, amerikanischer, weltweiter! Es wäre mir eine Ehre, mein Kapital in die Produktion zu investieren.«

»Mich kriegen Sie nicht rum, nie«, sagte Garbuglio leicht angetrunken.

»Nur so dahingesagt, wen hätten Sie denn gerne als weibliche Hauptdarstellerin?«

»Naja, wenn es nur so dahingesagt ist… Pussy Pussinger oder Eva Green oder diese Halbschwedin, deren Namen ich immer vergesse…«

»Sie haben einen guten Geschmack. Noch einen Schluck Prosecco, Kommissar Jack Snarl?«

»Nur ein halbes Glas. Aber apropos, wie lautet eigentlich Ihr richtiger Name, Doktor Chiomadoro?«

»Nennen Sie mich Metro. Metro Goldwyn Mayer.«

21 Einkaufszentrum Butterman

Oh Freuden des Einkaufs, oh menschliche Nähe, oh allgemeines Verlangen, in Reih und Glied vor dem Altar der Ware wie Gläubige vor der Kommunion, *verbum seitan factum est*, und unser tägliches Brot gib uns heute, aber auch Grissini und Cracker und Pandoro und Zwieback.
Und mehr als nötig einkaufend
Und mehr als angespart ausgebend
Und Angebote und Gelegenheiten wahrnehmend, werden wir geläutert von der Erbsünde, der einstigen Übertretung im Garten Eden, wo alles unverdienterweise gratis war, und unsere Herzen schlagen voll Dankbarkeit, weil das Paradies nun wirklich auf Erden ist, und hier vor uns, Garten ewiger Wonnen, unendlicher Vielfalt und unerschöpflicher Auswahl, *adeste fideles*, mit dem Gold des Bargelds, dem Weihrauch der EC-Karte und der Myrrhe der Rabattmärkchen verneigen wir uns vor den zahlreichen Kassen, wo die heiligen Strichcodes über uns richten werden.

Vorwärts! Wir schieben den schweren Wagen, der unseren guten Willen bezeugt, den Wunsch, dass die Menschheit auf dem Weg der Erlösung bleibe, dem Weg der Ernährung, der Produktion, während wir in ergebener oder gereizter Schlange darauf warten, den geschuldeten Betrag zu zahlen, in Erwartung des Wortes, das uns freisprechen wird:
»Möchten Sie eine Tüte?«

Panoptes hundert Kameras nahmen sie ins Bild, während Michael die Eingangstür aufbrach. Misbah, der Wächter, hatte wie besprochen alle Alarmanlagen ausgeschaltet.

So betraten sie das riesige Shoppodrom. Prendiluna war auf einen Einkaufswagen geladen worden und verstand nicht, warum die anderen lachten. Dann fiel ihr auf, dass der Wagen eine Aufschrift trug:

LASST EUER ALTES MODELL HIER,
WIR TAUSCHEN ES GEGEN EIN NEUES.

»Kichert nicht so, Kinder. Bei der heutigen Schnelllebigkeit und Gier des Marketings ist man in jedem Alter ein Auslaufmodell, ein Handy ist schon nach sechs Monaten veraltet, ein Kind will seine Gadgets jedes Jahr austauschen, sogar Drogen kommen aus der Mode.«

»Ja, ich hätte auch gerne ein Laserschwert. Aber das hier reicht mir«, sagte Michael und ließ Durendarte durch die Luft zischen.

Sie liefen Richtung Baby Parking, wo Mütter ihre Kleinen parkten und häufig vergaßen, bis sie groß genug waren, alleine nach Hause zurückzufinden. Sie streckten sich auf dem Kunstrasen aus. Um sie herum blaue Schlümpfe, ausgebleichte Weihnachtsmänner, Schaukelelefanten und ein Riesenclown mit mörderischem Lächeln, aus dem man abgepacktes süßes Kleingeböaks ziehen konnte. Die Katzen pinkelten freiheitstrunken auf den Teppichboden und vergewaltigten Plüschtiere, während eine von Prufrock geköpfte Puppe immer wieder »Ich will Brei« sagte.

In den Gängen leuchteten die Schaufenster der Läden. Die hektische Welt der Waren schien für einen Moment in Frieden zu ruhen. Die Kassen schliefen erschöpft vom vielen Rechnen, die Einkaufswagen gönnten ihren alten Knochen eine Pause, die Lautsprecher schwiegen. Man hörte nur das entfernte Atmen der Lüftung. Auch die Markenklamotten, die Hühnerkadaver und eingefrorenen Zehnfußkrebse schliefen, die Smartenfone und Mixer, Schlussverkauf und Rabatt, Milchsäurebakterien und Kilokalorien. Die aufgerissenen Augen der Schaufensterpuppen träumten davon, sich wenigstens einen kurzen Moment zu schließen, um auszuruhen. Schlaflos dachte Prendiluna:

So könnte das Ende der Welt sein. Eines Tages werden Insekten und Mäuse diesen vom Menschen verlassenen heiligen Tempel betreten. Erstaunt werden sie entdecken, wie viele Götzen und überflüssige Gottheiten die Existenz des Homo sapiens ausfüllten. Sie werden Skelette auf der Suche nach einem Kleid herumlaufen sehen und die vergeblichen Versuche körperloser Gespenster, eine Taste zu drücken. Ohne Energie und Wärme wird alles zu einem schlachtfeldartigen Miasma verfaulen, das Fleisch der toten Tiere wird zusammen mit dem der Fleischfresser verwesen. Aber denkt nicht an jenen Tag, sucht auf eurer Haut nicht nach dem Verfallsdatum. Andere Waren sind schon unterwegs und bereit, die verbrauchten Güter zu ersetzen, und in wenigen Stunden wird ein neuer Kundenstamm in diese Räume einfallen, und das Raumschiff wird wieder losfliegen.

    Schlaft, meine imaginären Kinder. Ich hatte euch eine Zukunft versprochen. Ich wollte euch beibringen, wonach ich immer noch strebe, die Fähigkeit, sich auszudrücken, zu verstehen, zu handeln. Und wenn ich eure Gesichter über eine Aufgabe gebeugt oder in einen Gedanken versunken sah, hoffte ich mit euch zusammen. Ich hätte euch gerne ein besseres Land geschenkt. Einen Ort, wo Freude und Schmerz euch gehören würden, wie eure Seelen und euer Blut, und wo es nicht nötig wäre, sie zu kaufen oder zu verkaufen. Auch wenn ihre Stimme sanft ist, ist die Werbung seit vielen Jahren weder neutral noch kreativ, sie kann nichts, außer sich die kostbarsten Wörter unter den Nagel zu reißen und zu beleidigen. Handys bringen euch keine Brüderlichkeit bei, ein Kleid wird euch nicht lehren, einzigartig zu sein, eine Milliarde Sprudelbläschen sind nicht so viel wert wie ein Schluck reine Luft, Autos werden euch nicht die Freiheit schenken, ein chemischer Zauber wird euch eure Fröhlichkeit nicht zurückgeben. Das wissen alle, aber ohne diese Show können sie nicht mehr leben.

Kauft heute den Applaus, der bei eurer Beerdigung erklingen wird.

Das ist nicht, was ich mir für euch gewünscht habe. Das ist nicht, worauf ihr gehofft habt. Heute sehe ich euch ein wenig gealtert, aber ich erkenne euch wieder. Ihr seid weder Schaufensterpuppen noch Hologramme noch Gesichter auf einem Bildschirm. Ihr seid meine Kinder. Dolcino, du mit deiner beharrlichen Liebe, Michael, du mit deinem Hunger nach Gerechtigkeit, Clotildes und Fiordalisos Kampf, Arethusas Hoffnung, die kleinen Helden mit dem Unsichtbaren Ball. Vor meinem alten Herzen seid ihr alle gleich jung. Euch nahe zu sein, war wunderbar, das war mir schon damals bewusst, und jetzt, wo ich in Kürze gehe, umso mehr.
    Schlaft. Ich wache, und schon bald werdet ihr über mich wachen.
    Erinnert euch an die Stimme des Dichters.

 Vielleicht, weil wir uns ähnlich sind
 Vielleicht, weil ich nicht weiß, ob ich dich kenne
 Vielleicht, weil ich, als du friedlich schliefst
 fühlte, dass die ganze Welt in Ordnung käme
 Vielleicht, weil ich mit keinem sonst
 je Hand in Hand spazierte voller Nähe
 Und wie draußen vor der Schule einst
 Dich von Weitem in einer Menge erspähe

Ich war Odysseus und du Telemach
Und ich erzählte von Inseln und Mut
Jetzt sehe ich aus dem Fenster das Meer
Und du, junger Odysseus, fährst durch die Flut
Von dir hör ich, was der Wind zu mir spricht
Keine Liebe zauberte mehr Glück in mein Gesicht
Eines Tages finden wir in einem Tropfen
Blut wieder zusammen, einer Zelle, einem Licht.

»Wie spät ist es?«, fragte Dolcino, als er aufwachte.
»Halb sieben.«
Michael schrie im Schlaf.
»Er kämpft sogar im Schlaf«, sagte Prendiluna. »Michael, wach auf, wir müssen einen Plan schmieden.«
»Erst gehe ich den Automaten knacken, wir brauchen drei Kaffee und drei Stück Kleingeböaks...«
»Sechs Stück Kleingeböaks, mein Katzenfutter ist alle.«
»Sagen wir neun«, miaute Prufrock.
Hingefläzt zwischen Zwergen und Pilzen aus Styropor verspeisten sie ein wunderbares Frühstück.

»Der Stand der Dinge ist folgender, Kinder«, sagte die Lehrerin, »bis morgen um Mitternacht müssen wir diese drei Katzen übergeben haben... das wird nicht einfach... wo finden wir noch weitere würdige Menschen?«
»Einen kennen wir«, sagte Michael, »den Gärtner Gasperini. Er ist ein guter Mensch, auch wenn er mal einen zu Tode gestutzt hat, der seinen Rosengarten zerstört hatte.«
»Sie haben ihn verprügelt, um etwas über die Mission zu erfahren, und er hat uns nicht verraten... aber er ist auf der Krankenstation des Irrenhauses, sehr weit weg von hier... und Felison würde sich uns schnappen...«
»Habt ihr etwas von Gasperini bei euch?«
Dolcino zog ein abgenutztes Portemonnaie aus der Tasche.
»Das ist ein getrocknetes, vierblättriges Kleeblatt, er hat es mir als Glücksbringer geschenkt.«

»Gib es mir«, sagte Prendiluna. Sie nahm Jorge an einer Pfote und sprach mit ihm: »Riech an diesem Blatt, mein Freund. Du musst zu der Person gehen, die es gepflückt hat, sie wird ein vortreffliches Herrchen sein. Verstanden?«

»Ist angekommen«, antwortete Jorge.

Sie sahen, wie er über den Gang eilte, in der Kurve ins Schleudern geriet und in Richtung seines Ziels verschwand. Er war zwar halb blind, hatte aber ein untrügliches Katzen-Sonar.

»Damit sind wir bei acht«, sagte Prendiluna. Es fehlen noch Sylvia und Prufrock. Bei einer weiß ich schon, wo wir sie unterbringen. Aber wem geben wir die andere?

»Wir müssen hier weg. Ich habe Stimmen gehört. Und die Fernsehbildschirme sind angegangen. Hey, schaut mal, wer da spricht...«

Hier Piffero ...

22 Canzone per Sylvia

Hier Piffero, live von der unter Schock stehenden Maxonia. Immer noch strengste Zurückhaltung der Ermittlungsbeamten, was die Vorfälle in der Universität angeht. Aber die Terrorismus-Hypothese fasst immer mehr Fuß. Vor wenigen Minuten gab das Oberhaupt der Hannibalianer, Chiomadoro, eine Erklärung ab. Regie, den Einspieler, bitte.

»Ein feiges Attentat hat unseren Hort des Friedens und der Forschung erschüttert. Eine fanatische Ideologie, eine kriminelle Sekte hat das Leben von Nonnen, Spinnentieren, Wachmännern und sogar von unschuldigen Kindern aus unserer Hotelfachschule zerstört. In Gedanken sind wir bei ihren Familien. Uns fehlen die Worte, um den Abscheu über dieses Verbrechen auszudrücken. Wie auch, um diejenigen anzuprangern, die diesen Zwischenfall ausnutzen, um uns zum wiederholten Male zu verleumden. Nun ist offensichtlich, auf welcher Seite die Gewalt steht.«

Soweit die Erklärung. Wir schalten jetzt in den Klostergarten, wo der verantwortliche Ermittler, Kommissar Giacomo Garbuglio, gerade eine Pressekonferenz abhält.

»Wir sind so gut wie sicher, dass es sich um die Tat zweier, mit Sprengstoffgürteln ausgestatteter Selbstmordattentäter im Kindesalter handelt. Einer hat sich nach einer Schießerei in den unterirdischen Gängen in die Luft gesprengt, der andere ist im Klostergarten hochgegangen. Auf der Liste der Schüler der Hotelfachschule, die der Rektor uns hat zukommen lassen, stehen auch Namen junger Leute aus für den Terrorismusexport bekannten Herkunftsländern. Was die

Toten betrifft, so beläuft sich deren Zahl auf sieben. Außer den beiden Kindern handelt es sich um einen Marineinfanteristen auf Wache, zwei Seminaristen, eine Nonne und einen Bodyguard des russischen Oligarchen Scharapov. Verletzte gibt es um die zwanzig, sie wurden ins Krankenhaus eingeliefert, wo sie von General Rippers Männern streng bewacht werden, um mögliche neue Angriffe abzuwehren. Darüber hinaus suchen unsere Taucher noch nach der Leiche einer hundertjährigen Nonne, die in das Attentat verwickelt wurde. Das Gerücht, dass es mehr als zwanzig Todesopfer gebe, ist völlig aus der Luft gegriffen.«

»Kommissar, eine Frage. Und die beiden verschwundenen Mädchen? Und der Fund von Waffen und Folterwerkzeugen im Kloster?«

»Wir haben einen Anruf erhalten, der uns versichert hat, dass die Mädchen wohlauf sind. Was Folter und satanische Riten angeht: Wir sind hier nicht in einem amerikanischen Horrorfilm. Und jetzt reicht es mit dem Blitzlichtgewitter, ich bitte Sie.«

Soweit Kommissar Garbuglio, der raubeinige und spröde Koordinator der Ermittlungen. Heute Abend wird er um 22:30 Uhr in unserer Sendung ›Blutungen‹ zu Gast sein. Hier Piffero, zurück ins Studio.

»Diese Schweine«, brüllte Michael, »mit Terrorismus hat das nichts zu tun, da drin gab es eine richtige Schlacht, sie versuchen, alles zu vertuschen. Der Kommissar ist gekauft.«

»Ich weiß nicht, was da vorgefallen ist«, sagte Dolcino, »aber etwas sagt mir, dass die Mission immer wichtiger wird. Und der Schlüssel zu allem liegt innerhalb jener Mauern.«

»Also, machen wir uns auf«, sagte Prendiluna.

»Tut Ihnen das Bein weh?«

»Ja, aber ich habe ja noch eins«, sagte die Alte, »raus hier mit uns.«

Sie stützten die heldenhaft hinkende Prendiluna und mischten sich unter die hereinströmenden Kunden und Angestellten. Michael hielt ein riesiges Plüschkaninchen im Arm. Er schenkte es einem kleinen Mädchen.

»Du bist die millionste Kundin von Butterman! Er hat dich lieb, ehrlich. Das hier ist dein Gewinn.«

»Eigentlich hätte ich lieber ein iPad gehabt«, antwortete das Mädchen.

»Dann geh doch zum…«

»Michael!«, tadelte ihn die Lehrerin.

»Geh… zur Spielzeugabteilung und tausch es um.«

Sie verließen das Gebäude, draußen war es kalt. Uknar wartete wie geplant. Aber die ganze Stadt war voller Absperrungen und Polizisten. Sie mussten äußerst komplizierte Schleifen und Umwege machen, um ihnen zu entgehen. Um zwölf Uhr mittags erreichten sie Hamlets Haus.

»Ich hoffe sehr, dass euer Freund der richtige Mann ist«, sagte Prendiluna. »Uns bleiben nur noch wenige Stunden. Danke fürs Mitnehmen, Uknar.«

»Uknar fährt nicht weg, Uknar wartet.«

»Und wenn wir ihm auch eine Katze geben würden?«, fragte Dolcino. »Magst du Katzen?«

»Mit scharfer Soße schon, ja. Geht jetzt, der Taxameter läuft.«

»Welcher Taxameter?«

»Der auf meinem Smartenfon, ihr schuldet mir schon sechsundzwanzig Euro.«

»Sympathisch, aber vielleicht hat er doch keine Katze verdient«, sagte Dolcino, »er ist zu eigennützig.«

»Uknar bestiehlt Reiche, um es Armen zu geben. Derzeit ihr reicher als ich.«

***

Michael nahm seine Lehrerin auf den Arm und trug sie über

die alten Stufen nach oben. Amy öffnete die Tür, und der Besuch schien sie nicht zu überraschen.

»Hamlet hat euch schon erwartet«, sagte sie.

Der schwarze Oger schlief. Sie hörten sein Schnarchen, es ähnelte dem Solo eines Baritonsaxophons. Sie betraten das Zimmer. Überall lag Essen herum, sogar auf dem Bett waren Spaghetti verstreut. Hamlet öffnete mit einem Schrei die Augen und richtete eine Pistole auf sie.

»Entschuldigt, ich habe schlimme Alpträume«, sagte er. »Herzlich willkommen zurück, meine Freunde. Und ein herzliches Willkommen an Sie, Signora Prendiluna.«

»Kennen Sie mich?«

»Die beiden haben mir viel von ihrer geliebten Lehrerin erzählt. Vielleicht waren Sie einst Teil eines Triotraums, in dem auch Monk und ich waren. Wir spielten nackt, und Sie waren noch jung. Soll ich Ihnen sagen, wie er ausging?«

»Lieber nicht.«

»Also, die Katze?«

»Woher wissen Sie alles?«

»Elementar, mein lieber Watson, sagte John Holmes immer. Es bleiben nur noch wenige Stunden, bis die Frist der Mission abläuft. Ihr habt es eilig und seid so verzweifelt, dass ihr denkt, ich wäre ein Gerechter. Aber ihr irrt euch. Ich habe im Leben zu viel Mist gebaut.«

»Lassen Sie mich entscheiden«, sagte Prendiluna.

»Seit Luis gestorben ist, habe ich die Hoffnung verloren. Ein Gerechter verliert nie die Hoffnung«, sagte Hamlet. »Ihr seht hier hundertsiebzig Kilo zynischen Speck, der nicht mehr aus dem Bett aufstehen kann, geschweige denn Swing tanzen oder Musik machen. Außerdem mag ich keine Katzen.«

Prendiluna machte den Koffer auf: Hier haben wir Sylvia und Prufrock. Prufrock verspachtelte die Spaghetti. Sylvia sprang, wie üblich, in labilem Gleichgewicht aufs Fensterbrett.

»Sylvia, komm da weg!«, sagte die Lehrerin. »Sie ist eine seltsame Katze, jedes Jahr stürzt sie aus irgendeinem Fenster. Der Tierarzt sagt, sie habe suizidale Neigungen. Vielleicht will sie auch nur fliegen.«

»Hamlet, weißt du, was ich gerade denke?«, fragte Michael.

»Das ist mir auch gerade eingefallen«, sagte Dolcino, »Luis mochte Katzen. Er spielte immer sein eigenes Arrangement von *Everybody wants to be a cat*.«

Hamlet und Sylvia sahen einander an.

»Nun, offensichtlich will euer Freund nichts davon wissen. Gehen wir woanders suchen«, seufzte Prendiluna.

»Nein, warte«, sagte Dolcino, »ich glaube, er denkt drüber nach...«

»Ja, aber ist er der Richtige? Ich vertraue euch, aber er hat Dreck am Stecken.«

Sylvia miaute. Und etwas Unerwartetes geschah. Hamlet hob den Kopf vom Kissen und sagte:

»Bringt mich zum Klavier.«

»Hamlet, bist du sicher, dass du dich auf den Beinen halten kannst?«

»Ach, leck mich, haltet mich unter den Achseln fest. Ich krieg's schon hin.«

Michael und Dolcino zogen ihn hoch. Es war, als versetzten sie einen Berg. Aber Hamlets gemarterte Füße bewegten sich vorwärts, Schritt für Schritt. Mit viel Mühe setzten sie ihn auf dem Klavierhocker ab. Hamlet schwankte, stampfte und schien jeden Moment zusammenzubrechen. Dann sagte er:

»Alles okay.«

Er legte die Hände auf die Tasten, gab einen Stoßseufzer von sich und legte los.

Er spielte *A dream is a wish your heart makes*.

Und es war, als wäre die Zeit nicht vergangen. Sie sahen ihn wieder lächelnd im blauen, verrauchten Licht des Ice. Sie sahen Bob und den Kontrabass, Bestie, wie er zart die Becken streichelte, Luis, der mit dem Saxophon um den Hals fingerschnipsend den Takt schlug. Und Margherita, im korallenfarbenen Kleid, auf den Flügel gestützt, wie sie auf ihren Einsatz wartete.

Hamlet spielte genauso meisterhaft wie damals. Vielleicht waren da ein paar Dissonanzen mehr, eine kleine Schramme vom Schmerz, aber die Noten flossen auf wunderbare Art dahin, die schwarzen Hände tanzten, mit einem Satz sprang Sylvia aufs Klavier.

Hamlet spielte sechs Minuten und zwölf Sekunden, aber darin umspannte er sein ganzes Leben und das aller anderen.

»Bringt mich zurück ins Bett«, sagte er schließlich.

»Unnötig zu erwähnen, dass die Katze ihm gehört«, sagte Prendiluna. »Darf ich weinen?«

»Natürlich.«

»Ich kann nicht.«

»Und jetzt verpisst euch«, sagte Hamlet, »ich will schlafen bis zum Tod, am liebsten dem von jemand anderem.«

Sie ließen ihn ausruhen und setzten sich in das kleine Wohnzimmer mit Plakaten und Fotos von Jazzmusikern an den Wänden. Monk küsste Nellie, Miles spielte für Jeanne Moreau. Luis war am Strand für immer zwanzig.

Amy machte, fast lautlos, Kaffee. Sylvia kletterte auf einen Schrank. Dolcino war traurig und schweigsam.

»Ich weiß, wie du dich fühlst«, sagte Prendiluna.

»Das ist nicht schwer. Jeden Moment habe ich erwartet, Margherita singen zu hören.«

Michael legte ihm eine Hand auf die Schulter.

»Wenn man unter Engeln um eine Seele kämpft, die sich auslöschen will, tut die heilige Violeta, Schutzpatronin der Selbstmörder, ein Wunder, aber nie zwei.«

»Von welcher Seele sprichst du? Von Hamlets? Oder von deiner, Michael?«

»Ich gehe mal nachschauen, was sie im Fernsehen sagen«, erwiderte der Erzengel.

Da erschien Pifferos Gesicht mit einem großen Pflaster auf der Nase.

Neue Wende in den Ermittlungen zum Massaker an der Universität. Offenbar untermauert ein Video neue Hypothesen, die von der Terrorismus-Variante abweichen. Hier eine Erklärung des Innenministers: »*Ich kann nicht viel dazu sagen, die Ermittlungen sind noch im Gange. Aber wir untersuchen Filmaufnahmen, und es gibt Entwicklungen, die den anfänglichen Verdacht revidieren. Die Ermittlung geht nun direkt in meine Hände und die von General Vienavanti, Chef des Geheimdienstes, über.*«

»Hey, irgendwas ist passiert. Die Terrorismusthese wackelt. Glaubt ihr, dass sie es schaffen, der Sache auf den Grund zu gehen?«

Unterdessen interviewte Piffero einen Feuerwehrmann, und die Kamera zeigte in weitem Schwenk die Universität, die Gärten und den hohen Turm des Klosters.

»Ich vertraue nicht besonders darauf, Frau Lehrerin«, sagte Dolcino, »aber mir ist klar geworden, wo die Mission endet und wo sich Gott versteckt. Lasst uns zur Maxonia zurückgehen.«

»Aber die ist komplett von der Polizei umstellt. Wie sollen wir da reinkommen?«, fragte Prendiluna.

»Wir haben einen Freund, der uns helfen kann. Gehen wir dorthin zurück.«

»Es bleiben nur noch sechs Stunden bis Mitternacht«, sagte Prendiluna.

»Die werden reichen.«

Sie schauten aus dem Fenster. Uknar wartete auf sie.

***

Gasperini schlief noch, als er spürte, dass etwas aufs Bett gehüpft war. Er schlug die Augen auf und sah eine große schwarze Katze, deren Augen von Blindheit verschleiert waren. Der Gärtner konnte mit Kresse sprechen, Kätzisch war für ihn also erst recht kein Problem.

»Wie heißt du? Und was machst du hier?«

»Ich heiße Jorge und bin ab heute deine Katze. Ich benutze zwar den Begriff ›deine‹, aber wie du weißt, gehören wir niemandem. Und vielleicht bin ich auch gar keine Katze, sondern nur der Schatten einer Katze, oder wie mein Vorfahr Durendal es ausdrückte, *soy el quel es nadie, el que no fue una espada/ en la guerra. Soy eco, olvido, nada.*«

»Schön, ich mag Poesie, auch wenn ich die Worte nicht verstehe. Es ist wie das Rauschen des Windes... Es ist schön, eine so gebildete Katze zum Freund zu haben. Schon lange habe ich mir jemanden gewünscht, mit dem ich mich unterhalten kann. Ich liebe meine Pflanzen, aber sie hören nur zu und sagen nie was.«

»Worüber möchtest du reden?«

»Über die Wahrheit. Warum ist es so schwierig, sie ans Licht zu bringen? Warum verbergen wir sie, warum fürchten wir sie? Warum habe ich Angst davor, zuzugeben, dass ich eines Tages getötet habe? Warum haben sie mich verprügelt, was wollten sie von mir? Werde ich jemals die Wahrheit über das erfahren, was mir da zugestoßen ist?«

»Ich habe gerade die ganze Stadt durchquert«, sagte Jorge. »Dabei bin ich den Schatten von Autos, Menschen und Häusern begegnet. Ich weiß nicht, was in den Autos und hinter den Fenstern geschah, ich weiß nicht, was im Herzen der Passanten los war. Die Wahrheit ist kein Ding, das man in der Tasche trägt und herausholt, an deiner Stirn leuchtet auch kein Lichtchen auf, das anzeigt: ›er oder sie sagt gerade die Wahrheit‹.

Wir würden sie gerne mit der Faust umschließen, in eine Schachtel oder eine Zelle sperren. Aber die Wahrheit ist ein Hauch im Dunkeln. Man braucht die Geduld, zuzuhören, nach und nach erkennt man die Wörter, und sie erscheint. Und wenn die Wahrheit ihre Stimme erhebt und zu laut schreit, dann halten sich manche die Ohren zu oder schießen, um sie zum Schweigen zu bringen. Wir Katzen nehmen sehr hohe Frequenzen wahr, die ihr Menschen nicht hören könnt, Klänge, von denen eure Ohren bluten würden. In diesen Lauten, die ihr nicht hören könnt, liegen vielleicht viele Wahrheiten.«

»Deshalb ist es so schwierig, sie zu finden!«, sagte Gasperini. »Danke, Jorge. Wir werden uns gut verstehen. Hast du Hunger? Soll ich dich gießen, pardon, dir etwas zu trinken geben?«

»Nein, ich bin müde, ich möchte schlafen. Versteck mich unter deiner Decke.«

»Ein schönes Bild der Wahrheit: eine unter der Decke versteckte Katze.«

»Literarisch gesehen, gäbe es bessere Bilder«, sagte Jorge, »aber ich werde dir das Schreiben beibringen, und du wirst mir beibringen, wie ich mich mit Pflanzen heilen kann. Gute Nacht, auf dass die Wahrheit dir im Traum erscheinen möge.«

23 Die neun Leben von Prufrock

Kommissar Garbuglio kam zurück ins Büro. Der treue Olla erwartete ihn, wobei er am Computer Fernsehen schaute und ein 4P aß, ein Potentes Pecorino-Piccante-Panino.

»Olla, was machst du hier außerhalb der Arbeitszeit? Ich muss gleich wieder los, ich habe einen Termin mit dem Präfekten, und heute Abend bin ich dann im Fernsehen. Man muss die Öffentlichkeit beruhigen. Diese Ermittlung ist heikel und komplex.«

»Aber wir werden nach der Wahrheit suchen«, erklärte Olla, »nicht wahr, Kommissar?«

»Zweifelst du etwa daran? Überzeugt dich der Fortgang der Ermittlungen nicht?«

»Nein, nein... sicher, der Terrorismus-Verdacht ist immer gut, das ist ein Klassiker. Aber warum haben Sie uns angewiesen, unsere Filmaufnahmen abzugeben?«

»Die eignen sich zur Panikmache«, sagte Garbuglio, »sie könnten in die falschen Hände geraten.«

»Ich habe sie gesehen«, sagte Olla.

»Und?«

»Das hat rein gar nichts mit Terrorismus zu tun, Kommissar. Das ist ein ganz anderer Film. Wie ein normaler Porno im Vergleich zu einem Depressive-Sex-Porno.«

»Wie bitte?«

»Ach, nichts.«

Garbuglio ging zur Kaffeemaschine und wartete nachdenklich darauf, dass der Nässcafé den Becher füllte. In zwei Schlucken kippte er ihn runter, dann setzte er sich und zündete sich die vierzigste Zigarette des Tages an.

»Olla«, sagte er, »was auch immer passiert ist, sie sind zu mächtig. Wenn wir richtig ermitteln würden, flöge das halbe

Land in die Luft. Außerdem sind die Toten tot, und nichts kann sie wieder zum Leben erwecken. Es wird unter den vielen Geheimnissen nur eines mehr sein. Dieses Land ist zum Kotzen und wird immer zum Kotzen sein.«

»Die Filmaufnahmen dürfen also nicht in Umlauf geraten...«

»Nein, Olla, besser nicht. Hat dir schon mal jemand gesagt, dass du einem Schauspieler ähnelst?... Wie hieß er noch gleich, der aus *Diebe haben's schwer*?«

»Sie schmeicheln mir, Kommissar... aber ich muss Ihnen etwas gestehen, ich fühle mich schuldig.«

»Warum?«

»Vielleicht bin ich zu gewissenhaft. Als Sie angeordnet haben, dass die Filmaufnahmen an diesen seltsamen Herrn mit der Narbe übergeben werden sollen, habe ich zwar gehorcht. Aber ich habe mir gedacht, machen wir lieber eine Kopie davon, man weiß ja nie, ob sie sonst verloren gehen.«

»Und wo ist die Kopie?«

»Genau das war mein Fehler, Kommissar. Ich habe sie einem vom Fernsehen gegeben, einem gewissen Franciacorta. Er meinte, ich sähe aus wie Gigi Riva und wäre sehr telegen. Er hat mir die zweite Hauptrolle in einer neuen Serie angeboten. Ich spiele den Polizeibeamten in einem Bergdorf, der bemerkt, dass sein Chef ein Schwein ist, der mit den Mächtigen unter einer Decke steckt. Wie die Serie ausgeht, weiß ich noch nicht. Aber sie wird *Calangianus Crimes* heißen.«

»Olla, Sie haben sich meinen Anordnungen widersetzt? Das glaube ich nicht.«

»Glauben Sie es ruhig. Hören Sie sich die letzten News an.«

Entscheidende Wende in den Ermittlungen zum mutmaßlichen Attentat an der Universität. Zwei Fernsehsender haben eine Filmaufnahme der Polizei verbreitet, die unerwartete und beunruhigende Vorgänge zeigt. Im Lichte dieser neuen Entwicklungen wurden die Ermittlungen direkt dem Innenministerium und dem Geheimdienst anvertraut. Derzeit finden diverse Vernehmungen statt, unter anderem eines amerikanischen Generals, des Universitätsrektors sowie einiger junger Schüler der Hotelfachschule. Zudem sollen einige Verhaftungen bevorstehen. Das Oberhaupt der Hannibalianer, Chiomadoro, ist unauffindbar, einige meinen, er versuche, ins Ausland zu fliehen. Und nun zeigen wir ein Exklusivinterview mit einem ins Krankenhaus eingelieferten Zeugen, Professor Cervo Lucano. Er soll der Verantwortliche für die rätselhafte Insekteninvasion sein, die das Universitätsviertel noch immer heimsucht.

»Minca e molenti«, sagte der Kommissar.
»Sie sagen es«, lächelte Olla. »Also, wer ist hier der Angeschmierte?«

Garbuglio dachte einen Augenblick nach, dann brach er in Lachen aus.
»Ich weiß nicht, wie es ausgehen wird«, sagte er, »aber in einem bin ich mir sicher. Sie und ich, wir sind beide Halunken. Ich habe die Filmaufnahmen auch an Journalisten weitergegeben... auch ich hatte eine Kopie davon behalten.«
»Dann sind Sie ja doch ehrlich...«, rief Olla enthusiastisch aus, »ein Doppelagent, aber ehrlich...«
»Ja, ich habe so getan, als ob ich Chiomadoros Schmeicheleien nachgebe. Aber dann hat mein Gewissen... ach, was erzähl ich da für einen Mist... ich war schlau, von wegen ehrlich. Im Tausch gegen die Aufnahmen bin ich Berater für Krimis bei Telethrilling geworden... ich werde nie ein Star, aber ich kriege ein ordentliches Gehalt... schließlich war klar, dass sie mir die Ermittlungen entziehen würden, die Maxonia-Affäre wird von ganz oben gelenkt...«
»Wie schön, wir wechseln beide den Job. Darf ich Sie umarmen?«
»Auf mannhafte Art gerne, mein lieber Olla.«

***

Dolcino, Michael und Prendiluna erreichten das Mammuth. Gennaro ließ sie durch einen Nebeneingang herein und geleitete sie zu den Küchen.

»Hier stört uns niemand. Nach den Ereignissen heute haben die Inhaber das Lokal geschlossen. Aber ich muss trotzdem arbeiten, die von der Uni haben schon dreißig Gerichte bestellt. Wir werden sie ihnen um halb neun liefern. Wir steigen in den Lieferwagen mit dem Logo des Restaurants und nehmen den Osteingang, den auf der entgegensetzten Seite des Haupteingangs. Ihr werdet T-Shirts mit der Aufschrift *Mammuth Food* anziehen. Dann lassen sie euch mit den Pizzen in den ersten Stock, normalerweise gibt es da keine Kontrollen. Wenn es doch welche gibt, ist das euer Bier. Denn ich komme nicht mit rein.«

»Was sagst du da, Gennaro?«

»Ich werde den Lieferwagen bis aufs Gelände fahren, aber dann verdufte ich. Ich hab Familie, besser gesagt, zwei. Ich bin Bigamist, ich habe eine neapolitanische Ehefrau und eine kapriziöse, die keine Sardellen mag. Außerdem bin ich vorbestraft.«

»Weswegen?«

»Ich habe Oregano aus Kolumbien kommen lassen, aber es war nicht immer Oregano.«

»Wie im Film.«

»Tja. Wenn ihr erst einmal drin seid, müsst ihr alleine klarkommen. Ich bin zwar verrückt, aber sooo verrückt nun auch wieder nicht.«

»Einverstanden, Gennaro«, sagte Dolcino.

»Von einem, der die Vesuv Spezial erfunden hat, hätte ich mir mehr erwartet«, sagte Michael trocken.

»Mir scheint, Gennaro riskiert schon genug für uns«, tadelte ihn Prendiluna, »sei nicht so streng.«

Michael zog ab, er war äußerst dünnhäutig.

Zwischen erhängten Provolonelaiben und Knoblauchkaskaden spazierte er durch die verlassenen Gänge des Restaurants. Prufrock folgte ihm.

Der Pizzaofen war heiß, und er blieb fasziniert stehen, um die Glut zu betrachten.
Irgendwo spielte ein Radio.

Like a Slow Burn
Leading us on and on and on ...

Der Erzengel sang leise mit, die Augen geschlossen, wie wenn er nachts durch die Trostlosigkeit des Irrenhauses spazierte. Irgendetwas in der Luft beunruhigte ihn, eine Präsenz, ein Gespenst, oder vielleicht die Angst, die in ihm brannte.

Er betrat die Küche, spielte mit dem Unsichtbaren Ball und erzielte ein 1:1-Unentschieden gegen Real Madrid.

»Als du klein warst, hast du immer gewonnen«, meinte Prufrock.

»Du hast recht, Kater. Halt den hier!«

Und er kickte ihm einen Papierball zu.

Trotz Prufrocks hohem Alter, seiner Arthrose und anderer Gebrechen fand er die Inspiration, mitzuspielen, und kickte den Ball mit einem Pfotenhieb zu ihm zurück.

»Man darf nie aufgeben«, sagte er mit einem heiseren Miauen.

Da wurde das Lied von einer Sonderausgabe der Radionachrichten unterbrochen. Die erste Nachricht betraf die Maxonia, und Michael verschlug es den Atem.

Ganz aufgeregt rannte er zu seinen Freunden zurück.

»Hey, es ist wirklich was passiert«, sagte er außer Atem, »ich habe im Radio gehört, dass die Darstellung der Ereignisse sich ändert. Wie es scheint, lassen alle Chiomadoro fallen... Ich habe einen gespielt stinkwütenden Minister gehört, der erklärte ›Wir werden den Geheimnissen dieser Sekte auf den Grund gehen‹. So hat er sie genannt...«

»Ist das eine gute Nachricht für uns?«, fragte Dolcino.

»Ich weiß nicht«, sagte Gennaro. »Die Universität ist abgesperrt, es gibt einen Polizeikordon. Wie ich gehört habe, kontrolliert die Polizei die Eingänge, aber die höheren Stockwerke kontrolliert immer noch der Ordnungsdienst der Hannibalianer. Die haben das Essen bestellt...«

»Die befinden sich im Krieg«, sagte Michael, »und wir schlüpfen ausgerechnet da rein.«

»Wenn du die Bemerkung gestattest«, sagte Gennaro, »könnte das auch seine Vorteile haben.«

»Wieso?«

»Weil Krieg hungrig macht. Sie werden ganz sehnsüchtig auf die Pizzen warten.«

»In einer halben Stunde geht es los«, befahl Oberst Prendiluna. »Aber wo ist Prufrock?«

Der zerkaterte Prufrock setzte seine Erkundungen fort, indem er mit charakteristisch hinkendem Schritt durch die Lebensmittellager streunte. Er musterte alles mit seinem einzigen Auge und ließ sein halbes Ohr zucken. Auch wenn der Radar der Schnurrhaare beschädigt war, spürte er überall Essen auf. Der einzige Teil seines Körpers, der hervorragend funktionierte, war sein Magen. Diese Küchen waren für ihn das Paradies. Er hatte schon diverse Töpfe ausgeleckt und mit seinen verbleibenden Eckzähnen ein Stück Kalbshaxe abgenagt. Nun zog ein köstlicher Duft um die Ecke, wo ein großer Kühlschrank zu erahnen war, bestimmt voller Leckerbissen. Er schnupperte und erkannte den Geruch von gekochtem Schinken. Prufrock liebte gekochten Schinken.

Er bog um die Ecke. Ein großer Mann mit schwarzem Trenchcoat hielt ihm einladend eine Scheibe Schinken hin.

»Miez miez...«

Während er diese Wörter aussprach, schluckste er mehrfach und wirkte, als müsste er sich gleich übergeben.

Prufrock blieb stehen, sein Magen riet ihm, sich zu nähern, aber sein Instinkt warnte ihn, dass er in Gefahr sei. Deshalb drehte er sich um sich selbst, um abzuhauen.

Äußerst geschickt schleuderte der Mann einen silbernen Knüppel und traf ihn genau am Kopf.

Prufrock rollte mehrere Umdrehungen über den Fußboden und blieb dann regungslos und mit rausgestreckter Zunge liegen.

Der Mann im Trenchcoat nahm ihn in Augenschein und machte sich dann schnell aus dem Staub.

Michael und Dolcino hatten den Schlag gehört, und Schritte. Sie eilten herbei und sahen den leblosen Körper des Katers.

»Auch das ist sein Werk«, sagte Michael.

»Wir sind am Arsch«, sagte Dolcino verzweifelt, »keine Katze, keine Mission. Sie haben gewonnen...«

»Nein«, sagte Prendiluna und nahm den pelzigen Todgeweihten in den Arm, »Prufrock ist eine englische Katze, also hat er neun Leben. Das war leider sein letztes. Aber noch bewegt er den Schwanz, das heißt, er lebt. Wenn er noch ein klein wenig durchhält, haben wir ein Fünkchen Hoffnung.«

Prufrock öffnete sein Auge und miaute kläglich.

»Ich glaube, diesmal gehe ich hops, mein liebes Frauchen...«

»Ja, Prufrock... darf ich dich um eine letzte Anstrengung bitten?«

»Nur zu...«

»Könntest du bis Mitternacht am Leben bleiben?«

»Ich werd's versuchen. Kann ich ein wenig Schinken haben?«

Die neun Leben von Prufrock

Im ersten Leben wurde er von einem Auto überfahren, er ging als halbes Krummbein daraus hervor, kam aber davon.

Im zweiten Leben verdrückte er zusammen mit seinem Bruder Ziggy einen Cocktail aus Milch, Kokain und Rattengift, drei Tage lang kackten sie Galle, erholten sich aber wieder.

Im dritten Leben wurde er von einem Mastino zerfleischt, er verlor ein Auge und den halben Schwanz, aber er überlebte.

Im vierten fiel er auf der Suche nach einer Freundin von einem dreißig Meter hohen Dach, aber er kam mit einem gebrochenen Bein davon.

Im fünften fraß er sechs Kilo Stockfisch, die unvorsichtigerweise zum Einweichen in der Spüle lagen. Er stank ein ganzes Jahr lang nach Fisch, blieb aber am Leben.

Im sechsten wurde er von einer Lambretta angefahren, der Fahrer verbrachte einen Monat im Krankenhaus, er dagegen jagte schon nach zwei Tagen wieder Tauben.

Im siebten lieferte er sich ein Unterwassergefecht mit einer Biberratte, die er mit einer Maus verwechselt hatte, schluckte zehn Liter Schlamm, tauchte aber gesund und munter wieder auf.

Im achten wurde er von einem Schweinetransporter erfasst, der sich dabei überschlug, sodass ein Zweihundert-Kilo-Schwein vom Himmel auf ihn herabstürzte. Sowohl er als auch das Schwein kamen davon.

Im neunten Leben wurde er vom Knüppelhieb einer Kanaille getroffen.

Prendiluna schlüpfte in das Pizzabotenshirt von Mammuth Food und steckte Prufrock in ihren Rucksack.

Michael stand regungslos und versunken da, als lauschte er einer Musik, die sonst niemand hörte.

Prendiluna näherte sich ihm.

»Michael«, sagte sie, »kann ich dich kurz sprechen?«

»Was gibt's?«, fragte der Erzengel und legte den Kopf schief. Für einen Moment war er wieder der Schüler, der für sein Verhalten getadelt wurde.

»Versprich mir, dass du nicht alles aufs Spiel setzen wirst. Schwöre, dass du versuchen wirst, lebend da rauszukommen.«

»Der Schmerz verwandelt einen«, sagte Michael mit einem müden Lächeln.

Prendiluna nahm die Hand des Riesen, sie wollte noch weiter mit ihm reden, aber Dolcino unterbrach sie mit besorgter Miene:

»Sind wir sicher, dass wir da immer noch reinkommen? Der verfluchte Kerl, der Prufrock umgebracht hat, weiß, dass wir hier sind. Er hat unseren Plan durchschaut.«

»Er wird uns nicht aufhalten«, sagte Michael, »und bald werdet ihr verstehen, warum.«

24 Eine unverhoffte Verbündete

Gennaros Transporter hielt an der Schranke vor dem Osteingang. Der Wachpolizist ließ ihn passieren.

Gennaro blieb im Wagen. Die anderen drei stiegen aus, jeder mit einem Stapel Pizzen. Am Eingang des Gebäudes standen zwei Beamte in Zivil.

»Hey, Gennaro«, sagte der Erste, »hast du neue Helfer...«

»Sind Verwandte von mir... Was habt ihr bestellt?«

»Eine Capricciosa und eine Higuaín mit Extrawurst. Die anderen, die gerade auf Streife sind, haben sechs Napolitana bestellt.«

Mit einem Lächeln händigte Dolcino die Pizzen aus.

»Ich fahr wieder«, sagte Gennaro, »erklärt den anderen, wo sie hinmüssen.«

»Ihr müsst in den ersten Stock. Hier halten wir Wache, aber da oben haben immer noch die das Sagen. Komische Typen, halb Priester, halb Rambos. Und sie lachen nie.«

»Sie wollen uns nicht im Weg haben. Heute haben wir gesehen, wie sich ein Haufen Leute in blauen Autos aus dem Staub gemacht hat. Wie üblich: Einen kriegen sie, und hundert kommen ungestraft davon...«

»Viel Spaß bei der Arbeit«, sagte Gennaro und wendete.

Ein junger Polizist begleitete das Mammuth-Trio bis zu einer großen Treppe.

»Geht hier hoch. Aber erwartet kein Trinkgeld, die sind richtig mies drauf. Sie sind nicht daran gewöhnt, dass jemand seine Nase in ihre Angelegenheiten steckt. Signora, schaffen Sie das denn mit Ihrem Bein?«

»Ich bin auf einer mörderischen Artischocke ausgerutscht. Ich mache noch diese Lieferung, dann leg ich das Bein hoch«, antwortete die Lehrerin.

Als der Polizist wieder auf seinen Posten zurückging, nahm Michael Prendiluna huckepack. Am Ende der Treppe war ein Gang mit einem Kontrollposten. Mindestens zehn Hannibalianer mit Maschinenpistolen und Schlagstöcken. Ein Seminarist mit verbundenem Kopf hielt sie auf. Dolcino zog sich den Schirm seiner Kappe in die Stirn.

»Also, wenn ich mich nicht irre«, sagte Michael, »für euch fünf mit Schinken und fünf mit Büffelmozzarella.«

»Genau«, sagte der Seminarist. »Ihr seid neu, oder?«

»Erst vor Kurzem eingestellt.«

»Und doch kommt es mir so vor, als hätte ich euch schon irgendwo gesehen…«

Michael zuckte nicht mit der Wimper.

»Wir müssen auch in den zweiten Stock liefern…«

»Nein, weiter hoch geht keiner, es herrscht Alarmstufe Rot.«

»Aber ihr habt uns doch gerufen…«

»Ihr könnt hier nicht weiter. Die Pizzen bringen wir hoch…«

»Lassen Sie mich nicht hier rumstehen, ich bin verletzt«, protestierte Prendiluna. »Wir haben genaue Anweisungen, wir sind die Mammuth Rangers…«

Der Seminarist brüllte wütend los.

»Anweisungen? Ihr seid beschissene Pizzabäcker, keine Soldaten wie wir. Hier kommt ihr nicht durch. Und du, mit deiner in die Stirn gezogenen Kappe, komm her… Ich will dir ins Gesicht sehen.«

Michael war kurz davor, seine Hand ans Schwert zu legen. Doch da kam aus den Tiefen des Gangs der fünfte Reiter der Apokalypse, dem ein Getöse von Alteisen und kriegerisches Niesen vorauseilte. Eine Hexe im Rollstuhl mit flatternder Schwesterntracht und einer Hellebarde in der Hand. Es war die unverwüstliche Schwester Scholastika.

»Hey Jungs«, brüllte sie, »hört auf, rumzunerven. Nach allem, was passiert ist, legt ihr euch mit Pizzaboten an? Ich kenne sie, die haben mir schon öfter die abführende Calzone in meine Zelle gebracht. Wir warten da oben, wenn die Pizza kalt wird, ist das euer Problem. Lasst uns durch, oder wollt ihr, dass Jallad und die Folterknechte sauer werden?«

Bei diesem Namen wurde der Seminarist bleich.

»Nein, Schwester... gehen Sie ruhig durch... aber waren Sie nicht tot?«

»Sehe ich für dich etwa aus wie tot? Mach Platz.«

»Aber... die Hellebarde?«

»Ich schneide meine Pizza, wie ich will... lass mich durch, du Dummkopf!«

»Ok, ok.«

Unter den entgeisterten Blicken der Wachen passierten sie den Kontrollposten. Dolcino flüsterte der Nonne zu:

»Wir dachten eigentlich auch, dass die Riesenkois...«

»Die Kois fressen Gänse, Ratten und Jungfrauen, keine stinkenden, alten Weiber. Ich habe mir bloß eine starke Erkältung zugezogen. Gehen wir, es war bisher fast zu einfach...«

Tatsächlich, als sie glaubten, sie wären davongekommen, rief ein kahlköpfiger, muskelbepackter Seminarist:

»Hey, jetzt erinnere ich mich wieder... die Nonne hat an der Schlacht teilgenommen... aber aufseiten der aufständischen Seminaristen, nicht auf unserer...«

»Auch ich erinnere mich wieder«, sagte der Seminarist mit dem Verband um den Kopf und stellte sich ihnen in den Weg. »Du bist der von neulich nachts...«

»Richtig geraten«, sagte Dolcino und versetzte ihm einen Faustschlag mitten auf die Stirn.

Augenblicklich flammte der Kampf auf. Der muskelbepackte Seminarist griff Michael an und wurde mit Schwerthieben niedergestreckt. Ein anderer griff Prendiluna an. Aber Prufrock sprang aus dem Rucksack, und mit dem letzten Funken Energie und einem Pfotenhieb machte er ihn blind. Dann kümmerte sich Schwester Scholastika um den Rest. Sie nahm mit dem Rollstuhl Anlauf, und die Hellebarde eingelegt wie bei einem mittelalterlichen Turnier, nietete sie fünf Hannibalianer auf einen Schlag um.

»Strike!«, rief sie und erklärte dann: »Die Hellebarde hat eine Elektroschockspitze. Los, haut ab, wenn sie wieder zu sich kommen, halte ich sie bei Laune.«

Doch einer der Seminaristen war nicht ausreichend geschockt worden. Vom Fußboden aus schoss er mit seiner Pistole auf die Nonne und traf sie mitten in die Brust. Schwester Scholastika zog aus ihrer Schwesterntracht eine Stricknadel und stieß sie ihm in die Stirn. Dann sagte sie:

»Ich trage ein bronzenes Kruzifix auf der Brust. Es könnte die Kugel auf wundersame Weise abgelenkt haben.«

Sie öffnete ihre Schwesterntracht. Mitten zwischen den Brüsten klaffte ein Loch.

»Doch kein Wunder, mein Gott, was ein Pech. Und ich kann nicht mal fluchen, eben weil ich im Sterben liege. Schade, wenn ich hundertundzehn geworden wäre, hätte ich den Altersrekord für Geistliche gebrochen, den ein tibetanischer Mönch hält.«

»Vielleicht schaffen Sie's, durchzukommen.«

»Einen Scheiß schaff ich, Gott möge meine Ausdrucksweise verzeihen. Ihr drei seid bestimmt die von der Mission, von der mir Lucano erzählt hat.«

»Das sind wir.«

»Gut. Macht Chiomadoro kalt, dieses Schwein. Alle lassen ihn fallen, aber er hat achtzehn Leben wie die Schlangen. Ihr müsst in den dritten Stock, der zweite wird von der Kaiserlichen Garde kontrolliert, aber im dritten sollte niemand sein. Nehmt den geheimen Aufzug, der in dem geheimen Bad da ist. Im dritten Stock müsst ihr dann im geheimen Saal der Folterknechte die geheime Treppe hinter dem Porträt von Hannibal Lavoisin nehmen. Drückt auf den silbernen Halbmond. Die geheime Treppe führt zum Geheimversteck von Chiomadoro im obersten Stockwerk des Turms. Es ist eine Sternwarte. Die Tür öffnet sich auf ein geheimes Passwort hin. Das Losungswort ist *Gottbinich*, der Großmeister war schon immer bescheiden.«

»Und wenn sie uns erwischen?«

»Dann bringen sie euch um. Aber ich enthülle euch ein letztes Geheimnis.«

»Und zwar?«

»Ich sterbe gleich, und wenn sie euch schnappen, geht mir das am Podex vorbei. Endlich werde ich schlafen.«

Als sie das gesagt hatte, verdrehte die Nonne die Augen und ging hops.

»Manchmal trifft man auf seltsame Verbündete«, sagte Dolcino.

»Tja«, sagte Michael, »wer weiß, welche Überraschungen uns sonst noch erwarten.«

Da brach Prendiluna zusammen. Bei dem Gefecht mit dem Seminaristen hatte sie einen weiteren Schlag abbekommen, und ihr Knie hatte nachgegeben.

»Ich glaube, wir müssen uns trennen, Frau Lehrerin. Verstecken Sie sich in dem geheimen Schrank da.«

»Es tut mir leid, Jungs, ich fürchte, ihr habt recht. Aber die Mission muss vollendet werden. Michael, du bist der zehnten Katze würdig. Ich übergebe dir Prufrock, solange er noch am Leben ist.«

»Ich habe getötet und werde wieder töten«, sagte der Erzengel traurig, »ich kann das nicht annehmen. Selig, wer das Schicksal eines Gerechten hat, aber meines ist ein anderes.«

»Dann gehört die Katze dir, Dolcino.«

»Ich kann auch nicht. Ich will mich nicht damit brüsten, aber ich bin voller Hass und Rachsucht...«

»Ihr seid so bockig wie immer«, rief die Lehrerin, »macht diese letzte Aufgabe, macht gefälligst, was ich euch sage, ihr Taugenichtse! Prufrock liegt im Sterben. Irgendwem muss ich ihn geben, es bleibt nur noch eine Stunde bis Mitternacht...«

»Ich kümmere mich drum«, sagte Michael. »Schnell, gehen Sie in den Schrank.«

»Nein, ich weigere mich... ich habe Platzangst... das verbitte ich mir.«

Trotz des Protests schlossen Michael und Dolcino sie im Schrank ein. Dann betraten sie den geheimen Aufzug. Die geheimen Tasten waren auf Aramäisch. Michael drückte, ohne zu zögern. Als der Aufzug losfuhr, hörten sie Prendiluna rufen.

»Betragen fünf, alle beide!«

Der Aufzug war so groß wie der Sarg eines Geizkragens, und die beiden standen dicht aneinandergedrängt. Dolcino fing an, zu zittern.

»Nein, Dolcino, ich bitte dich«, sagte Michael, »das ist jetzt nicht der passende Moment für einen epileptischen Anfall.«

»Ich habe auch Platzangst, ich halte das nicht aus ... Hilfe ...«

***

Die Aufzugstür ging auf, und Dolcino stieß einen Seufzer der Erleichterung aus. Er war bis zu einem hängenden Garten voller Blumen und tropischer Pflanzen hochgefahren. Jemand kam ihnen entgegen. Er hörte die Noten von *Music from a distant window*.

> *Die Erinnerungen kommen nicht zurück. Sie waren immer da.*
> *Du liefst unter einem Fenster vorbei und hörtest eine Musik,*
> *so schön, so herzzerreißend schön.*
> *Du reist um die Welt, kehrst aber unter das Fenster zurück,*
> *der Pianist hat nie aufgehört, zu spielen.*

Es war Margherita, die sang und dabei eine Sonnenblume als Mikrofon benutzte. Sie lächelte, hakte sich bei ihm unter und flüsterte ihm ins Ohr.

»Beruhige dich, Dolcino. Du hast Angst, das ist ganz normal. Wie viel Mut braucht man zum Ersteigen der letzten Treppe! Und du wirst sie erhobenen Hauptes erklimmen. Aber tu nichts in meinem Namen. Ich bin durch diese Gänge spaziert, ich kenne sie gut. Wenn du im Saal der Folterknechte bist, halt nach einem Bild mit Goldrahmen Ausschau. Es ist das Porträt eines Mannes mit furchteinflößendem Aussehen, mit einem Beil in der Hand. Aber wenn du genau hinschaust, siehst du hinter der Gestalt eine Landschaft, einen Fluss und eine Brücke. Und ein kleines Detail, das dich rühren wird. Manchmal reicht ein kleines, freundschaftliches Wort, um eine große Angst zu besiegen. Erinnere dich an den letzten Satz, den ich zu dir sagte, bevor das Auto mich überfuhr. Versprichst du mir das?«

Dolcino nahm ihre Hand und wollte sie küssen, aber die Hand verschwand.

»Hey, was machst du da, willst du mich etwa abknutschen?«

Das war Michaels Stimme. Der Erzengel hatte schreckliche, schwarz umrandete Augen. Das war sein Kampfsignal.

»Du bist in Ohnmacht gefallen und warst eine Weile bewusstlos... geht es dir jetzt besser?«

»Ja, ich bin bereit. Jetzt kommt wirklich die letzte Schlacht.«

»Warum hast du den Rucksack mitgebracht? Was ist da drin?«

»Die ultimative Waffe«, sagte Dolcino.

25 Michael und Azazel

Sie befanden sich im riesigen Saal der Folterknechte. Dort standen massive Stühle aus Eisen und große Tische aus madagassischem Ebenholz. Der Legende nach wurden hier die Opfer der Inquisition gefesselt und gequält. Doch der Saal lag zu nah an den Schlafräumen der Nonnen, die von den Schreien und Wehklagen erschrocken aufwachten. Deshalb wurde er in eine Galerie mit Porträts umgewandelt, und von da an fanden die Folterungen und geheimen Zeremonien im unterirdischen Teil des Gebäudes statt. Der Salon wurde von modernen, sirrenden Neonröhren erleuchtet, und an den Wänden sah man die Porträts vergangener Großmeister der Hannibalianer. Wüste Gesichter und friedliche Gesichter, bärtiges Grinsen und engelsgleiches Lächeln. Durch die Jahrhunderte hatten sie sich auf alle möglichen Arten maskiert. Hier konnte man nun endlich ihre Gesichter ohne Kapuze sehen. Dolcino sah das Porträt mit dem goldenen Rahmen, einen Hannibalianer aus dem neunzehnten Jahrhundert. Das Gesicht war finster, mit dunklen Augenringen und von leichenhafter Blässe. Er betrachtete es aufmerksam und bemerkte, dass der Hannibalianer kein Beil, sondern ein Rebmesser für den Gartenbau in den Händen hielt, und im Knopfloch trug er eine Kamelie. Im Hintergrund erahnte man eine Blumenwiese, einen Fluss und eine Brücke, wie Margherita es im Traum gesagt hatte. Auf die Brücke war eine winzige Figur gemalt, die sich über das Wasser beugte. Dolcino strich mit der Hand über das Bild, Michael bedeutete ihm, sich zu beeilen.

Als die beiden die Galerie durchschritten hatten, schien es zunächst nicht weiterzugehen. Ein riesiges Gemälde nahm die gesamte hintere Wand ein, und es waren keine anderen Türen zu sehen. Das Hindernis war ein Porträt Hannibal Lavoisins, das sich von den anderen sehr unterschied. Der Maler hatte kein Gesicht gemalt, sondern einen riesigen Beichtstuhl, ein Kastell aus massivem Holz mit Intarsien, die Teufel und Gargoyles darstellten. Durch das Gitter des Beichtstuhls schauten die roten, teuflischen Augen des Mönchs hervor. Sie sahen den silbernen Halbmond, der oben in den Rahmen eingesetzt war. Er war zu weit oben.

»Komm, wir versuchen einen Tisch unter das Bild zu schieben und steigen drauf«, sagte Michael.

»Wir dürfen keinen Lärm machen.«

»Dann versuchen wir, etwas dagegen zu werfen. Nur wenn man auf den Halbmond drückt, öffnet sich der Durchgang ...«

»Was auch immer, Hauptsache schnell. Dieser Ort hier lässt mich frösteln. Es kommt mir so vor, als ob ich die glühenden Eisen und das verbrannte Fleisch noch riechen könnte.«

»Mir kommt es auch so vor. Aber das ist keine Einbildung, das ist *seine Zigarre*.«

Sie wandten sich um. Vom Ende des Saals kam der Trenchcoat-Mann auf sie zu, prunkvoll und elegant gekleidet. Er trug einen mit Rubinen verzierten schwarzen Umhang aus Raben- und Pfauenfedern. Das Gesicht mit den spitzen Wangenknochen war nun vollständig zu sehen, mit der Narbe am Mundwinkel und den wilden gelben Augen. In einer Hand hielt er die Zigarre, in der anderen den silbernen Knüppel. An seiner Seite hatte er vier Folterknechte mit Kapuzen, die Soldaten der Kaiserlichen Garde, mit Krummsäbeln bewaffnet.

Michael ging mit einem spöttischen Lächeln auf ihn zu.

»Endlich treffen wir uns, Azazel. Oder Gabriel. Oder wie soll ich dich nennen?«

Der Mann entledigte sich mit eleganter Geste seines Umhangs. Darunter trug er einen schwarzen Frack mit Fliege, letztere natürlich in rot. Die Haare waren zu einem langen Zopf gebunden.

»Sei gegrüßt, mein Erzengelfreund«, sagte Azazel. »Oh, entschuldige, ich nehme an, dass wir uns nicht mehr als Freunde bezeichnen können... sag deinem Kumpel Dolcino, dass er nicht versuchen soll, abzuhauen, bevor du und ich unsere Rechnung beglichen haben.«

»Bleib hier, Dolcino«, sagte Michael, »aber du, mach deine stinkende Zigarre aus.«

»In Ordnung, mein Freund«, sagte der andere.

Sie musterten sich schweigend, ohne sich einander zu nähern.

»Azazel, wir sind keine Freunde mehr, das weißt du«, sagte Michael. »Wir waren mal welche. Du warst ein seltsamer Junge, du hast mit niemandem geredet oder gespielt, standest immer abseits. Erinnerst du dich? Ich war der Einzige, mit dem du Zeit verbracht hast, wir haben oft gestritten, aber einen Haufen Sachen zusammen gemacht... auf der Erde jedenfalls.«

»Ja, im Himmel war es anders. Bei der Schlacht standen wir nicht auf derselben Seite... meine Narbe erinnert daran...«

»Meine auch. Wie ist es dir in deinem flügellosen Leben ergangen?«

»Nun, wir haben nicht in diese Welt hineingepasst«, lachte Azazel. »Du hat viele Jahre im Irrenhaus verbracht, ich im Gefängnis. Dann hat Gott mich zu sich gerufen. Wie so viele bin ich ein kleiner Killer geworden, ein Angestellter der Hannibalianer.«

»Du bist nicht einer von vielen, Azazel, weder Teufel noch Engel... bist du jetzt bereit, uns zu töten?«

»Was glaubst du?«

Michael sah ihn an und legte die Hände über der Brust zusammen.

»Ich glaube, das Spiel ist aus, Azazel. Du hast deine Späße mit uns getrieben, hast uns gelenkt, hast uns Steine in den Weg gelegt. Aber du bist nie bis zum Äußersten gegangen...«

»Drück dich klarer aus.«

»Einer wie du hat nie daneben geschlagen, hat nie jemanden verschont, und nichts hat ihn aufgehalten. Und jetzt? Du machst Späße mit Wasserpistolen, hast Prendiluna ein Knie gebrochen, sie aber so davonkommen lassen, dass sie die Mission weiterverfolgen konnte. Du hast die beiden Mädchen zurückgebracht, die die Hannibalianer geraubt hatten. An der Schlacht in den unterirdischen Gängen hast du nicht teilgenommen, du hast Prufrock geschlagen, aber nur so, dass er noch ein Weilchen weiterlebt. Du wusstest, dass wir kommen würden und hast uns trotzdem bis hier hochkommen lassen, nur noch einen Schritt von deinem Chef entfernt. Warum, Azazel?«

Azazel deutete ein bitteres Lächeln an, dann antwortete er ruhig.

»Ich habe keine Chefs, Michael. Wie du habe ich Gott gehorcht, auch wenn er mich um grausame Dinge bat. Doch über die Jahrhunderte habe ich die Freiheit entdeckt. Als ich von dieser irrsinnigen Mission gehört habe, hatte ich erst den Auftrag, euch Steine in den Weg zu legen, dann, euch auszuschalten. Aber ich mag es nicht, wenn man den Ausgang des Spiels schon kennt. Weder blendendes Blau noch Finsternis. Es muss ein Gleichgewicht zwischen Rein und Unrein, zwischen Gut und Böse geben, im Himmel wie auf Erden. Sonst haben Leute wie du und ich keinen Spaß. Mehr noch: Wir werden nutzlos.«

»Was hast du also gemacht?«

»Ich konnte euch natürlich nicht helfen, aber ich hatte meinen Spaß, die Ereignisse zu verfolgen und sie ein wenig umzulenken. Ich habe auf euch gewettet, auf diese rührende Geschichte von Gerechten und Katzen. Ich hätte nicht gedacht, dass ihr es bis hierher schaffen würdet. Ich weiß nicht, ob ihr noch weiterkommen werdet. Ich hätte euch viele Male stoppen können. Aber ich sag dir's nochmal, Michael, ich bin ein Bösewicht, kein Sklave. Das bin ich zu lange gewesen. Diese Welt ist auch ohne uns in der Lage, sich wehzutun. Wir zwei sind Rebellen, Michael. Wir werden nie Freunde sein, aber wie du weißt, ähneln wir uns. Auch du liebst die Wolken. Auch dein Schicksal ist es, zu töten.«

»Ich weiß«, sagte Michael. »Komm näher, Bruder.«

Azazel legte den Kopf schief und sprach in einem Seufzer.

»Erst sind da noch die hier. Jungs, er gehört euch.«

Die Folterknechte nahmen ihre Kapuzen ab und stürmten auf Michael zu. Die Schwerter kreuzten sich. Michaels schien sich zu zehn Klingen zu vervielfachen, es wirbelte und zischte. Zwei Folterknechte fielen sofort. Der dritte verletzte Michael an einer Schulter, aber das Schwert des Erzengels durchbohrte ihn von einer Seite zur anderen. Der letzte und fähigste hielt noch eine Weile stand, aber Michael schlug sich wie der Letzte seiner Art und tötete ihn mit einem Hieb gegen den Hals. Das Blut bespritzte ihn. So blutig machte er sogar Dolcino Angst. Dann schleuderte er das Schwert gegen das Gemälde und traf den Halbmond. Das Bild drehte sich um die eigene Achse und gab den Blick auf eine Treppe frei.

»Dolcino, hau ab«, rief Michael, »ich kümmere mich um Azazel.«

»Einen Moment noch«, sagte Dolcino, »Azazel, ich habe ein Geschenk für dich.«

Er holte Prufrock aus dem Rucksack und warf ihn Azazel in die Arme.

»Im Namen Gottes und der Hölle übergebe ich dir dieses Geschöpf. Obwohl du so viel Böses in dir hast, hast du nicht alles davon in die Waagschale geworfen. Ein kleines Detail im großen Gemälde deiner Seele sorgt dafür, dass du ein unverhoffter Gerechter bist. Für die beiden Mädchen, die du gerettet hast, für den unglücklichen Jungen, der du einmal warst, für die Qual des Hasses und die Brüderschaft, die dich an Michael bindet, für die Dämmerung und den Halbschatten, für das Gleichgewicht zwischen Dunkel und Licht. Die Mission ist beendet!«

Und Dolcino verschwand in Richtung der geheimen Treppe. Azazel blieb wie versteinert. Er hielt die Katze in seinen Händen. Sie sahen sich an, ihre Augen hatten die gleiche goldene Farbe. Dann hauchte Prufrock seinen letzten Atemzug aus.

»Zum Teufel!«, sagte Azazel. »Das hatte ich nicht vorhergesehen.«

»Was ist jetzt schon wieder los?«, fragte Michael, der Schritte hörte.

Die Tür wurde aufgestoßen, und weitere, mit Maschinenpistolen bewaffnete Kapuzenmänner kamen herein. Sie sahen den blutbespritzten Michael.

»Halt«, rief Azazel, »er ist verletzt und unbewaffnet!«

Michael schrie. Ein so lauter Schrei, dass die Fensterscheiben zersplitterten und die Gemälde sich von den Wänden lösten.

Die Folterknechte fielen auf ihre Knie und hielten sich den Kopf. Als der Schrei verebbte, ballerten alle Maschinenpistolen auf einmal los. Michael blieb noch einen Augenblick stehen, dann brach er tot zusammen.

»Alles gut, Signore?«, fragte der Anführer und nahm seine Kapuze ab. Es war der legendäre Jallad.

Azazel packte ihn am Hals und schleuderte ihn zehn Meter weit gegen die Wand.

»Sprecht nie wieder das Wort ›gut‹ aus. Begrabt diese Katze. Und wenn jemand Fragen stellt, prügele ich ihn mit meinem Knüppel zu Tode.«

26 Dolcino und Chiomadoro

Dolcino rannte viele Stufen einer Treppe hinauf, die immer steiler wurde. Er näherte sich der Spitze des Turms. Durch die Bullaugen sah er tief unten die Laternen im Klostergarten und die Lichter der Stadt. Er schlüpfte hinaus auf eine weite Terrasse. In der Mitte erhob sich eine Kuppel aus verdunkeltem Glas. Er lief um sie herum, bis er eine Tür mit einem digitalen Schloss sah. Er tippte *Gottbinich* und trat ein.

Im Innern boten die durchsichtigen Wände ein Rundumpanorama der schmerzerfüllten Metropole. Durch die Decke sah man einen Sternenhimmel und einen von Kratern tätowierten, blassen Mond. Der Innenraum war modern eingerichtet, mit tiefhängenden, kalten Lichtern. In einem riesigen Aquarium schwammen ein Dutzend Kois. Jeder schien einen wunderbaren Kimono zu tragen. Dolcino lief leise über den dicken Teppichboden. Er sah eine Sammlung Fernrohre aus allen möglichen Epochen und fühlte sich von ihrem Zyklopenblick beobachtet. Er tat noch ein paar wenige Schritte, da erschien ein Mann hinter einem kristallenen Schreibtisch. Er hatte ihm den Rücken zugewandt und schaute durch ein Teleskop.

»Was für eine außergewöhnliche Nacht«, sagte Chiomadoro, der im Halbdunkel blieb. »Selten sieht man die Schöpfung in solcher Tiefe und Klarheit. Als Kind, als ich zum ersten Mal den Mond sah, versuchte ich ihn zu fangen und kletterte dafür auf einen Baum. Mein Vater sagte: ›Jetzt kannst du ihn noch nicht fangen, aber eines Tages wirst du so viele davon haben, wie du willst.‹ Manchmal bin ich erstaunt, dass sich jemand so viele Sterne ausdenken konnte. Ein offenkundiger Fall von Größenwahn. Aber was getan ist, ist nun einmal getan, nicht wahr?«

Er drehte sich um. Es war ein alter Mann mit Falten im Gesicht, schütterem weißem Haar und einem leichten Bauchansatz. Die blonde Perücke lag auf einem Stuhl. Er trug einen Allerweltsmorgenmantel aus Flanell und kaninchenförmige Fellpantoffeln.

»So wurde Ihr Wunsch endlich erhört, Signor Dolcino«, sagte die Stimme des Hades, »Sie stehen vor mir.«

»Ja, Signor Chiomadoro, oder Gütigergott oder Allerhöchster, wie soll ich Sie nennen?«

»Genau darüber sollten wir sprechen«, sagte Gott. »Setzen Sie sich. Möchten Sie ein Glas Champagner? Eine Zigarette?«

»Nein, danke.«

»Sie haben keine kleinen Laster«, sagte Gott, »nur große Sünden.«

»Sie nennen es Sünden«, sagte Dolcino, »ich nenne es Mängel, Fehler, Grenzen. Und vor allem Gewissensbisse. Haben Sie nie Gewissensbisse?«

»Einen einzigen vielleicht«, seufzte Gott. »Diese ganze anstrengende Schöpfung, diese Universen, der Geniestreich der Zeit, die Atome... dann wusste ich nicht, was ich damit anfangen sollte. Ich hatte keine Ideen mehr. Sehr viel Schmerz, manche Freuden, sterbende Sterne, neu entstehende Galaxien, der Homo sapiens, der das Derby gegen die Neandertaler gewinnt, aber nichts wirklich Neues. Ihr seht große Veränderungen, wo ich bloß Routinen sehe, seit Jahrhunderten sehe ich demselben blutigen Strom zu, wie er dahinfließt. Ihr glaubt, dass es auf anderen Planeten Leben gäbe, aber ich habe einen Scheißdreck gemacht, es gibt nur euch. Und ich schaue euch von hier oben zu, diesem Reigen langweiliger Killerameisen. Aber Sie, Dolcino, Sie waren wirklich mal eine Abwechslung. Ein Knalleffekt in meinen öden Tagen.«

»Sprechen Sie von der Mission?«, fragte Dolcino.

»Ja, ich hätte nicht gedacht, dass ihr es schaffen würdet. Ich habe mit meinen Hannibalianer-Freunden gewettet. Ach, nennen wir sie doch bei ihrem wahren Namen, Cannibalianer,

Sie haben ja schon kapiert, dass der Halbmond in Wirklichkeit ein C ist, das das H ersetzt.«

»Ja, das hatte ich verstanden... jetzt werden Sie es mir erklären.«

»Oh, da gibt es nichts zu erklären«, sagte Gott und spielte dabei mit den symmetrisch angeordneten Stiften auf seinem Schreibtisch herum. »Ich habe auf der Erde so viele Rollen gespielt, Heilige, Verbrecher, Propheten, Rocksänger. Immer unparteiisch, nicht zu heilsbringend, nicht zu zerstörerisch. Als ich vor vielen Jahren beschloss, diese Sekte anzuführen, gefielen mir ihre in meinem Namen ausgeführten, grausamen Riten. ›Satanisch‹ wurden sie genannt, aber Satan ist eine bescheidene Erfindung von mir selbst, ich hätte nie gedacht, dass er so viel Erfolg haben würde. Damals war es eine sehr viel urtümlichere Sekte. Die Wall Street gab es noch nicht. Zu den Mitgliedern zählten Inquisitoren, verrückte Mönche, Edelmänner und Feldherren. Menschenfleisch zu essen, erregte sie. Ich mag Rindfleisch lieber, aber manchmal habe ich auch davon probiert. Im Grunde nichts anderes als Eucharistie...«

Er lachte und zeigte dabei seine kariösen Zähne.

»Ich spüre, dass Ihnen meine letzten Worte nicht gefallen haben. Ich weiß, was Sie denken. Ja, Ihre Freundin war sehr schön. Wir hatten unseren Spaß mit ihr... ich wollte sie nicht auffressen, ich habe sie nur bedroht, um mich an ihrer Angst zu laben, aber ich wollte... ihr etwas anderes antun. Dann verhalf ihr jemand zur Flucht. Ich kann mir vorstellen, dass sie unser Internat etwas verstört verlassen hat.«

»Sie hat sich nie davon erholt...«

»Ich verstehe... finden wir uns damit ab, so ist es mit der Geschichte. Alte, die sich mit dem Blut der Jungen am Leben halten, und Junge, die davon träumen, die Alten zu zerfleischen. Aber Ihre Margherita hatte ihre Haut gerettet, im Grunde hättet ihr euch ein neues Leben aufbauen können. Leider hat sie mich an jenem grässlichen Tag erkannt. Meine

Perücke ist ein faszinierender Einfall, aber leicht wiederzuerkennen. Ich konnte nicht riskieren, dass sie meinen Namen nannte, ich hatte zu viel Spaß dabei, den rassistischen, geheimnisvollen, vergötterten Chiomadoro zu verkörpern. Deshalb... haben wir ein klein wenig gegen die Straßenverkehrsordnung verstoßen... es tut mir leid.«

»Es tut Ihnen leid?«

»Ja«, sagte Gott. »Sehen Sie, wenn das Böse notwendig ist, und das ist es häufig, kann man es unbeschwert, ja, fast lustvoll tun. Aber wenn man es hätte vermeiden können, ist es so banal wie alles andere. Die Allmacht umfasst auch den Widerwillen gegen die Allmacht. Wie sagen Sie, ›nehmen wir der Welt...‹?«

»Versuchen wir der Welt etwas Schmerz zu nehmen, oder wenigstens keinen hinzuzufügen.«

»Schöner Satz... Aber ich habe nichts damit zu tun... Vollkommenheit ist ein Grenzwert. *Perfectio nec plus ultra.* Man kann nichts wegnehmen oder hinzufügen, man kann sich nicht verbessern, wenn man vollkommen ist. Ich kann nichts daran ändern, ich habe am Anfang einen Fehler gemacht.«

»Das ist das Problem... es wäre an der Zeit, dass Sie versuchen, etwas zu korrigieren. Wir geben uns wenigstens Mühe... hören Sie auf mich, glauben Sie an sich.«

Die Stimme des Hades wurde von einem Lachen unterbrochen.

»Signor Dolcino, ich finde Ihre Vorstellung eines Gottes, der den Menschen zuhört und der mit Ihnen spricht, wirklich bezaubernd. Nur ein Verrückter wie Sie, der schon zehn Mal eingeliefert wurde, kann so was glauben. Aber diesmal habe ich mich um euch gekümmert, und wie! Die Mission war eine Idee, die mir kam, als ich durchs Teleskop diese in den Mond verliebte alte Dame sah. Eine Leidenschaft, die uns verbindet. Da dachte ich bei mir, kramen wir ein altes Spiel aus der Vergangenheit wieder heraus, wie Meccano oder Scoubidou, schauen wir doch mal, ob es wirklich zehn Gerechte auf der

Welt gibt. Wenn nicht, dann hat die Welt noch Schlimmeres verdient ... wenn doch, wie haben sie es geschafft, zu Gerechten zu werden? Wo kommen sie her? Was ein Spaß, euch beim Kämpfen, Fluchen und Wütendwerden zuzusehen ...«

»Aber warum?«

»Es gibt keinen Grund. Warum zünden Kinder Ameisenhaufen an, warum wollen sie verletzte Vögelchen retten? Warum sterben manche Kinder mit zwei Jahren und andere schießen mit zehn schon auf ihresgleichen und wieder andere wachsen auf und werden Heilige oder Ketzer oder denken sich große Erfindungen aus oder vernichten ganze Völker oder werden verrückte Traumtänzer, die glauben, man könne Gott töten? Warum bittet ihr mich weiter um Vergebung, obwohl mir selbst nicht vergeben werden muss und ich deshalb nicht weiß, was das ist? Warum haben Sie, obwohl Sie wissen, dass es Millionen von Vorstellungen und Millionen verschiedener Götter gibt, ein Gesicht gesucht, eine Gottesperson, gegen die Sie kämpfen können? Warum sind Sie hier?«

»Weil ich frei bin, es zu tun«, sagte Dolcino. »Und dabei geht es nicht um Willensfreiheit, das ist ein Begriff für Mäuse im Labyrinth. Es tut mir leid, dass Sie das nicht verstehen, Sie sollten sich selbst mehr lieben. Vielleicht haben Sie etwas vergessen, das Sie selbst geschaffen haben, Sie sind zwar allmächtig, aber abgelenkt. Ich finde mich nicht mit einem Gott wie Ihnen ab ... ich kann fürchterliche Götter, aber auch unendlich bessere als Sie erfinden.«

»Das gefällt mir nicht«, sagte Gott, »ich bin Monotheist. Ich ertrage solche Reden nicht. Jetzt spreche ich wie Chiomadoro zu Ihnen: Es gibt nur einen Gott, und wir werden jeden umbringen, der nicht an Mich glaubt, an den einen, einzigen Gott, weiß, blond, mächtig und männlich. Den Großen und Barmherzigen mit neunundneunzig Beinamen. Ich nehme jeden von eurer fanatischen Liebe angerufenen Namen an. Und wenn ihr mich verleugnet, kann ich auch rachsüchtig sein. Haben euch eine Million Scheiterhaufen nicht gereicht? Wie kann sich ein armer Irrer wie Sie widersetzen?«

»Ich kann glauben oder nicht glauben«, sagte Dolcino, »ich kann denken oder gehorchen. Ich kann nach einer Erklärung suchen oder meinen menschlichen Gefühlen folgen. Ich kann...«

Chiomadoro lachte. Ein teuflisches Lachen, so schallend, dass die Scheiben zitterten. Ein Blitz zerfurchte den Himmel und hüllte die Kuppel in ein leuchtendes Spinnennetz. Es begann zu regnen. Chiomadoro setzte sich sorgsam die Perücke wieder auf und sprach mit neuem Klang in der Stimme. Die Stimme des Hades war zu einer paradiesischen Musik geworden.

»Komm schon, Dolcino, es reicht jetzt mit dieser Aufführung. Gehen wir zum Du über. Dein Wahnsinn ist sehr unterhaltsam und hat auch mich angesteckt. Aber kehren wir in die reale Welt zurück. Ich bin ein mächtiger und zuweilen böser Mensch, du ein gelegentlich tugendhafter Irrer. Der Himmel, den wir durch diese Kuppel sehen, ist für uns beide ein Rätsel. Wir wissen genau, dass alles Geschehene rational erklärbar ist, ohne Monster und Engel. Jetzt erzähle ich dir, wie es dazu kam.

Deine Prendiluna ist eine alte Traumtänzerin. Seit Jahren ist sie krank, ihre Verwandten wollten sie schon einliefern. Sie hört Stimmen, erfindet Geschichten. Sie ist eine verrückte Katzenfrau, eine Pensionärin, die vor Langeweile stirbt. Als sie das Traumbild mit der Mission und Ariel und so weiter hatte, hat sie sofort Don Candido davon erzählt. Don Candido ist schon seit vielen Jahren ein treuer Cannibalianer. Er hat mich informiert, dass er im Irrenhaus auch dir und Michael vom Traumbild der Alten erzählt hat und dass du ganz verzückt zugehört hast. Sofort hat dein Wahn es wahr werden lassen. Du hast Michael, einen armen Schizophrenen, davon überzeugt, dass ihr ebenfalls an der Mission teilnehmen solltet.«

»Und Sie, Herr, was haben Sie gemacht?«

»Ich habe beschlossen, dass ich die richtigen Figuren bei der Hand habe, um die Geschichte voranzutreiben. Ich liebe es, mit dem Leben der Leute zu spielen. Wir haben unter uns Hannibalianern gewettet, ob ihr die Mission zu Ende bringt oder nicht. Wir haben euch von Anfang an kontrolliert, mein lieber Dolcino. *Ich* habe euch aus der Klinik fliehen lassen, deren Hauptaktionär ich bin. Aber es war nicht einfach, euch zu verfolgen, manchmal haben wir eure Spur verloren. Also habe ich Azarelli ins Spiel gebracht, einen ungeschickten, mafiösen Sträfling, der bei mir angestellt ist. Er sollte etwas Pfeffer in die Geschichte bringen. Wir wollten Gasperini nicht wehtun, er hätte uns bloß zu sagen brauchen, wo ihr seid. Aber er hat sich erschreckt, hat uns angegriffen, vielleicht haben wir ihn ein bisschen geschlagen. Aber verbrannt hat er sich selbst, er hat den Rosengarten angezündet und dabei geschrien ›Lasst meine Schwestern in Ruhe‹. Irgendwann hat jemand von den Cannibalianern versucht, zu schummeln. Er hat Azarelli bezahlt, damit der Prendiluna stoppt. Ich bin wütend geworden, habe gesagt, dass das Spiel fair weitergespielt werden müsse. Aber es ist uns entglitten, ihr habt es zu ernst genommen, seid uns zu nah gekommen...«

»Ach ja? Und die Toten, die Schlacht?«

»Alles in deinem Kopf, Dolcino, ich weiß nicht, wovon du sprichst. Du bist ein traumtänzerischer und gewalttätiger Epileptiker. Wir konnten ja nicht vorhersehen, dass du deinem Wahn glauben, dass du uns auf diese Weise angreifen würdest.«

»Michael ist wirklich gestorben... und auch Azazel ist ein Erzengel... und Schwester Scholastika hat uns geholfen.«

»Michael ist an einem Infarkt gestorben, als ihr aus der Klinik geflohen seid, du bist neben einem Phantom herumspaziert. Azazel ist ein Ex-Knacki auf meiner Gehaltsliste, Schwester Scholastika ist seit zehn Jahren tot. Du hast alles geträumt, Dolcino, du phantasierst. Ich habe angeordnet, dich hier hochsteigen zu lassen, weil es an der Zeit ist, dass du damit aufhörst, mich zu verfolgen. Ich bin ein müder Alter, ich will nicht mehr Feinde haben als nötig. Was deine Margherita betrifft...«

Dolcino legte den Kopf in seine Hände. Das Prasseln des Regens wurde zu einem besessenen Trommeln. Er trocknete sich eine Träne.

»Klar, ich weiß schon«, sagte Dolcino. »Margherita litt an Nervenkrisen. Sie verließ das Internat und sagte, dass sie dort vergewaltigt und gedemütigt worden sei. Sie sprach von satanischen Riten, Orgien, Menschenfresserei. Ich begriff, dass sie verrückt geworden war und sich alles ausdachte. Sie erholte sich wieder, aber Jahre später kam die Krankheit zurück. Sie war besessen von Ihnen, Chiomadoro, sie las alles, was mit Ihnen zusammenhing. Und als sie das blaue Auto sah, dachte sie, in Ihnen ihren eingebildeten Verfolger zu erkennen, sie warf sich unter die Räder...«

Chiomadoro war überrascht, und seine Stimme füllte sich mit Zorn.

»Was spielst du da für ein Spiel, Dolcino?«

»Das Spiel ist aus«, sagte Dolcino. »Sie haben recht. Es ist alles eine Ausgeburt meines kranken Geistes. Ich bin ein aus dem Irrenhaus entflohener Verrückter, Sie ein erbärmlicher Machthaber wie viele andere auch... und ich dachte, Sie wären Gott... so ein weiter Weg für nichts.«

Man hörte einen Knall, ein Blitz traf die Kuppel und zersplitterte die Glasscheiben des Dachs. Ein heftiger Regen ergoss sich durch das Loch, die Tropfen fielen herab wie Steine. Chiomadoro stürzte sich auf Dolcino und packte ihn am Arm, sein Gesicht war eine Maske des Hasses.

»Nein, nein, das kannst du nicht machen! Wo ist dein Entsetzen hin? Du kannst dich doch nicht einfach mit der unreinen Wirklichkeit abfinden. Du weißt genau, dass ich Gott bin. Deine Träume, die Vorahnungen und Verbrechen sind Teil eines großen unerbittlichen Plans. Ja, in meinem Namen haben die Cannibalianer über Jahrhunderte Menschenfleisch gefressen. Wir hassen die Jungen, die Ketzer, die Frauen, und wir hassen uns auch gegenseitig. Hör mir zu, schau auf die Zeichen, die sich über der Erde ausbreiten. Chiomadoro ist mein Meisterwerk, ich werde die Geschichte in Stücke schlagen! Jahrhundertelang haben sie euch in meinem Namen getötet, und jahrhundertelang seid ihr wieder aufgestanden. Diesmal ist es die letzte Schlacht! Hab keine Angst vor deinem Groll und deinen wildesten Träumen, versuch mich umzubringen, schlag zu, verfluch mich. Ich bin der Ungerechte! Ich bin Gott!«

Diesmal war es Dolcino, der lachte.

»Sie sind ein erbärmlicher Größenwahnsinniger, den alle fallen lassen. Nach Ihnen werden andere kommen. Jeder mit seinem Anteil Bösem, das er über die Welt ausgießt. Und wir werden weiter leiden und uns widersetzen und darauf warten, einen Augenblick lang die Freude der Davongekommenen zu erleben. Tausende von Jahren, und ihr seid immer gleich. Wenn Sie wirklich Gott sind, sind Sie der Gefangene Ihres Anfangs, ein so großes Universum, und so vergeudet. Wenn Sie es nicht sind, ist Ihr Schicksal eine elende Wiederholung, triumphieren, fallen, sterben. Vor Ihnen gab es etwas, das nicht von Ihnen geschaffen wurde. Es war kein Chaos, sondern wunderbare Freiheit, an die Sie sich nicht mehr erinnern.«

»Ich brauche bloß den Finger zu heben, um dich zu töten«, sagte Chiomadoro.

»Jedes Kind mit einer Waffe in der Hand kann das. Ich verzeihe Ihnen nicht und empfinde auch kein Mitleid. Ich töte Sie nicht, nicht weil es unmöglich wäre, sondern weil ich frei bin, es nicht zu tun. Ich werde der Welt nicht noch mehr Schmerz hinzufügen. Versuchen Sie es, wenn Sie dazu in der Lage sind.«

Chiomadoro nahm eine Pistole in die Hand und rief irgendetwas. Doch das Getöse des Regens war so laut, dass es seine Stimme übertönte. Ein weiterer Blitz, und die Kuppel lag im Dunkeln.

»Ich bin Gott und erkläre, dass eure Mission gescheitert ist«, brüllte Chiomadoro.

»Schauen Sie nach unten«, sagte Dolcino.

Im Garten hielt Prendiluna, durchnässt vom Regen, Ariel im Arm, der hell glänzte und zur Turmspitze aufschaute. Von irgendwoher schlug eine Glocke zwölf Mal.

Dolcino verließ die Kuppel, ohne sich noch einmal umzudrehen.

Als er die Stufen hinunterstieg, hörte er einen Schuss.

Gott ist tot, dachte er.

27 Finale

Dolcino schlug die Augen auf. Er war in seinem Zimmer in der Klinik. Aber er erkannte die Risse an der Decke nicht wieder, und alles war heller. Das Fenster war zum Garten hin geöffnet. Es war Nacht, und man sah die Sterne. Am Ende der schmalen Allee goss Gasperini gerade die Rosen, eine Lampe in der einen und die Gießkanne in der anderen Hand.

»Nachts tvinken die Blumen am meisten«, piepste er.

Dolcino schaute auf die Zimmernummer, es war die siebenundzwanzig. Er ging zur Nummer sieben, fand sie aber leer vor. Im Schrank lagen weder Michaels Kleider noch seine Bücher. Auf dem Laken waren Blutstropfen.

»Wo ist der Erzengel?«

»Er wurde entlassen«, sagte Zebu, der plötzlich Arm in Arm mit dem grausamen Pfleger Joel auftauchte.

»Und wo ist er hin?«

»Das weiß keiner«, sagte die steinharte Pflegerin Petra.

»Und wann werde ich entlassen? Ich will nicht mehr hierbleiben. Ich habe alles Mögliche durchgemacht... Chiomadoro, der Turm, die Schlacht, die Nonne zu Pferd, Azazel...«

»O Gott, der Wahn«, sagte Petra. »Wollen Sie eine Beruhigungsspritze?«

»Nein, ich will hier raus!«, schrie Dolcino.

Sein Schrei kam kraftvoll und ganz hoch heraus wie bei seinem Erzengelfreund.

Die Klinik bebte wie von einem Erdbeben, Putz bröckelte von den Wänden, Infusionen explodierten. Schlagartig und ganz außer Atem wachte Dolcino auf.

Er seufzte erleichtert. Zum Glück, dachte er, es war nur ein Traum. Vielleicht ein Matrjoschkatraum.

Es war ein sonniger Morgen. Er befand sich in einem gut gepflegten Garten, der mit Taujuwelen geschmückt war. In der Mitte eine Wiese mit hohem Gras, auf die jemand ein Pult und Bänke gestellt hatte. Er nahm Platz, stieß aber sofort einen Schrei aus: Auf der Bank tunkte eine riesige Spinne ein Beinchen in ein Tintenfass und schrieb. Und das war nicht die einzige sonderbare Schülerin.

Die Miezekatzehn hatten sich auf zwei Bänke verteilt und folgten aufmerksam dem Unterricht, bis auf Cronopio, der schlief, und Prufrock, der Kleingeböaks futterte. Auf einer anderen Bank erhob sich ein Ameisenhaufen, auf einer weiteren ein Bienenstock. Schwärme von Wespen und Hornissen suchten summend nach einem Platz. Ariel versuchte, mit ihnen zu fliegen.

»Dolcino, was machst du hier?«, fragte Professor Lucano.

»Ich... dachte, es wäre Unterricht...«

»Das hier ist die Insektenklasse, der Kurs ›Posthumanes Überleben‹. Dein Klassenzimmer ist hinter den Bäumen da.«

Tatsächlich sah er nicht weit entfernt weitere Bänke und ein riesiges Pult, das mit Szenen homerischer Schlachten bemalt war. Gerade unterrichtete Aias.

»Arethusa«, fragte er, »wer hat das Internet erfunden?«

»Hermes beziehungsweise Merkur«, sagte das Mädchen, »Gott des Logos, der Kommunikation und des Transits. Er verband Götter und Menschen. Narziss war der erste Displayphile.«

»Ich bin stolz auf dich, meine Tochter«, sagte Aias.

»Professore«, sagte der schöne Enrico, »können Sie mir einen klassischen Satz empfehlen, um Clo Clo Sogtniejo zu erobern. Aber nicht den üblichen mit dem Pfeil, ja?«

»Sagen Sie zu ihr... ›Wenn zu den Sternen du blickst, mein Stern, o wär ich der Himmel, Tausendäugig sodann auf dich herniederzuschaun!‹«

»Wie scheußlich. Ist das ein Lied von Rapperotti?«

»Das ist Platon, du Dummkopf.«

»Ich will überhaupt nicht erobert werden«, sagte Clotilde, »ich bin doch nicht Troja, und dass keiner dumme Sprüche macht, von wegen ›nicht treu, ja‹.«

»Dir gebe ich mich nicht geschlagen«, sagte Fiordaliso. »Bei mir ist die Wahrscheinlichkeit nur sechsundzwanzig Prozent und bei dir vierundsiebzig, aber ich versuch's mal bei Enrico.«

»Pfoten weg von dem Jungen«, sagte eine kleine Gestalt mit großen Ohren. »Hey Hübscher, komm zu mir, ich habe eine gewisse Erfahrung.«

»Seien Sie still, Schwester Scholastika«, sagte Prendiluna, die Aias' Platz einnahm. »Ich schäme mich für Sie, Sie versaute Alte...«

»Was schaut denn da aus Ihrem Rucksack heraus, Frau Lehrerin?«, grinste Schwester Scholastika.

»Nichts Wichtiges.«

»Ach ja?«, fragte die Nonne und kippte mit einer schnellen Bewegung den Rucksack aus. »Und was ist das?«

In der Kürze liegt die Würze,
doch ich mag es lang und dick.

»Schönes Stück«, sagte Hamlet, der gerade eine Rohrflöte schnitzte, »früher oder später spiel ich das auch mal. Aber woher kommt die Musik?«

»Lasst euch nicht ablenken, Kinder«, sagte Prendiluna, ganz rot im Gesicht. »Heute frage ich euch zu Gut und Böse ab.«

»So ein Scheiß«, sagte ein Junge mit orientalischen Gesichtszügen und roter Kappe.

»Azazel, komm du nach vorne.«

»Ich kann nicht«, antwortete Azazel, »ich muss mit Michael Feigen stehlen gehen.«

»Stimmt«, sagte Michael. »Gehn wir, Kollege.«

»Halt«, sagte ein Mann, der aussah wie George Clooney nach drei Tonnen Kartoffelbrei, »keine Feigen, sonst nehme ich euch wegen Diebstahls fest. Ihr seid das Übel, ich bin die Behandlung.«

»Wer sind Sie denn bitteschön, wenn ich fragen darf?«

»Ich bin Kommissar Garbuglio... ich wurde fristlos entlassen, habe aber schon eine neue Stelle...«

»Privatdetektiv?«

»Nein, ich trete in Träumen auf. Aber ich hoffe, dass ich bald eine Rolle in einem echten Film bekomme.«

»Ruhe da hinten«, sagte Prendiluna. »Wenigstens einen von euch muss ich abfragen. Olla, kommst du?«

»Ich habe schon Tickets für die Fähre, heute Abend geht's nach Hause.«

»Nur eine Frage. Wie lautet der scherzhafte Ausruf in Ihrer Sprache, der von einer anatomischen Synekdoche inspiriert ist, angewandt auf ein von Collodi und Apuleius gefeiertes Tier?«

»Besser ein lebender Esel als ein toter Doktor.«

»Olla, setzen, sechs. Uff, ich habe noch eine Viertelstunde Unterricht! Will sich sonst niemand abfragen lassen?«

Ein Winzling mit olivfarbener Haut meldete sich.

»Gut... magst du nach vorne kommen, Uknar?«

»Nein, Frau Lehrerin... ich wollte nur sagen, dass ich seit zwölf Stunden mit der Ape auf euch warte, der Taxameter zeigt zweihundertundsechs Euro an.«

»Ist gut, Uknar«, stöhnte Prendiluna. »... du akzeptierst doch Kreditkarten, oder?«

»Klar, Überweisung geht auch. Aber schwarz nehme ich das Geld nicht an...«

Man hörte das Röhren eines Mofas, und schlingernd, mit aufheulendem Motor tauchte ein lockiger Junge mit Rucksack auf dem Rücken auf.

»Hey. Ist das hier die 11B?«

»Ja. Bist du ein neuer Schüler?«

»Nein«, sagte der Junge und holte einen Pappkarton heraus, »ich bin Gennaro, der mit den Pizzen. Wer hat eine Vesuv Spezial bestellt?«

»Ich«, sagte Felison, »ich habe herausgefunden, dass sie

psychische Störungen heilt. Sie verbrennt sie. Ich verschreibe sie statt Barbituraten...«

»Schenkt mir vielleicht mal jemand Gehör? Das ist meine letzte Unterrichtsstunde!«, rief die Lehrerin genervt. »Kann ich dich abfragen, Dolcino?«

»Ihr lasst mir keine Verschnaufpause. Na gut...«

»Dolcino, sag mir, was ein Matrjoschkatraum ist.«

»Das ist etwas sehr Kompliziertes, Frau Lehrerin. Ich habe den Text von Noon zwar gelesen, aber nicht viel davon verstanden. Der Matrjoschkatraum ist... halt das, wo man, wenn man reingerät, nicht weiß, wann man wieder rauskommt. Man könnte beispielsweise aufwachen und merken, dass alles, was man bis dahin für wirklich gehalten hat, nur eine Halluzination war. Der Traum eines armen, kranken Irren in seinem Bett, eine Geschichte, die nur erfunden wurde, um der Langeweile zu entfliehen, und der Angst, einsam und als Gefangener dieser Mauern zu sterben. Oder...«

»Oder man kann«, sagte Prendiluna, »manchmal in Begleitung einer geliebten Person daraus erwachen.«

»Schön wär's.«

Die Schulglocke schlug wie der Big Ben. Alle fielen sich in die Arme.

Dolcino wachte auf, die Landschaft war noch dieselbe, aber es war Nacht, da waren ein Fluss und eine kleine Brücke, und übers Wasser gebeugt Margherita. Sie wandte sich um und sagte:

»Bravo, Dolcino. Du hast mich nicht enttäuscht. Du hast dich daran erinnert, was ich dir damals gesagt habe.«

»Ja. Du hast zu mir gesagt... ›Wir sind immer etwas freier, als wir glauben.‹«

»Und glaubst du das?«

»Wie bei vielen sentenzhaften Sätzen, könnte man ihn auch umkehren: ›Wir sind immer etwas unfreier, als wir glauben.‹ Aber ich habe mich frei für das entschieden, was du gesagt hast.«

»Genau. Aber musstest du mich bei Chiomadoro unbedingt als Verrückte durchgehen lassen?«

»Entschuldige, ich musste ihn wütend machen. Einen Zweifel habe ich aber, ich bin schon im dritten oder vierten Traum. Das hier könnte die Wirklichkeit sein. Doch du lebst.«

»Es könnte ein Matrjoschka Spezial sein, oder ein Polytraum. Oder ein erotischer Traum Blues neuen Typs. Versuch mich zu küssen. Ich schwöre, dass ich weder verschwinden noch mich in eine Biberratte verwandeln werde.«

»Küsse in Träumen sind wunderschön... schade, dass sie schwinden und jeder der letzte sein könnte.«

»Nicht nur in Träumen...«

»Hey, ihr zwei«, sagte Prendiluna. »Genug mit dem Geturtel. Wacht auf.«

»Nein«, sagte Dolcino, »ich will hierbleiben.«

»Du musst gehen, Dolcino«, sagte Margherita. »Sie werden dich suchen, sie werden dich verfolgen. Vielleicht bleibt dir nicht viel Zeit.«

»Meine Zeit dagegen ist abgelaufen«, sagte Prendiluna mit einem Seufzer. »Tschüss, Kinder.«

Sie nahm Ariel auf den Arm. Der Kater holte zwei kleine Flügel hervor und flatterte hektisch wie ein Kolibri, sodass er im Zickzack in den Himmel aufstieg.

Dolcino hörte die folgenden Worte:

Und ich werde dich an einen Ort bringen, der weder die Hölle noch das Paradies noch eine der vielen Vorstellungen vom Jenseits ist, einen Ort, den ich dir nicht mit Worten beschreiben kann und wohin es kein Wort schafft. Du wirst merken, dass du ihn schon immer kanntest und dass du genau dorthin wolltest.

Dolcino winkte Prendiluna, die gen Mare Nectaris aufstieg. Er hörte die Sirene eines Krankenwagens. Da kletterte er über das Gittertor und verließ den Klostergarten. Das Morgengrauen war eisig. Er lief taumelnd, am Leib trug er nur das blutige Shirt, und zu jedem, den er traf, sagte er: »Wir haben dich lieb. Ehrlich.« Niemand antwortete ihm, alle senkten den Blick. In der Ferne pulsierte das Blinklicht eines Polizeiautos.

Seufzend betrachtete er den Mond und dessen Strände. Wenn ich mich beeile, dachte er, kann ich den Zug nehmen und auch ans Meer fahren.

Anmerkungen der Übersetzerin

In Kapitel 1 kommt Prendiluna in der Rückschau auf ihr Leben unter anderem ihre Rolle als Italienischlehrerin in den Sinn. In der italienischen Romanfassung wird hier mit »il verde melograno« (der grüne Granatapfelbaum) der dritte Vers aus dem Gedicht *Pianto Antico* (1871) von Giosuè Carducci aufgerufen sowie mit »Sempre caro mi fu« der Anfang von Giacomo Leopardis berühmtem Gedicht *L'infinito* (1818/19), dessen erster Vers bzw. Satz in der Übersetzung von Rainer Maria Rilke lautet: »Immer lieb war mir dieser einsame/ Hügel«. Um auch beim deutschen Lesepublikum die Assoziation an eigene Gedichtinterpretationen im Schulunterricht zu wecken, stehen in der hiesigen Version des Romans stattdessen ein Verweis auf Fontanes Gedicht *Herr von Ribbeck auf Ribbeck im Havelland* (1889) und ein Vers aus *Wanderers Nachtlied* von Goethe (1780).

Die in Kapitel 5 zitierten Verse aus Homers *Ilias* stammen aus der deutschen Übertragung von Wolfgang Schadewaldt (Frankfurt: Insel Verlag 1975, 7. Gesang, Verse 211–213 und 268–269).

In der italienischen Originalversion des Romans spielt das Dildofon in Kapitel 7, 13 und 27 als Klingelton zwei Zeilen aus dem Lied *La negretta disse a Zambo*, auch bekannt unter dem Titel *Mal d'Africa* oder *Il pianto di Zambo*.

Bei der in Kapitel 15 erwähnten Pizza-Zutat »Foguintu« handelt es sich um ein sardisches Wort für eine alte Tradition unter Fischwilderern, Zigarren falsch herum, also mit der glühenden Seite im Mund, zu rauchen, damit sie vom Ufer aus nicht gesehen werden.

Die deutsche Fassung des Zitats von Vladimir Jankélévitch in Kapitel 17 stammt aus: *Der Tod*, aus dem Französischen von Brigitta Restorff, Frankfurt: Suhrkamp 2005, S. 553.

In Kapitel 18 singen die ›kleinen Helden‹ in der Originalfassung des Romans die italienische Titelmusik von *Dragon Ball GT*. In der deutschen Romanfassung singen sie stattdessen die Titelmusik von *Dragon Ball Z*, weil sich diese beiden Intros inhaltlich ähnlicher sind als die italienische und die deutsche Titelmusik von *Dragon Ball GT*.

Die in Kapitel 20 erwähnte Pussy Pussinger, im Original Gragnocca Gragna, ist eine Figur aus Stefano Bennis Roman *Geister* und verdankt ihren deutschen Namen der Übersetzung von Hinrich Schmidt-Henkel (Berlin: Wagenbach 2001).

Die in Kapitel 22 zitierten letzten Verse aus Jorge Luis Borges' Gedicht *Soy (Ich bin)*, die Stefano Benni auf Spanisch zitiert, lauten in der deutschen Übersetzung von Gisbert Haefs: »Ich bin der niemand ist, der nie ein Schwert war/ im Krieg. Ich bin Echo, Vergessen, Nichts.« (*Gesammelte Werke 9: Gedichte, Teil 3, Die tiefe Rose*, München: Hanser 2008, S. 33).

Die deutsche Fassung des Platon-Zitats in Kapitel 27 ist Hegels *Vorlesungen über die Ästhetik* entnommen (Georg Wilhelm Friedrich Hegel: *Werke 13, Vorlesungen über die Ästhetik I*, Frankfurt am Main: Suhrkamp 1986, S. 203).

Stefano Benni bei Wagenbach

Die Pantherin
Die Pantherin: eine junge Frau, eine geheimnisvolle Spielerin im Halbdunkel des Billardsaals. Was bedeutet ihr Spiel? Gibt es den einen Moment, in dem sich alles entscheidet? Und wenn ja, wie meistert man ihn?
Aus dem Italienischen von Mirjam Bitter
SVLTO. Rotes Leinen. Fadengeheftet. 96 Seiten

Die Bar auf dem Meeresgrund
Unterwassergeschichten
In einer Bar auf dem Meeresgrund treffen sich Geschichtenerzähler aus der ganzen Welt: Männer mit Hut, der Matrose, der Teppichhändler, der Zwerg, die Nixe, der Barmann, der unsichtbare Mann, der schwarze Hund, der Floh des schwarzen Hundes. Das unterhaltsamste Buch des italienischen Satirikers.
Aus dem Italienischen von Pieke Biermann
WAT 344. 208 Seiten

Brot und Unwetter   Roman
Jeder, der auch nur einmal in Italien war, weiß, dass die Bar Sport ein zentraler gesellschaftlicher Ort ist. Jeder, der sie betritt, nimmt am sportlichen Leben teil, also an Streitereien und an Diskussionen über den allgemeinen Erzfeind, den Staat.
Aus dem Italienischen von Mirjam Bitter
WAT 714. 320 Seiten

Terra!   Roman
Im Jahr 2157 ist nach sechs Atomkriegen eine neue Eiszeit über unseren Planeten hereingebrochen. Da gelangt eine mysteriöse Botschaft in die Kommandozentrale der sineuropäischen Föderation. Ein neuer Planet wurde entdeckt, mit Wasser, Sonnenlicht und echten Pflanzen und Tieren. So brechen drei Raumschiffe auf, um den traumhaften Planeten »Erde 2« zu finden.
Aus dem Italienischen von Pieke Biermann
WAT 771. 432 Seiten

Nach Italien!

Francesca Melandri **Alle, außer mir** Roman
Der große Roman der römischen Autorin Francesca Melandri: eine Familiengeschichte, ein Porträt Italiens im 20. Jahrhundert, eine Geschichte des Kolonialismus und seiner langen Schatten, die bis in die Gegenwart reichen.

Aus dem Italienischen von Esther Hansen
Quartbuch. Gebunden mit Schutzumschlag. 608 Seiten

Francesca Melandri **Über Meereshöhe** Roman
Italien in den »bleiernen Jahren«, eine nach Salz, Feigen und Strohblumen duftende Gefängnisinsel, eine stürmische Nacht und eine unerwartete Begegnung: Francesca Melandri erzählt mit großer Sensibilität und poetischer Kraft vom bewegenden Schicksal zweier Familien.

Aus dem Italienischen von Bruno Genzler
WAT 812. 208 Seiten

Antonio Manzini **Spitzentitel** Roman
Tolstois »Krieg und Frieden« ist überarbeitet worden. Es heißt jetzt nur noch »Frieden«. Der Krieg musste weg. Er hat die Leute beunruhigt. In der Welt unserer Leser gibt es nur Liebe, Zuversicht und Gleichklang. Gewöhnt Euch daran! Denn jetzt nehmen wir uns »Anna Karenina« vor ...

Aus dem Italienischen von Antje Peter
SVLTO. Rotes Leinen. Fadengeheftet. 80 Seiten

Wenn Sie mehr über den Verlag und seine Bücher wissen möchten, schreiben Sie uns eine Postkarte oder elektronische Nachricht (mit Anschrift und E-Mail). Wir informieren Sie dann regelmäßig über unser Programm und unsere Veranstaltungen.

Verlag Klaus Wagenbach   Emser Straße 40/41   10719 Berlin
www.wagenbach.de   vertrieb@wagenbach.de

Die italienische Originalausgabe erschien 2017 unter
dem Titel *Prendiluna* bei Feltrinelli Editore in Mailand.

Questo libro è stato tradotto grazie a un contributo per
la traduzione assegnato dal Ministero degli Affari Esteri
e della Cooperazione Internazionale italiano.

Dieses Buch konnte dank einer Förderung des
italienischen Außenministeriums übersetzt werden.

© 2017 Giangiacomo Feltrinelli Editore, Milano
© 2019 für die deutsche Ausgabe: Verlag Klaus Wagenbach
Emser Straße 40/41   10719 Berlin   www.wagenbach.de
Umschlaggestaltung Julie August unter Verwendung einer
Fotografie © 2011 Fernando Nieto Fotografía / gettyimages.
Gesetzt aus der Politica und der Melior BQ. Einband- und
Vorsatzmaterial von peyer graphic, Leonberg. Gedruckt auf
Schleipen bei Pustet, Regensburg. Printed in Germany.
Alle Rechte vorbehalten.

ISBN: 978 3 8031 3314 4